KB081030

마술사
오펜
뜻밖의 여행

나의 운명을 이끌라, 마검

「저러다 지겠는데.」
한 눈에 봐도 알 수 있을 정도로
로테샤의 실력은 대단했다.

「피유우우우우우우우우우우…….」
피리 소리처럼 날카롭고,
너무나도 구슬프고,
그러면서 어딘가 따뜻한 소리가
몸속에 스밀 것처럼 울렸다—

그 때 오펜은 분명히 깨달았다.
지금 자신이 죽음에
노출돼 있다는 것을…….

CONTENTS

SORCEROUS STABBER

ORPHEN

마술사
오펜
뜻밖의 여행

애장판 7

나의 운명을 이끌라, 마검

秋田禎信
Yoshinobu Akita

일러스트 쿠사카 유아   **번역** 김정규   **디자인** 백진화
편집 김일철   **마케팅** 김정훈   **주간** 박관형

나의 운명을 이플라, 마검

프롤로그

고향을 떠날 때, 아버지가 중얼거렸던 말은 똑똑히 기억하고 있다. 바보 같은 망상일지도 모른다──당시에, 내가 아직 어렸다는 건 알고 있다. 기억할 수 있을 리가 없다는 것도.

하지만 확신을 갖고 말할 수 있다. 아버지가 화도 슬픔도 아닌 기묘한 눈빛으로 그 아름다운 고향을 보면서 눈물을 흘렸었다고. 그 목소리가 잠기고, 바람에 묻혀서 사라져버릴 만큼 작은 소리로 중얼거렸다는 것. 호수가 빛나고 그 수면에 완만한 파문이 일고, 그리고 태양이 하얗게 빛났던 것. 물속에 녹색 이끼가 낀 커다란 나무가 잠겨 있고, 그 비틀린 나뭇가지 사이에 은색 물고기들이 잔뜩 헤엄치고 있었던 것. 깊은, 너무나 깊은 숲 속에서 그 방대한 물은 거울처럼 아름다웠고, 그리고 차갑게 보였다.

그곳은 아주 신성한 곳이었다고, 몇 년이 지나서 아버지가 말해줬다. 아니, 딸한테 그 말을 할 수 있게 되는데 몇 년이 필요했다고 해야 할까. 그의 분노, 또는 슬픔이 어디에서 온 것인지, 그것은 결국 묻지 못했다. 그가 가슴속에 간직한 채로 가버린 많은 말들. 어쩌면 말해줄 수 있었을지도 모를 말들. 그것이 얼마나 되는지도 지금은 더 이상 알 도리가 없지만.

고향. 그것이 아버지에게 소중했다는 것은 의심할 여지가 없다. 그는 가끔씩 꿈속에서 그 광경을 봤을까. 여행자들도 지나가지 않는 가도에서, 특히 부녀 둘이서 모포 한 장을 몸에 두르고 체온을 유지하려고 했던 밤이라든지, 아버지는 더 깊이 추억에 잠겼던 게 아닌가 싶다. 그는 종종 자신의 딸을 빤히 쳐다봤다. 그렇게 쳐다봐도, 그녀는 딱히 신경 쓰지 않았다. 그저 아버지의 슬픈 눈동자를, 어떻게 하면 그것을 그만두게 할 수 있을지, 밤하늘을 향해 물었다.

아버지는 자주 한숨을 쉬었다. 나쁜 짓이라고 몇 번이나 주의를 줬는데. 본인도 알고는 있었겠지. 한숨을 쉬는 게 아니라 생기가 빨려 나가는 것처럼, 아버지는 세월이 흘러가면 갈수록 탄식하는 횟수가 늘어났고──그리고 야위어갔다. 또래 남자들과 비교해보면 확실하게 체중이 부족했고, 그것은 누가 봐도 명백했다. 그는 병들어 있던 것이다.

병은 간병하는 사람들의 일희일비를 시험하려는 것처럼, 때로는 좋아졌다가 때로는 절망적인 발작을 일으켰다. 그 운명의 실험은 반년 정도 이어졌고, 쇠약과 발작은 더 이상 그가 추억 속으로 빠져드는 것을 허락하지 않게 만들었다. 그녀는 어쩔 도리가 없었다──그 누구도, 운명을 조작할 수 있는 존재가 아니라면, 손 쓸 방법이 없었겠지. 비싼 치료와 연명 처치가 모아둔 돈을 전부 잡아먹었고, 아버지의 비명은 그녀의 수면시간을 갉아먹었다. 이대로 가면 침대에 꽁꽁 묶어버리는 수밖에 없다. 의사는 부러진 자기 안경을 원망하는 눈으로 보면서 그렇게 말했다. 그녀는 웃었다. 꽁꽁 묶어? 예전에 자신을 슬프게 바라보던 그 눈동자는 누렇게 탁해졌고, 충혈되고, 크게 뜬 채로 까뒤집어져 있다. 묶는다고?

의사가 왕진을 그만두고 이틀 뒤, 아버지는 죽었다. 그 임종 때 발작이 없던 것은 신의 배려였는지도 모른다. 그녀는 그저 감사했다. 아버지의 괴로움이 끝난 데 대해서. 슬픔은 끝나지 않았을지도 모르지만, 이젠 그걸로 됐다. 기도에 의미가 있다면, 그것만으로도 됐다.

마지막 말은 조용했다. 자신의 검을 품에 안고, 그리고 마지막에는 역시, 그 슬픈 눈빛을 보여줬다. 고향을 떠냈던 때의 눈동자──였는지도 모른다. 그녀는 그 말이, 고향을 떠났을 때 했던 말과 같은 것이었는지도 모른다는 생각이 들었다.

　　위대한 검사였던 아버지는 이런 말을 남기고 인생을 마쳤다.

　　"조상들의 삶을 이어받을 자격은…… 그 누구에게도 없다. 만약 있다고 해도, 그 죄까지 짊어져야 하니까. 죄를 짊어질 자는, 명심하도록 해라──그것은 자기 혼자서 짊어져야 하는 것이다."

　　그 때, 아버지의 눈에는, 더 이상 아무것도 보이지 않았다.

　　"주인을 버리고, 자신만의 인생을 바란다면, 그렇게 하는 수밖에 없다."

제1장 검의 아침

"으~~음……."

클리오는 크게 기지개를 하면서 숨을 들이쉬어서, 아침 향기와 공기를 폐로 집어넣었다. 맑은 향이 코를 간질인다. 풀어진 눈물샘에서 스며 나온 눈물을 손등으로 훔치고, 창틀에 기댔다——어깨 너머로 보고 있던 바깥 풍경은 완전히 아침 색으로 물들어 있다. 옅은 색의 지붕들이 저 멀리까지 줄지어 있는 모습이 보이는 건, 이 여관이 약간 높은 언덕 위에 있기 때문이다.

그 때, 머리위에서 뭔가가 꾸물거리는 기척이 느껴졌다. 그녀는 피식 웃고는, 머리 위에 있는 검은 덩어리를 품에 안았다——검은색 강아지 같은 그 생물을 안고, 다시 밖을 바라봤다.

아침 해가 빛나고, 거리에 빛을 내려주고 있다. 아직 안구 깊은 곳에 잠기운이 남아 있는 것을 느끼며, 클리오는 그 잠기운을 떨쳐버리려는 것처럼 강아지를 안은 채로 다시 한 번 기지개를 켰다. 강아지는 머리 위에서 내려왔다는 것도 모르는지, 눈을 감고 잠든 채, 앞발을 더듬어서 뭔가를 찾고 있다. 머리카락의 감촉을 찾고 있겠지. 잠시 그 동작을 계속 하더니, 일단 잠옷 옷깃을 만지고는 진정된 것 같다. 어깨에 기대는 것처럼 코를 묻은 자세로, 다시 조용히 잠들었다.

"아침이네."

누가 봐도 알 수 있는 말을, 그녀가 중얼거렸다.

아침 바람에 긴 금발이 살랑살랑 흔들린다——

아무리 봐도 아침. 게슴츠레하게 뜬 눈으로 그것을 바라보며, 그녀는 잠시 햇살을 즐겼다. 거리는 뭔가 엄숙한 식전이라도 시작되려는 것처럼 조용했다. 아직 사람들이 밖에 돌아다닐 시간이 아니다. 빵 배달이 시작될까 말까 하는 무렵이겠지.

"나도 모르게, 잠이 깼지만."

후우, 한숨을 쉬고, 클리오는 신음소리를 냈다. 혼잣말이 아니라. 새근새근 잠들어 있는, 품안의 강아지를 보며,

"이런 여관에 묵으면, 일찍 일어나는 정도는 흔히 있는 일이잖아. 주방을 빌려서 아침밥도 만들어야 하니까. 오펜이랑 매지크는 보나 마나 대낮까지 일어나지도 않을 테고…… 어떻게 할까, 레키?"

그 강아지 같은 생물──레키한테 말했지만, 대답이 돌아올 리가 없다. 그래도 들리기는 하는지, 귀를 쫑긋쫑긋 움직였다.

같다는 말은 그냥 하는 말이 아니고, 이 생물은 강아지가 아니다. 그렇다면 뭐냐고 물어보면, 사실은 잘 모르기도 하지만, 클리오는 그 것을 다른 사람에게 설명했던 적이 없다.

오펜이 한 말을 그대로 받아들이자면──클리오는 막연하게 단어 만을 기억하고 있다──레키는 딥 드래곤 종족이라는 것 같다. 몇 달 전에 숲속에서 만났다. 성체가 되면 머리 높이가 3~4미터나 되는 거 대한 생물이지만, 레키는 아직 강아지 정도 크기다.

이유는 잘 모르겠지만 클리오를 잘 따르고 있다. 원래 이런 데는 특별한 이유가 없는 거라고, 클리오는 속 편하게 받아들이고 있었다.

"생각해보니."

클리오는 레키의 머리를 살짝 두드리고 고개를 들었다.

"정말 멀리까지 왔네~. 여기는 토토칸타하고 대륙 반대편에 있는 곳이잖아. 증기선으로도 일주일은 걸리는 곳까지 계속 걸어서 왔으

니까. 돌아가면 다른 사람들한테 자랑해도 되겠어."

반쯤 질렸다는 심정으로 중얼거렸다.

등을 두드린 탓인지, 레키가 고개를 들고 눈이 휘둥그레져서 클리오를 쳐다봤다. 선명한 녹색 눈동자가 살짝 빛나고 있다. 수면에 반사되는 것 같은 빛. 그 안에 자신의 모습이 비치고 있다──실제로 보이는 건 아니지만.

"너도 엄마나 누구한테 자랑할 거지?"

레키한테 묻고, 클리오는 피식 웃었다. 다시 밖을 봤다. 희미한 파란색으로 파도치는 것 같은 바람이 쌀쌀하다. 시원하고, 상쾌한 햇살이었다.

"날씨 정말 좋다."

하늘에는 구름 한 점 없다. 공기층이 보이는 게 아닌가 싶을 정도로, 바람까지 너무나 맑았다.

"산책이라도 할까."

클리오크는 혼자서 중얼거리고 고개를 끄덕이고는, 창틀에 기댔던 몸을 일으키고 양쪽으로 열리는 창문을 한 손으로 닫았다. 커튼까지 닫은 뒤에 레키를 침대 위에 내려놓고, 두 손을 깍지 끼고는 다시 한 번 기지개를 켰다.

방에 있는 옷장에서 옷을 꺼내고.

이것은──여기까지는 클리오가 지금까지 몇 번이나 체험했던 평범한 아침이었다.

"……그렇게 해서, 여기 있는 거라고요."

"누구한테 하는 소리야? 매지크."

아무도 없는 창밖을 향해서 혼자 중얼거리고 있는 매지크에게, 오펜이 중얼거리는 소리로 말했다.

내쉬워터는 조용한 거리였다. 아침의 서늘한 공기가 한낮까지 계속될 것 같은, 그런 곳이다.

대륙에 있는 '거리' 중에서는 규모가 작은 편일 테고——

오펜은 고개를 들었다. 검은 머리에 검은 눈, 항상 입는 시커먼 옷차림으로, 일단 별 의미 없이 하품을 했다. 벌어진 턱을 문질러서 다물고, 어깨를 으쓱해보였다.

"뭐, 어쩔 수 없잖아. 어디로 가야 좋을지도 모르니까."

하지만——

'하긴, 이 거리에 머물러 있을 이유도 없으니까.'

그것도 맞는 말이다.

대륙 북동쪽에 있는 내쉬워터는 킴라크 교회 관리구, 즉 게이트 락과 가장 가까운 도시다. 사실 교통편은 거의 없는 것이나 마찬가지라서, 동부 사람들 대부분은 제일 북쪽에 있는 도시로 인식하고 있는 것 같다. 특징이 있는 것도 아니고 특산품이 있는 것도 아니라서, 관광지와 가깝다는 것이 이 도시의 유일한 생명줄이다.

인구는 도시의 규모에 비해서 많은 편이겠지. 약 1만 2천 명. 고지대 기슭이다 보니 거리 면적의 60%가 경사면이라는 점을 생각해보면, 그렇게 살기 편한 환경은 아니다. 그저 자연 환경 하나는 좋은 편인데, 공업지대에 오염된 어번라마와 가까운 곳에 있기 때문에 유난히 비교되는 경우가 많은 편이다.

매지크는 오펜 쪽으로 고개를 돌리고——뭔가 불만이라는 것처럼 얼굴을 찌푸렸다. 슬슬 열다섯이 된다고 했었는데. 애당초 애교라고는 찾아볼 수 없는 얼굴이어서 어두운 감정은 금세 읽을 수 있었다.

"솔직히, 레지본 온천에서 내려온 지도 벌써 2주나 지났거든요."

한마디로 너, 답답하구나——

입을 삐죽 내밀고 말하는 제자를 보고, 오펜은 탄식을 하면서 투덜거렸다.

별 생각 없이, 자기 가슴께로 손을 뻗었다. 익숙한 감촉. 거기에는 금속으로 만든 펜던트가 있다. 검에 얽힌 외다리 드래곤 문장. 은세공으로 만든 그것은, 대륙 흑마술의 최고봉 《송곳니 탑》의 문장이었다. 그것을 만지작거리면서 잠시 시간을 보내며, 조용히 생각했다.

"그런데 말이야."

변명거리는 얼마든지 있다.

"지난번처럼 마차를 타고 갈 수도 없으니까…… 목적지도 없이 움직이는 게 영 내키지 않거든."

"그건 그런데 말이죠."

"돈은 아직 있으니까, 당장 숙박비도 문제없고."

"에리스 씨한테 받은 돈이요?"

"그래. 뭐, 일단 지난번에 일한 보수로."

"……우리가 뭘 했던가요?"

"아무것도 안 한 건 너 하나뿐이야."

오펜은 게슴츠레한 눈으로 말하고, 앉아 있는 침대 아래쪽으로 손을 뻗었다. 마침 발 아래쪽에 가방이 놓여 있다. 안을 이리저리 뒤져서는 책을 한 권 꺼냈다. 지도다. 대륙 마술사 동맹이 발행한 것이고,

어지간한 사람은 손에 넣을 수도 없는, 대륙 전체 지도 중에서 가장 신뢰도고 높다고 하는 것이다.

낯익은 페이지를 펼쳤다──최근 며칠 동안에 몇 번이나 펼쳐본 곳이다. 가장 넓은 이 키에살히마 대륙을 그린 페이지. 대륙 전도를 보며, 오펜은 신음소리를 냈다. 옆에서 들여다보는 매지크를 곁눈질로 보면서,

"여기가, 지금 우리가 있는…… 내쉬워터다."

"가장 가까운 도시는 어번라마죠."

"그래. 킴라크보다 가깝지."

동쪽 해안에 위치한 자치도시 어번라마를 가리키고, 계속해서 말했다.

"어번라마는 자치도시야──뭐, 이제 와서 딱히 신기한 것도 아니지만. 중앙으로부터의 독립성을 따지자면, 토토칸타 쪽이 더 확실하게 독립했다고 볼 수도 있으니까. 타프렘은 그 필두고. 그래도 역사상 최초로 탄생한 자치체가 어번라마야. 내쉬워터의 자본도 대부분 어번라마의 지배하에 있다고 전해지고. 원래 대륙 철도를 받아들이기 싫어했던 왕도에서 그냥 저쪽으로 깔아버리라고 한 게 내쉬워터 도시 계획의 발단이라는 것 같아."

"아, 예."

"원래는 천인종족의 유적밖에 없었던 레지본이 관광지가 된 것도, 아마 그 계획 덕분이겠지. 뭐, 결국 철도 실험은 대폭 변경돼서 왕도 쪽으로 가게 됐지만."

"철도라는 거, 본 적이 없거든요. 철로 된 길 위에 커다란 증기기관이 달린다는 것 같던데."

매지크가 그런 소리를 했다. 소년의 얼굴을 슬쩍 보고──그 눈에 뭔가 기대 같은 기색이 깃든 것을 모르는 척 하고, 오펜은 대답했다.

"원리는 대충 그래. 나도 본 적은 없지만."

그리고──다시 지도를 봤다. 어번라마에서 왕도 메베른스트까지 이어져 있는 가느다란 선 옆에, 붉은 글자로 주의 문구가 적혀 있었다.

'대륙 종단 철도 계획──미완성.'

"실제로는 해로 쪽이 훨씬 싸게 먹혀서, 계획은 거의 중단됐다는 것 같다. 일부, 아주 한정된 사람들이 이용하기도 한다지만. 어지간한 기술혁신──안전성 향상, 수송성 향상, 속도 향상이랄까?──그런 게 없으면, 당초에 계획했던 규모까지 회복하는 건 무리겠지."

"뭐야. 그럼, 결국 못 타는 건가요……."

김이 샜다는 것 같은 매지크.

아쉽다는 듯이, 잘 생긴 눈썹을 축 늘어트린 제자를 보며, 오펜은 어깨를 으쓱거렸다.

"어차피 도시 간 교통은 기본적으로 해로니까."

그대로 계속 말했다.

"뭐, 잡소리는 그만 하고, 한마디로 이 내쉬워터라는 곳은 어번라마의 자식 같은 거야. 레지본은 손주려나. 순서대로 생각해보면── 일단 여기서부터 어번라마로 가는 게 맞는 것 같은데."

"뭔가 문제라도 있나요?"

'속도 편하게 물어보네.'

오펜은 표정으로 드러내지 않은 채 씁쓸하게 웃고, 입꼬리를 일그러트렸다──다른 사람 눈에는 웃는 것처럼 보일지도 모른다고 생각

하면서,

"순서는 맞는데, 그 선을 계속 따라가다 보면 결국 왕도에 도착하게 되잖아."

"왕도가 싫은가요?"

매지크의 입장에서는 너무나 의외의 일이었다. 놀랐는지 눈이 휘둥그레져서 오펜을 쳐다봤다.

오펜은 그 눈을 마주보면서,

"……그다지 좋은 기억이 있는 곳은 아니니까."

무뚝뚝하게 대답했다.

지도를 살짝 들어 올려서 거기에 크게 적혀 있는 부채꼴의 왕도 메베른스트를 보고, 오펜은 지도책을 덮었다. 침대 머리맡에 대충 던져두고, 두 손을 머리 뒤에 댔다.

여관의, 빛바랜 천장을 바라보면서 계속 이야기했다.

"솔직히 말하자면, 어번라마에서 정기선을 타고 서부로 돌아가고 싶기도 해."

"돌아간다고요?"

더 놀란 목소리로, 매지크가 말했다.

"일단 어번라마에서 배를 타면, 제일 먼저 도착하는 건 타프렘시겠지."

그렇게 대답하고, 오펜은 여기서 이야기를 끝낼 생각으로 손을 저었다. 말을 시작한 건 좋은데, 아무리 해도 생각이 정리되지를 않는다.

"결국 목적지가 없어졌으니까, 그걸 찾기 위한 제일 좋은 방법은…… 출발점으로 돌아가는 거야."

"출발점은 토토칸타가 아닌가요."

"……그것보다 조금 전에 출발점."

매지크는 납득할 수 없는 것 같았다. 할 말을 생각하려는 듯이 슬쩍 주변을 둘러보고——

이 소년이 발견견한 것이 만족스런 것인지 아닌지는 모르겠지만, 아무튼 매지크는 입을 벌리고, 뭔가 생각이 난 것처럼 말했다.

"클리오, 왕도에 가고 싶어 하는 것 같던데요."

"가고 싶으면, 토토칸타에 돌아간 다음에 배로 가면 되잖아. 훨씬 편하게."

"그게 아니라——뭐라고 표현해야 좋을지 모르겠지만, 그냥 이대로 가고 싶을 거예요, 아마도."

"……."

두 팔을 벌리는 금발 소년을 빤히 쳐다보니, 그는 또다시 할 말을 찾으려는 것처럼 시선을 돌렸다. 어깨를 으쓱하고, 이렇게 덧붙였다.

"……저도 그렇고요."

"……."

이번엔 오펜이 할 말을 생각할 차례였다. 방법은 얼마든지 있다. 시선을 돌린다. 헛기침을 한다. 화제를 바꾼다. 한숨을 쉰다.

하지만 오펜은 그대로 입을 다물어버렸다. 창밖에는 아직 아침 햇살이 빛나고 있다.

"흠. 한마디로 자네 말은 이런 뜻이지? 자네가 그 신문지를 백 번

접으면 세상이 붕괴한다고. 좋다, 간호사를 부를 테니까 두 걸음 정도 떨어져 주겠나?"

"아닙니다 닥터 퓨리! 정말입니다! 수학자로서 말씀드립니다. 분명히 이것이 세계를 멸망시킬 수 있는 유일한 방법은 아닐지도 모릅니다. 하지만 그 방법 중에 하나라는 건 확실합니다!"

"그러니까 알았다고 하지 않았나."

"아니요, 모르십니다. 이 지식의 무서움을. 저는 어떻게든, 이 손에 넣고 말아버린 금단의 지혜를 없앨 처방이 필요합니다."

"어디보자, 브루투스는 이미 해고했지 아마? 그 친구, 환자를 너무 때리는 게 유일한 단점이었는데, 이런 때는 또 필요하군……."

"……."

파닥파닥 정신없이 좌우로 움직이는 인형극을, 뒤꿈치를 들고서 구경하는 것도 질려서——

클리오는 셔벗의 마지막 조각을 입에 집어넣었다. 노상 인형극 「잔혹 의사」는 최고조에 들어섰고, 그 앞에 모인 아이들은 열심히 구경하고 있다. 셔벗이 들어 있던 종이봉투를 구기면서, 클리오는 주위를 둘러봤다.

고개를 들어보면 눈에 들어오는 것은 내쉬워터의 거리보다, 그 위에 있는 광대한 하늘이었다. 산맥과 이어진 푸른 하늘은 차가운 공기를 내려 보내서 하얗게 물들었다. 그 때, 그 시야에 검은 것이 보였다——보아하니 레키가 머리 위에서 이쪽을 쳐다본 것 같다. 너무 가까워서 시커먼 덩어리로 보였지만.

"어쩌지. 슬슬 돌아갈까?"

레키한테 물었다. 딥 드래곤은 아무런 대답도 없었지만, 클리오는 그냥 혼자서 납득하고 고개를 끄덕였다.

"그래. 슬슬 오펜이랑 매지크도 일어났을지도 모르니까."

구긴 종이를 근처에 있는 쓰레기통에 던지고, 클리오는 인형극을 흘끗 보면서 그 자리를 뒤로 했다──작은 상자 모양의 무대에서는, 인형을 조작하는 사람은 한 사람 뿐인데 대체 무슨 트릭을 쓴 것인지 세 번째 인형이 등장해서 지저분한 수학자를 붙잡으려 하고 있었다.

"아아, 선생님 제발 들어주세요! 저는 저의 이 무시무시한 지식을 봉인해야만 합니다──"

비명 같은 소리를 뒤로 하고, 길을 걸어갔다.

낮이라고 하기에는 아직 이르지만, 해가 꽤 높이 올라가 있다. 세 시간 정도 돌아다닌 것 같다고, 클리오는 적당히 계산했다. 중간에 발견한 찻집에서 핫밀크를 마신 시간까지 더하면 그 정도가 될 것 같다는 결론이었다.

"별로 피곤하지도 않네. 잠깐 쉬어서 그런가."

클리오는 혼잣말을 하고, 별 생각 없이 머리 위에 있는 레키를 품에 안았다. 자신을 보면서 코를 움직이는 레키에게 턱짓으로 대답하고,

"그나저나 매일 하다 보니 산책도 질리네. 오펜은 언제까지 여기 있으려는 걸까."

투덜거렸다.

이 거리는 언덕길이 많은데, 길을 잘 고르면 대부분의 거리를 내리막길로 갈 수 있다──뭐 결국엔 올라간 만큼 내려가고 내려간 만큼 올라가겠지만. 클리오는 이미 그런 지리적 특성을 파악할 정도로 이 거리에 익숙해져 있었다. 몸에 익은 청바지는 집어넣고, 그 대신에

새 치마를 입고서 화단이 많은 거리를 느긋하게 걸어 다니는 것은 나쁘지 않았다. 하지만 익숙해진다는 것은 질린다는 뜻이기도 했다.

모든 일이, 시간이 천천히 흐르는 이 거리에서는 서두르는 사람이 없다. 클리오도 그 속도에서 이탈할 생각은 없어서, 유난히 천천히 걷고 있었다.

실제로 원래 걷는 속도가 느리기도 했다──옛날 일을 생각하면서, 클리오는 조용히 한숨을 쉬었다. 계단을 올라가는 것도 힘들던 시절이 있었다.

'엔데는 잘 있으려나.'

자신에게 잘 대해줬던 유모를 떠올리자, 왠지 가슴 속이 아파 왔다.

'손자가 태어났다고 좋아했었지. 나랑 같은 이름으로 지어준다고 했었는데.'

그 때──

"으아아아아!"

"?!"

갑자기 비명소리가 들려서, 클리오는 걸음을 멈췄다.

꽃의 거리에 어울리지 않는 괴로워하는 목소리였다. 동시에 뭔가를 때리는 둔탁한 소리가 몇 번, 그리고 고함소리가 들려왔다.

"이 자식!"

"일어나 인마!"

클리오는 일단 주위를 둘러보고, 눈을 깜박거렸다──생각을 중단하게 만든 그 소리가 불쾌했다.

"뭐야……? 싸움인가?"

지나가는 사람들이 많지는 않지만 아주 없는 것도 아니다. 하지만 사람들은 어두운 표정으로 눈질을 하고는 빠른 걸음으로 그냥 지나가려고 했다. 옆으로 지나간 중년 남성이 작은 소리로 중얼거리는 소리가 들렸다.

"또 그 놈들인가······."

'뭐야?'

다시 한 번 같은 소리를 중얼거린 클리오는, 지나가는 사람들이 은근슬쩍 흘끗 보고 가는 방향 쪽을 쳐다봤다. 비명과 뭔가를 때리는 소리는 근처에 있는 골목길에서 들려왔다.

정의감보다는 호기심이었는지도 모른다──그 사실을 솔직하게 인정한 것은, 반사적으로 몸을 그 쪽으로 돌린 다음이었다. 안고 있던 레키를 머리 위에 올려놓고, 빠른 걸음으로 그 골목길 쪽으로 들어갔다.

처음에 보인 것은, 빨간색이었다.

"어······?"

믿을 수가 없어서, 신음소리를 냈다.

그다지 깊지 않은, 막다른 골목이었다. 그 막다른 골목에 피투성이가 된 소년이 쓰러져 있다. 그 주위에 남자 네 명이, 손에 목검을 들고서 둘러싸고 있고.

이미 기절한 소년의 얼굴을 물들인 것과 똑같은 빨간색이 그 목검에도 묻어있는 걸 금세 알 수 있었다.

멈춰 서자, 선선한 감각이 정강이를 스쳤다──치마를 입고 왔다는 것을 엄청나게 후회했다. 클리오는 아랫입술을 깨물고 경계했지만, 아무도 클리오가 왔다는 것을 알아차리지 못한 것 같다.

남자들, 이라고 해도, 나이는 쓰러져 있는 소년과 그다지 차이가 없는 것 같다. 그 중에서 가장 나이가 많아 보이는 스무 살이 조금 넘은 것 같은 키가 큰 남자가, 뭔가 기분 나쁜 미소를 짓고 있다. 확실한 의지가 있는 미소——무엇보다 기분 나쁜 것은, 그 미소였다. 사람들이 일상적으로 짓는, 그런 애매한 미소가 아니다.

얼굴 그 자체는 잘생겼다고 할 수 있다. 굵은 눈썹, 넓은 이마, 아랫입술에는 작은 상처가 있다. 약간 투박한 인상이기는 하지만, 길고 검은 머리카락이 멋있어 보이기도 하고. 체격은 크지만, 가늘다. 키가 커서 더 그렇게 보인다.

기묘한 차림새였다. 운동복처럼 보이기도 하는 검은색 트레이닝복이지만, 어깨 부분까지만 있고 소매가 없다. 덕분에 탄탄한 어깨 근육이 확실하게 보였다.

사실 기묘한 건 그 남자 하나만이 아니다. 다른 세 명도 하나같이 검은 운동복 차림이다. 어딘가의 유니폼인지도 모르겠다.

그렇게 관찰하는 사이에 입술에 상처가 있는 남자가 목검을 어깨에 메고, 속삭이는 것 같은 목소리로 말했다——쓰러져서 움직이지 않는 소년에게.

"이제 알겠지. 네놈들 실력이 어느 정도인지."

소년에게는 들리지도 않을 것 같지만, 그에게는 상관없는 일인 것 같다. 아무 반응도 없는 상대에게, 계속해서 말했다.

"다음부터 밖에 나올 때는 우리가 안 다니는 길로 다니라고."

"헷. 꼴좋다."

다른 세 명 중에 한 명——클리오한테는 전부 똑같이 보였다——이 비웃는 것 같은 소리를 냈다. 또 다른 남자가 소년의 피범벅이 된

머리를 목검으로 살짝 찌르고,

"이걸로 세 명이다. 로테샤 자식도 가만히 있지는 못하겠지."

"바라는 바다."

마지막 한 명이.

"슬슬 이놈들하고 놀아주는 것도 질렸으니까. 이걸로 결판이 나면 다행——"

그렇게 중얼거리면서 목검을 치켜든 것은——입술에 상처가 있는 남자였다. 끝부분이 둥그스름한 목제 검을 들고, 그 시선은 쓰러진 소년을 똑바로 보고 있다. 남자가 뭘 하려는 지는 명백했다.

그런데, 목검을 내리치기 일보 직전에.

"잠깐만요, 그만둬요!"

클리오가 반사적으로 외쳤다. 그제야 알아차렸는지, 네 명이 깜짝 놀라서 고개를 돌렸다. 아니——

당황해서 클리오 쪽을 쳐다본 것은, 세 명뿐이었다. 입술에 상처가 난 남자는 시선만 돌려서 흘끗 보고, 그리고,

"……훗."

한숨 같은 소리로 웃고는, 목검을 휘둘렀다.

픽!——하는 묵직한 소리가 울렸다. 내리친 목검은 소년의 등에 명중했고, 피로 물든 등이 약간 꿈틀거렸다. 살짝 휘두른 것처럼 보였지만 망설임이 없는 위력이 있다. 맞은 소년이 경련하고, 기분 나쁜 부글부글 소리를 내기 시작했다. 뭔가를 토한 것 같다.

"……?!"

자기도 모르게 뒷걸음질 치고, 클리오는 입술에 상처가 난 남자를 봤다. 피를 토하는 소년 앞에 서 있던 남자는 유난히 천천히, 이쪽으

로 몸을 돌렸다. 슬며시 웃으면서, 말했다.

"……무슨 볼일이라도 있나? 아가씨."

뭐라고 받아쳐야 하는데——

본능이 그래야 한다고 말한다. 가만히 있으면 몸이 위축된다. 그걸 알고는 있지만, 머릿속에 아무것도 떠오르지 않는다.

"……무…….."

갈라진 목소리로 작은 소리를 내고, 클리오는 고개를 저었다.

"무슨 볼일이냐뇨! 뭐 하는 건가요, 당신들!"

"뭘 한 것 같아?"

입술에 상처가 난 남자는 아무 일도 아니라는 투로 대답했다.

"뭐냐니…….."

그렇게, 클리오가 대답하지 못하고 가만히 있는 사이에, 남자의 두 눈에 투명한 불빛이 들어왔다. 네 명은 마치 뭔가 연동이라도 된 것처럼, 같은 동작으로 한 걸음 다가왔다. 생리적으로 서늘한 기운이 느껴지는, 위험한 미소를 지으며.

소리를 내는 것은, 입술에 상처가 난 남자뿐이었다.

"금세 알게 될 거야."

어깨를 으쓱거리고,

"지금부터 실컷 설명해줄 테니까."

"여러모로."

또 다른 천박한 미소를 짓고, 다른 남자. 누가 말했는지는 모르겠다——클리오는 그저, 입술에 상처가 난 남자만을 노려봤다.

바로, 검을 뽑으려고 허리에 손을 댔지만.

'……가지고 있을 리가 없잖아.'

클리오는 혀를 찼다. 칼은 여관에 두고 왔다. 정확히 말하자면 매지크의 짐 안에.

그러는 사이에 남자들은 목검을 손에 들고 이쪽으로 다가왔다. 조심스레 겨누지도 않고. 이쪽에 무기가 없으니 어쩔 수 없는 일이겠지.

'어쩌지.'

점점 다가오는 상대를 시선으로 견제하며——별로 효과가 없다는 건 인정할 수밖에 없지만——, 클리오는 필사적으로 생각을 정리하려고 했다. 가장 좋은 건 도망치는 것이겠지. 큰길까지는 몇 미터도 안 된다. 하지만 그렇게 되면 안쪽에 있는 소년이 어떻게 될지 모르고, 상대가 사람들이 있는 곳까지 도망쳤다고 포기할 것 같지도 않았다.

'아무리 그래도 맨손으로는 내 몸을 지킬 수도 없고.'

그 순간이었다.

머리 위에서, 뭔가가 움직이는 감촉. 레키가 일어난 것 같다.

"어?"

무슨 소리가 들린 것 같아서, 클리오는 그런 소리를 냈다. 그것과 거의 동시였겠지. 제일 가까운 곳까지 다가와 있던 남자가, 목검을 치켜들고 달려들었다.

'이런!'

클리오는 어떻게든 피하기 위해서 몸을 돌리려고 했다. 하지만, 허를 찔린 탓에 동작이 늦었다. 한 발 맞을 것을 각오하고, 두 팔로 머리를 막았다. 레키와, 그리고 한방에 기절할 가능성이 높은 각오를. 아무리 강한 일격이 날아온다고 해도 의식만은 잃어선 안 된다고, 그

렇게 각오하고. 만약 정신을 잃으면 얼마나 위험할지——지금 덤벼 드는 남자의 눈빛에 드러나 있다

하지만.

키잉!——날카로운 소리가 울려 퍼졌다. 충격도 고통도 없다. 그저 그 소리만이 귀에 들어왔다.

"……?"

말없이 고개를 들었다. 처음에 눈에 들어온 것은 덤벼들던 남자가 뒤쪽으로 날아갔고, 깜짝 놀라서 눈이 휘둥그레져 있는 모습이었다. 그리고,

"검?"

클리오를 지키려는 것 같은, 새하얀 검이 머리 위에 있었다. 그 검이 목검을 쳐낸 것 같다.

땡그랑, 소리를 내면서 바닥에 덜어진 검을, 클리오는 서둘러서 집어 들었다.

'검…… 이 아냐. 이거, 돌로 만들었나?'

집어보니 검이라기보다는 열십자(十) 모양의 돌덩어리였다. 옆을 흘끗 보니, 가까운 건물 벽에 이것과 똑같은 크기와 모양의 홈이 나 있다. 아무래도 거기서 떨어진 것 같다.

'레키가 만들어줬구나.'

두 손으로 검을 잡고, 클리오는 목검을 든 일당과 대치했다. 날도 없는 돌검이지만, 목검의 일격을 막고도 부러지지 않은 걸 보면, 강도는 돌 그대로겠지. 어쨌거나 무기만 있으면 몸을 지킬 수 있다.

잘만 되면, 그 이상도——아직도 그들 뒤쪽에 쓰러져 있는 소년을 보고, 클리오는 침을 삼켰다. 누군지는 모르지만, 빨리 치료하지 않

으면 위험하다는 건 의심할 여지가 없다.

"이, 이 자식…… 칼이 어디 있었던 거야?!"

엉덩방아를 찧은 남자가 신음처럼 내뱉은 소리가 들려왔다. 아무래도 클리오가 이 칼을 숨겨두고 있었다고 생각했다. 뭐, 보통 머리 위에 있는 강아지가 마술로 깎아냈을 거라는 생각은 못 하겠지.

"이년이, 이젠 봐주지 않겠다!"

다른 남자가 뛰쳐나온다──

비스듬하게 내리친 목검을 돌 칼날로 받아낸다. 찌릿한 충격이 전해졌지만, 클리오는 뒤쪽 발을 반걸음 정도 빼서 버텨냈다. 그러자 앞쪽에 있는 발을 후리려는 것처럼 목검이 날아왔지만, 그건 발을 들어서 간신히 피했다.

가능하다면 피하면서 반격하고 싶었지만 아직 팔이 저렸다. 이쪽이 받아치지 않았다고 안심한 건지, 남자는 바로 세 번째 공격을 시도했다──이번에는 오른쪽에서 왼쪽으로, 가로로 휘둘러서.

클리오는 바로 반응했다. 상대는 복수. 계속 수세에 몰려 있어서는 안 된다.

"하앗!"

짧게 숨을 내쉬고, 클리오는 남자가 목검을 쥐고 있는 손을 노리고서 검을 내리쳤다. 궤적이 날카롭게 교체하고──

"윽?!"

남자의 신음소리만을 남기고, 목검이 사라졌다. 클리오의 공격을 맞은 남자의 손에서 빠져나가, 멀리 날아갔다.

"으아아악!"

손가락 두 개 정도가 말도 안 되는 방향으로 꺾여버린 손을 붙잡고, 남자는 그 자리에 주저앉았다. 이 사람은 더 이상 신경 쓸 필요 없다. 클리오는 눈에 힘을 주고, 남은 세 명을 쳐다봤다.

'생각대로 됐네…….'

식은땀이 흐르는 걸 느끼면서, 혼잣말을 했다. 리치와 힘 차이를 생각해보면, 상대는 자신이 한방에 쓰러지는 일은 없다고 생각했을 것이다. 돌덩어리로 맞으면 파괴력은 문제가 없겠지만, 그래도 체력 차이가 무기의 속도 차이로 드러난다. 정면으로 힘겨루기를 했다면, 남자의 검이 먼저 자신에게 닿았을 것이다.

하지만, 이쪽으로 나와 있는 부위를 노리면, 리치도 속도 차이도 전부 무시할 수 있다. 필요한 것은 정확한 조준과 실행할 의지다. 그것은 연습으로 어떻게든 할 수 있다.

자신보다 역량이 뛰어난 상대에게는 이렇게 허를 찌르지 않으면 당해낼 수가 없다. 예전에 오펜한테 검 연습을 봐달라고 했던 때부터 생각했던 일인데, 이렇게 갑자기 도움이 될 줄은 몰랐다.

"대단하군."

왠지 옛날 말투 같은 느낌으로 말한 것은——입술에 상처가 난 남자였다. 상처가 난 입술은 거의 움직이지도 않고 소리를 내고 있다.

"형님!"

그제야 다른 남자들이 긴장한 목소리로 말했다. 손가락이 부러진 남자도 그 아픔을 참으면서 비틀비틀 물러났다. 입술에 상처가 난 남자는 자신을 형님이라고 부르는 남자들에게는 대답조차 하지 않고, 그저 한 걸음 앞으로 걸어 나왔다.

그리고, 오른손으로 늘어트리는 모양으로 목검을 들었다. 차가운 눈으로, 말했다.

"······정말 대단하군. 로테샤 쪽 사람인가?"

"?"

무슨 소리인지 모르겠어서 눈살을 찌푸렸더니, 그것만 가지고 알아서 이해한 것 같다. 더 이상은 묻지도 않았다.

그리고 그 대신, 공격을 날렸다. 비명을 지를 틈도 없이, 목검의 궤적을 돌검으로 막아냈다.

위쪽에서, 좌우에서——흐르는 것처럼 여러 번, 입술에 상처가 난 남자의 공격이 이어졌다. 그것을 전부 막아낼 수는 없었다. 두 세 번은 크게 후퇴해서 넘기고, 클리오는 이를 악물었다.

'빠르다······!'

시야에 들어오는 것은 상대의 검보다, 발이었다. 지면을 문지르면서, 재빨리 기어오는 것 같은 발놀림. 처음부터 목검의 움직임이 보일 리도 없었지만, 더 이상 감으로 받아내기도 힘들어지고 있다.

게다가 이쪽은——

'치마가······.'

다리에 감기는 천 때문에 움직이기 제한되고 있다. 귀찮은 느낌이 점점 초조함으로 바뀌어가는 것이 어쩔 수 없이 느껴졌다. 지금까지는 잘 버티고 있지만 오래 버티지는 못하겠지.

아까 했던 것과 같은 방법은 통하지 않을 것이다. 다른 비장의 카드를 준비해야 한다.

당연히 남자는 찌르기를 경계하고 있겠지. 하지만, 동시에 안도하고 있을 것이다.

그것은 방심과 같은 뜻이고.

'이거라면 못 피할 거야——!'

클리오는 찌르기를 날리는 척 하고, 그 자리에서 주저앉은 것처럼 자세를 낮췄다. 동시에, 몸을 돌려서 등을 보였다. 몸 전체를 한 바퀴 돌려서 날린 공격은, 상대의 발목을 노리는 기습 공격이었다. 자세를 낮춘 것은 기습 공격이 시작되는 걸 들키지 않기 위해서, 허를 찌르기 위해서, 그리고 상대의 반격을 피하기 위해서였다. 시야가 변화하고, 칼끝의 표적인 발목을 본, 것 같다고 생각한 순간.

"어?"

클리오는 움직임을 멈췄다. 돌칼이, 허무하게 아스팔트를 때렸다. 거기에 있어야 할 표적이 없었다.

그리고.

쾅!

눈 안쪽에, 충격이 울렸다.

아니, 적어도 클리오는 그렇게 느꼈다. 수상한 감촉이 두개골 속에서 부푼다. 이것은 기척이었다. 피. 아픔. 상처. 그런 부류의 예감.

몸이 떠 있다. 실제로는 바닥에 넘어진 것인지도 모르지만. 클리오는 그저 무작정 팔다리를 움츠리고, 빌었다──멈추라고. 멈춰야 한다. 부유하는 세상을 붙잡고, 일어나고, 다친 곳을 확인하고…… 그리고 가능하다면, 도망쳐야 한다.

마지막 한 가지 외에는 의식을 회복하자마자 바로 달성했다. 정신을 차려보니 하늘이 보인다. 골목길 벽 사이로 보이는, 파란 하늘. 뒤로 쓰러진 것 같다. 몸을 움직이려다가 등이 저려서 일어날 수 없다는 걸 알았다. 등뼈를 맞았나보다.

고개만 들어보니 상처자국이 눈에 띄는 입술을 꾹 다문 채, 목검을 손에 들고 자신을 내려다보는 남자와 눈이 마주쳤다──헉, 몸을 움직였다. 아픔도 저리는 것도 무시하고 일어나려고 했지만, 소리도 없이, 남자가 다가왔다. 손에 쥔 목검을 대충 내질렀다.

퍼억!──차가운 소리를 내며, 목검 끝이 허벅지와 허벅지 사이에 꽂혔다. 자기도 모르게 짧은 비명을 질렀다. 등에 서늘한 것을 느끼면서 내려다보니, 목검 끝이 치마를 눌러서 땅바닥에 붙잡아 놨다. 움직일 수가 없다.

"……."

클리오는 말없이, 상황을 이해하려고 했다──손에, 검은 없다. 어딘가에 떨어트렸겠지. 레키는 아직 머리 위에 있었다. 가능하다면 사람들 있는 곳까지 도망치고 싶은데, 이렇게 됐으면 이 꼬마 드래곤의 도움을 받아야 할지도 모른다.

'조금만 더…….'

상황을 본 다음에 해도 되겠지. 자신을 달래려는 듯이, 클리오는 혼잣말을 했다. 진짜 궁지였다면 사양하지 않았겠지만.

남자도 여전히 아무 말이 없다. 그 검은 눈에는 아무런 감정도 없다. 어느 샌가 입술에 상처가 난 남자가 골목길 출구에 더 가까운 쪽으로 옮겨가 있었다──한마디로 다른 세 명과 이 남자 사이에 낀 모양이 됐다. 등을 맞았다는 걸 생각해보면, 상황은 간단히 추측할 수 있었다. 몸을 낮추고 휘두른 순간, 자신의 머리 위를 뛰어넘어서 뒤쪽으로 갔겠지. 허를 찌르려다가 오히려 찔린 꼴이다.

그 때──

"로테샤네 편이 아니라면……."

갑자기, 남자가 물었다.

"대체 왜 나한테 덤빈 거지?"

"왜냐니?"

몇 초 동안, 클리오는 의미를 파악하지 못하고 침묵했다. 입술이 반쯤 벌어져 있다는 걸 깨닫고, 그리고 간신히 할 말을 생각해냈다.

"왜냐니. 그야, 당연하잖아. 쟤가, 죽게 생겼으니까."

뒤쪽을 가리킬 수 있으면 좋겠지만, 움직였을 때 무슨 짓을 당할지 모르기 때문에, 애매하게 시선만 움직여서 뒤쪽에 있을 소년 쪽을 가리켰다.

남자의 표정은 바뀌지 않는다.

"그냥 참견했다는 건가."

그런 소리를 중얼거렸다. 뒤쪽에서 핫, 하는 웃음소리가 들려왔다 ──비웃는 것 같은.

발끈해서, 클리오는 소리를 질렀다.

"뭐가 웃긴데!"

"분명히 웃기는 일은 아니군. 재미없는 일이야."

은 그래도 웃음 따위는 잊어버린 것 같는 눈빛으로, 입술에 상처가 난 남자가 입을 열었다.

"이런 짓을 해놓고, 무사히 갈 수 있을 거라고 생각하진 않았겠지."

"난……."

소리를 낼 때마다, 등이 아프다──상당히 심하게 맞은 것 같다. 하지만 그건 생각하지 않기로 하고, 클리오는 계속해서 말했다.

"난, 내가 하고 싶은 일을 했을 뿐이야."

"그렇군. 그렇다면 우리는 우리가 하고 싶은 대로 하겠다. 괜찮겠지?"

발소리가 들린다. 뒤쪽에서. 다른 세 명이 가까이 다가오는 소리겠지. 천박하게 웃는 소리도 들린 것 같다.

클리오는 혐오하는 기분으로 중얼거렸다.

'괜찮을 리가 없잖아!'

머리 위에서 속 편하게 앉아 있는 레키——이 사태도 딥 드래곤한테는 위기적인 상황으로 여겨지지 않는 것 같다——한테 공격을 부탁해야겠다 싶어서 입을 열려고 했다. 그 순간,

"잠깐 기다리게나."

"……?!"

클리오는 자기한테 하는 소리인가 싶어서 입을 다물려다가 혀를 깨물었지만, 바로 다른 남자들에게 하는 말이라는 걸 알았다. 입술에 상처가 있는 남자의 목소리도 아니었고, 다른 세 명의 목소리도 아니다. 순간, 클리오는 오펜의 얼굴이 떠올랐지만, 목소리가 전혀 달랐다. 왠지 폼 잡는 것 같은 억양, 말투만 봐도 천지차이고. 들어본 적이 없는 목소리다.

입술에 상처가 난 남자가 스윽, 목검을 뺐다. 이쪽 따위는 벌써 잊어버렸다는 것처럼, 그대로 뒤를 돌아봤다——목소리는 골목길 입구쪽에서 들려왔다——. 소리가 들려온 쪽은.

그 쪽에는 청년이 한 명 있었다. 나이는 잘 모르겠다. 그냥 청년이라고밖에 표현할 방법이 없다. 약간 경박해 보이는 양배추색 옷은, 댄스용 레오타드 같았다. 입술에 상처가 난 남자와 그 동료들이 입고 있는 운동복을 보면서, 왠지 이 동네에는 제대로 된 옷을 입은 사람이 없는 게 아닌가 싶다는 생각을 했다. 일단 눈살을 찌푸리면서 일어났다. 골목길 옆으로 비키자, 뒤쪽에서 다가온 남자들이 재빨리 클

리오 옆으로 지나갔다. 그대로, 입술에 상처가 있는 남자와 나란히 서서, 새로 나타난 청년과 대치했다.

그들은 그 청년을 잘 알고 있는 것 같았다──누구인지 물어보지도 않는 걸 보면. 서로 짜기라도 한 것처럼 목검을 겨누고 그를 견제했다. 그 중에서 입술에 상처가 있는 남자만이 칼을 겨누지도 않고 팔짱을 낀 채로 청년을 바라봤다.

영문 모를 긴장감 속에서, 클리오는 일단 여전히 쓰러져 있는 소년 쪽으로 달려갔다. 몸을 숙이고 관찰해보니 중상이라는 걸 금세 알 수 있었다. 머리카락이 피 때문에 딱딱하게 뭉쳐 있다. 죽어도 이상하지 않을 상처인데, 살아 있다. 엎드려 있는 소년의 등이 살짝 위 아래로 움직이고 있었다.

"……레키."

그렇게 말했다.

머리 위에 있는 레키가 천천히 움직이는 게 느껴졌다. 눈에 보일 정도로, 소년의 상처가 아물어 갔다. 딥 드래곤의 마술이라면──클리오는 예전에 오펜히 해준 말을 떠올리고 있었다──어지간한 상처를 치유할 수 있다고 했다. 죽은 사람도 소생시킬 가능성이 있다던가. 레키한테는 아직 무리려나.

이만하면 괜찮겠지. 안도하고, 클리오는 다시 골목길 입구 쪽을 봤다. 여전히 정체불명의 청년과, 역시 정체불명의 남자들이 눈싸움을 벌이고 있었다. 아니, 청년 쪽은 노려보는 표정이 아니었다. 웃고 있다.

'……대체 뭐지.'

클리오는 조용한 의문을 느꼈다. 딱히 자신에게 좋은 상황이 된 것

같지도 않다. 청년이 누구인지도 모르고, 자신을 도와주려고 하는 사람이라고 해도 도움이 될지 아닐지를 모른다──입술에 상처가 있는 남자들의 옆얼굴을 보며, 그렇게 생각했다. 다른 세 명은 몰라도 저 남자만은 격이 다르다. 혹시나 경찰이 두세 명 달려온다고 해도, 안심할 수는 없다.

기대를 품으려는 마음을 다잡은 것은, 방심하지 않기 위해서였다. 언제든지 행동할 수 있게, 자리에서 일어났다.

그런데──

청년의 표정을 보고, 클리오는 자신이 뭔가 괜한 걱정을 하고 있는 것 같다고, 직감적으로 뭔가를 느꼈다. 그렇다. 청년은 웃고 있었다.

그것은 우둔한 웃음도 비굴한 아양도 아닌, 뭔가 답을 알면서 시험에 임하는 자의 웃음이었다. 손에는 이 남자들과 같은 목검을 쥐고 있다. 우아하게 보이고 싶은지 늘씬한 손가락으로 슬며시 문지르고 있는데, 얼빠진 삼류 배우 정도의 우아함 정도라면 달성했다고 할 수도 있겠지. 풀색 타이츠? 위에 그것보다 좀 더 진한 색 재킷. 바지는 제대로 입고 있다. 하지만 옷자락 아래로 상반신의 타이츠와 똑같은 색이 보이는 걸 보면, 아무래도 저 타이츠를 온 몸에 입고 있는 것 같다. 신발만은 멋진 가죽 신발이지만, 제대로 된 것은 그게 끝이었다. 나머지 것들, 온 몸에 걸친 온갖 것들이 어딘가 기묘하고 가짜 같다.

머리카락은 보기 드문 빛바랜 블론드. 금색이라기보다 크림색에 가깝다. 눈꼬리가 긴 눈에서 눈동자가 움직이고 가느다란 입술을 벌리자, 거기서는 새된 목소리의 충고가 흘러 나왔다.

"훗⋯⋯ 자네들이 우리 연습생들을 노리고 사냥한다는 소문, 믿고 싶지 않았는데."

"시끄러!"

뜬금없는 고함소리를, 남자들 중에 하나──입술에 상처가 난 남자는 아니다──가 질렀다. 청년은 들은 척도 안 했다. 각진 턱을 치켜 들고, 하던 말을 계속했다. 그것은 누가 봐도 선망의 대상이 될 제스처였다. 너무 노골적이어서 오히려 의문이 들 정도로. 청년은 슬픔을 감출 생각이 없어 보였다.

"같은 검의 길을 가는 자들은 사소한 일로 대립하는 일은 있어도 마음 속 깊은 곳에서는 서로가 통하는 법, 이라고 생각하고 있다……."

"라이언."

입술에 상처가 난 남자가, 조용히 말했다──

아마도 그게 청년의 이름인 것 같다. 청년은 빙글, 연기하는 것 같은 동작으로 몸을 돌렸다.

"뭔가? 에드."

이름을 불렀지만 입술에 상처가 있는 남자는 아무런 반응도 없다. 그저 하고 싶은 말을 할 뿐이라는 무뚝뚝한 목소리로, 어깨를 으쓱거릴 뿐.

"……난 그 사소한 대립만이 검의 존재 가치라고 생각하는데."

클리오는 그 말투가 지금까지보다 약간 편한 말투라는 걸 눈치 챘다. 왜 그런지는 모르겠지만.

라이언이라는 사람은 이번에도 이상할 정도로 우아한 동작으로 고개를 저었다.

"로테샤가 몇 번이나 협조하라고 하지 않았던가?"

"나도 어떤 의미에서는 협조한다고 생각하는데?"

"아쉽게도 그녀는 완고하거든. 자네들에게는 검을 줄 수 없다고 하더군."

검을 줄 수 없다. 라고 들은 순간. 남자들이 움찔하고 반응한 것처럼 보였다——아주 짧은 순간이었지만. 그리고는 바로 사라졌다.

입술에 상처 난 남자, 에드가 차가운 미소를 지으며 가만히 있다.

"……너도 같은 생각인가?"

부드러운 바늘. 그런 느낌이다. 아프지는 않지만 확실하게 찌른다. 꿰뚫릴지도 모른다.

라이언은 훗, 하고 웃었다.

"나는 당연히 로테샤의 뜻에 따른다."

"그렇군."

그리고——

그걸로 끝난 것 같았다. 남자들이 적당히 흩어졌다. 골목길의 한정된 공간 안에서, 간신히 검을 휘두를 수 있을 정도로 각각 거리를 벌렸고, 에드도 목검을 겨누고 금발 청년을 노려봤다.

라이언은 조용히 미소 지을 뿐이었다. 그 미소가 여유 있는 미소에서 이질적인 것으로 변화했다. 누구든 알 수 있을. 연민의 미소였다.

"말은 필요 없다는 건가.

손에 들고 있는 목검을, 대치한 네 명을 향해서 가볍게 내밀었다.

"아쉽군…… 자네들처럼 재능 있는 젊은이를 죽일 지도 모른다니. 이 라이언 스푼이 그저께쯤에 익힌 오의, 맛보여주지."

그리고는 갑자기 목검을 번쩍——그것 말고 다른 표현이 생각나지 않을 적도로 확실하게 치켜들고, 네 명의 상대를 향해서 크게 발을 내디뎠다.

"비검 원인살법(猿人殺法), 키이이이이이!"

빠악!

퍽, 빡, 퍽퍽퍽퍽빡퓩퍽퍽퍽퍽……

"……."

클리오는 멀리 떨어져서 가만히 그 광경을 바라봤다.

처음에 난 소리는 라이언이 적의 2미터 앞에서 내리친 목검이 화끈하게 땅바닥을 때린 소리였다.

그 다음에 들려온 것은, 그러다가 검을 놓친 라이언의 얼굴을 에드의 목검이 때리는 소리.

그 다음에는 또 다른 남자의 목검이 옆구리를 때린 소리. 그 다음에는 또또 다른 목검이 어깨를 때린 소리. 라이언이 얼굴부터 땅바닥에 엎어진 소리. 그 등과 엉덩이를 비처럼 쏟아지는 목검으로 두드리는 소리. 등등……

몇 초 뒤——그 정도 시간이 지났겠지——, 남은 것은 너덜너덜한 꼴로 땅바닥에 쓰러져서 경련을 일으키는 라이언과, 그 모습을 내려다보는 네 명의 남자들뿐이었다.

헉헉, 하는 숨소리만이 골목길에 울린다.

조금 지나서 천천히, 라이언이 일어났다. 머리카락은 엉망이 되고 얼굴도 흙투성이가 됐지만 그걸 닦지도 않고, 재킷 품 안으로 손을 집어넣더니,

"……이거."

지갑을 꺼낸 것 같았다. 그걸 남자들 중에 한 사람에게 건네고, 무표정한 얼굴로 고개를 꾸벅 숙였다.

"잘 있어."

익숙한 일인지, 에드와 남자들은 그 지갑을 받아들고는 바로 골목길에서 떠났다.

바람이 분다.

라이언은 이쪽으로 고개를 돌리고 씩 웃고는, 오른손 엄지손가락을 척, 하고 세워 보였다.

"아무래도, 내 덕분에 산 것 같은데."

"응…… 뭐, 덕분에 살긴 했는데."

이를 번쩍 빛내는 청년을 보며, 클리오는 게슴츠레한 눈으로 중얼거렸다. 하지만 라이언은 전혀 신경 쓰지도 않고 이쪽으로 다가왔다. 뭔가 깊이 생각하는 것처럼 팔짱을 끼고, 고개를 저으면서 말했다.

"으음. 내 오의인 비검이 깨지다니…… 정말 부조리하군."

"부조리한가."

클리오는 자신 없이, 신음하는 것 같은 소리로 말했다. 그리고 입을 연 김에 물어봤다.

"당신, 뭐 하는 사람이야?"

"하하하. 이 라이언 스푼. 이름을 댈 정도의 실력자는 아니야."

"……그럼 아니야?"

"아니, 이름을 말할 정도의 사람은 아닌 것 같지만, 아무래도 자네는 이미 내 이름을 알고 있는 것 같군."

"말 했잖아."

핵심을 지적했지만, 라이언은 전혀 반응하지 않았다. 고개를 꾸벅해서 인사하고, 물었다.

"가능하다면 당신의 이름도 들려줬으면 싶은데."

"클리오야. 얘는 레키."

"좋은 이름이야…… 마치 소녀와 검은 강아지 같은."

"아니라고 하면 곤란하겠지."

두 번째로 핵심을 찔렀지만, 라이언은 이번에도 무시했다.

스스슥, 하고 시선을 돌려서, 쓰러져 있는 소년 쪽을 봤다. 라이언은 딱히 당황하지도 않으면서 말했다.

"어라, 그런데 저기 피투성이가 돼서 쓰러져 있는 우리 연습생이 갑자기 생각났군."

"갑자기가 아니라도 생각나야 하는 거 아냐?"

클리오가 한 말은 또 무시하고, 소년——아무래도 연습생인 것 같다—— 옆에 가서 한쪽 무릎을 꿇고 앉았다. 조심해서 확인해보고, 감탄한 것 같은 소리를 냈다.

"흐음…… 상처도 없는데 피를 흘리다니, 재주도 좋은 녀석이군."

상처가 없는 건, 레키가 마술로 막아줬으니까 당연한 일이다. 이 정도면 큰 탈은 없겠지. 클리오는 라이언의 표백이라도 한 것 같은 머리카락을 내려다보면서 말했다.

"얘가 치료해줬어. 아까 봤을 때는 상처가 정말 심했거든——그놈들, 정말로 죽일 생각이었을까."

마지막 부분은 이미 사라져버린 네 명을 향해서 한 말이다.

라이언은 천천히 일어나서 클리오의 가슴께를 쳐다봤다——자기도 모르게 뒷걸음질을 쳤지만, 아무래도 품에 안고 있는 레키를 관찰한 것 같다. 코로 킁킁 소리를 내는 아기 드래곤을 빤히 쳐다본 뒤에,

"호오. 생긴 것과 다르게 의사가 깜짝 놀랄 것 같은 생물이군."

"그, 그런가."

"편리한 애완동물이야."

아무래도 레키가 소년을 치료해 줬다는 말을 딱히 의심하지도 않고 받아들인 것 같다──드래곤 종족이라는 것도 확인하지 않고.

상당히 이상한 일일지도 모른다는 생각도 들었지만, 클리오는 너무 깊이 생각하지 않기로 했다. 그런 사람도 있겠지. 그보다 마음에 걸린 일에 대해서 말하기로 했다.

"애완동물이 아니야. 친구라고."

응응, 라이언은 고개를 끄덕였다.

"그렇군. 친구면 더 좋지. 강적이라고 쓰고 친구라 읽는 건가."

"아니, 그런 건 아니고."

"그러니까, 내 부상도 치료해주면 고맙겠는데."

"왠지 그냥 싫은데."

클리오는 얼굴을 찌푸리고 라이언을 쳐다봤다. 너덜너덜해진 청년을 둘러보고, 신음했다.

"솔직히, 거의 다치지도 않았잖아."

그 때. 갑자기 생각이 났다.

'……다치질 않았다고?'

목검으로 그렇게 맞았는데, 눈에 보이는 상처는 거의 없다. 원래는 상처 정도가 아니라 지금 발밑에 쓰러져 있는 소년만큼 중상을 입었어도 이상하지 않을 텐데.

하지만 머리카락이나 옷이 여기저기 흐트러진 것 외에, 실제로 입은 부상은 없는 것 같다.

"저기, 괜찮아?"

"뭐가?"

"그렇게 맞았는데. 그것도 목검으로. 잘도 움직이네."

"훗……."

그는 집게손가락을 이마에 대고 눈을 감았다. 클리오가 묻기를 기다리고 있는 건지도 모른다.

"나도 오의를 배운 자. 로테샤한테는 못 당해도, 단련하고 또 단련한 몸이다 보니 다소의 상처에 굴할 정도로 약한 몸은 아니야."

"그렇구나."

꼭 그런 건 아니지만, 부정할 만한 이유도 생각나지 않았다.

"아까부터 말하는 그 로테샤라는 사람, 누구야?"

"검의 여신."

라이언은 바로 대답했다.

"여신?"

"당신, 아무래도 관심이 있는 것 같군?"

집게손가락을 한 개 세우고——슥 다가오는 라이언에게, 클리오는 애매하게 고개를 끄덕였다.

"뭐, 그야, 이만큼 난리가 났으니 궁금…… 하겠지?"

"알겠습니다."

고개 숙여 인사하고, 라이언은 쓰러져 있는 연습생을 가리켰다.

"그렇다면 그쪽이 다리를 좀 들어주겠나. 도장까지 데려가는 걸 도와주면, 우리 검의 정수를 실컷 보여드리도록 하지."

"……."

딱히 거절할 말도 생각나지 않아서——

클리오는 레키를 다시 머리 위에 올려놓고, 힘없는 연습생의 양쪽 다리를 들어 올렸다. 평범한 아침이 대체 어떤 시점에 끝난 건지에 대해서 생각하며.

제2장 검의 여신

"뭐? 그래, 알아. 그건 찾아올게. 그러면 되잖아. 계획이라고 할 정도는 아니지만, 일단 잘 진행되고 있어."

헬퍼트는 벤치 등받이에 몸을 기대고, 하늘을 올려다보면서 그렇게 중얼거렸다. 오전의 공원에는 사람도 거의 없어서 누가 뭐라고 하지도 않았다. 그가 중얼거린 소리는 연기처럼 올라가서는 서늘한 가을 공기 속으로 사라졌다. 잠시 침묵하고──다시 말했다.

"내 역할은 잘 알고 있고, 일하다가 실수한 적도 없어…… 아니, 뭐, 아예 없다는 건 아니지만. 나한테 맡겨줬으면 싶다고. 댁들이 움직이면 다 엉망이 되니까. 댁들이 그런 쪽에 재주가 없다는 건 좀 자각해줬으면 싶거든. 그러니까 나 같은 인간이 필요한 게 아니겠어."

서른 살 정도일까──좀 더 젊을지도 모른다. 얼굴 안에 있는 불균형한 이목구비들이 그의 나이를 추측하기 힘들게 만들었다. 눈. 눈에는 빛이 있다. 색이 옅은 파란색 홍채는 보석이 아니라 식용 젤리처럼 보이고, 눈물에 젖은 안구에는 그 눈동자와 같은 색의 하늘이 비치고 있다. 주름이 많은 얼굴은 힘이 빠진 것처럼 표정이 없다. 올이 나가서 너덜너덜해진 옷은, 그래도 간신히 사람 모양은 유지하고 있는, 그런 꼴이었다. 금색 곱슬머리는 귀를 살짝 장식해주고 옷깃 속으로 숨어 들어갔다.

입은 옷은 고급 정장이지만, 마지막으로 클리닝 한지 너무 오래 됐다는 게 눈에 보였다. 느슨하게 매고 있는 넥타이에는 핀도 없고.

주위에는 아무도 없다. 하지만 그는 계속해서 말했다.

"잊은 건 아니라고. 나도 이 대륙을 잃고 싶진 않아."

중얼거리는 입가에는 빈정대는 것 같은 미소를 짓고 있다.

"그런데…… 그런 건 일심동체가 아니라, 일련탁생(一蓮托生)이라고 하는 거야."

이번 침묵은 조금 길었다. 입을 다물고, 먼 곳을 바라보는 것 같은 눈으로 가만히 높은 하늘을 바라봤다. 돌바닥이 깔린 공원에는 낙엽이 드문드문 떨어져 있다. 굳이 낙엽수를 심어서 청소하기만 귀찮게 만든다고 하는 사람도 있지만, 그래도 경관은 나쁘지 않았다. 벤치에서 보이는 길에는 지나가는 사람들의 모습도 보인다. 하지만, 아무도 그를 신경 쓰지 않았다.

'뭐 그런 거겠지.'

그는 마음속으로 중얼거렸다.

'모든 것은 그냥 스쳐 지나간다. 그런 거야…….'

그딴 건 아무래도 좋다.

탄식하고, 그는 다시 입을 열었다.

"그래."

하늘을 올려본 채로는 고개를 끄덕일 수가 없지만, 표정만 가지고, 알았다고 눈을 살짝 찌푸렸다.

"댁의 의도는 잘 알아. 날 보냈다는 건, 한마디로 성공을 기대한다는 뜻일 테니까."

숨을 한 번 내쉬고, 신음했다.

"다시 힘을……. 비원이지. 알고 있어."

고개를 끄덕이고 싶지 않은 이유가 있는 건 아니다. 그저 하늘에서 눈을 떼는 게 불안했을 뿐이다. 오랜만에 폭풍의 기미도 없는 이 키에살히마 대륙의──바람이 불지 않기에 아름답게 탁한 하늘을.

그것이 본심이냐고 묻는다면, 고개를 갸웃거릴 수밖에 없다.

오펜은 약간 음울한 기분으로 그런 생각을 하면서 길을 걷고 있었다. 은행나무 가로수길에는 온갖 사람들이 모인다. 장보고 돌아가는 주부부터 개를 데리고 나온 어린아이, 나란히 걸어가는 커플과 손님을 기다리는 초상화가. 멍하니 걸어가도 다른 사람과 부딪히지 않았다. 길은 그 정도로 폭이 넓었다. 그래서──꼭 그것 때문은 아니지만, 오펜은 멍하니 생각에 잠겨 있었다.

그 때──

"없네요."

약간 늦게 따라온 매지크의 목소리를 듣고 정신이 번쩍 들었다. 그쪽을 쳐다보니 이 금발 소년은 주위를 이리저리 둘러보면서 말을 걸어왔다.

"어디 갔을까요? 클리오."

"아, 응──뭐 걱정할 필요는 없겠지만."

헛기침을 하고, 대답했다.

클리오가 방에 없다는 사실을 알아차린 것은 그 뒤로 한 시간 정도 지난 때였다. 클리오가 원래 심심하면 밖에 나가서 돌아다닌 건 알고 있었고, 내쉬워터가 그렇게 위험한 거리도 아니니까.

그런데 굳이 이렇게 찾으러 나온 건, 자기가 밖에서 좀 걸어 다니고 싶은 기분이었기 때문이다. 답답할 때의, 아주 일반적인 기분전환

──을 할 생각이었는데, 오펜은 씁쓸한 미소를 지었다.

'그 고민이라는 게, 세상 끝에 갇혀버린 누나를 찾으려면 어떻게 해야 할지, 라는 게 문제지만.'

키에살히마 대륙 바깥에 있는 세상.

그 사실을 의식한 것은, 어떤 의미에서는 처음이었다. 물론 대륙 '바깥'이라는 것에 대해서는 무난한 개념을 가지고 있다. 그것은 신화 같은 이야기였지만──거인의 대륙. 신들의 나라. 하지만 오펜 자신도 마찬가지지만, 대륙 사람들이 가지고 있는 지식은 그런 단어들이 막연하게 융합한 애매한 것이었다. 적어도 오펜이 알고 있는 한, 최근 수백 년 동안 대륙 밖으로 나간 사람은 없고, 바깥세상에서 온 사람도 없다.

오펜의 누나 외에는.

'아자리⋯⋯.'

오펜은 소리 없이 중얼거렸다.

'포르테의 네트워크라면⋯⋯ 아자리의 행방에 대하 뭔가 알아낼 수 있을지도 몰라⋯⋯.'

《송곳니 탑》에 있을 사제에 해당되는 마술사의 얼굴을 떠올리며, 오펜은 혼잣말을 계속했다. 여전히 무표정하고 험상궂은 얼굴이 웃어줄 리는 없지만, 그래도 보고 싶을 때가 있다.

'아자리의 행방을 찾을 방법은 크게 두 가지가 있어. 포르테의 네트워크에 부탁하든지, 아니면 백마술사의 탑──《안개의 폭포》를 찾든지.'

킴라크에서 교주 라모니로크가 대륙 탈출의 열쇠라고 명언했던 백마술사들. 그게 어떤 의미인지는 모르겠지만, 거기라면 혹시나──

그들은 시조마술사 결계 밖으로 나간 아자리를 찾을 방법을 알고 있을 것이다.

사실,

'그렇게 최고 집행부한테 거역해놓고 《탑》으로 돌아가는 것도 나름대로 위험하고, 《안개의 폭포》가 찾는다고 나오는 것도 아닐 테니…….'

단서는 있어도 막힌 상황은 달라지지 않는다. 그나마 믿을만한 건 《송곳니 탑》이려나.

그 때――

"응?"

오펜은 걸음을 멈췄다. 바로 뒤에서 따라오고 있던 매지크가 퍽 하고 등에 부딪혔고.

"아야."

매지크가 이해하기 쉬운 소리를 낸 게 들렸다.

"갑자기 왜 그러세요? 스승님……."

"……."

오펜은 아무 말 없이 손짓으로 매지크를 제지하고, 눈을 살짝 찌푸렸다. 길에는 인파라고 할 만큼 사람이 많지 않았다. 하지만 오가는 사람들 속에서 신경 쓰이는 사람이 보인 것 같았다.

"설마? ……하지만."

신음했다. 옆으로 온 매지크가 이상하다는 듯이 쳐다보는 걸 알았지만, 신경 쓸 상황이 아니었다.

그 사람은 이미 보이지 않았다. 눈 깜박할 틈에 샛길로 들어간 건지――아니면 그냥 헛것을 본 걸까. 어느 쪽인지는 모르겠지만.

어쨌거나, 여기서 멍하니 서 있어봤자 소용없다. 오펜은 매지크 쪽을 보고 빠르게 말했다.

"아, 잠깐 볼 일이 생겼어. 갔다 올게."

"예?"

　매지크가 깜짝 놀란 목소리로 물었다.

"가다뇨, 어딜요?"

"나도 모르겠어. 넌 알아서 여관에 가 있던지 해."

"갔다 온다고 해도, 언제까지 오실 건데요? ——스승님!"

　그렇게 큰 소리로 항의하는 매지크를 두고, 뛰어갔다.

　그 사람이 보였던 것 같은 장소까지 가서 좌우를 둘러봤지만, 눈에 들어오는 것은 좁은 골목길뿐이었다. 다른 가게 입구가 있는 것도 아니고, 몸을 숨길만한 곳도 없다. 골목길은 몇 미터 정도 가서는 직각으로 꺾이는 것 같았다. 대충 보니 사람이 간신히 지나갈 정도 폭이지만, 잘못 본 게 아니라면 여기로 들어갔다고 생각할 수밖에 없다.

　오펜은 골목길로 들어가서, 최대한 서둘러 안쪽으로 갔다. 굴러다니는 쓰레기를 대충 걷어차면서 나아갔다. 이유도 없이, 혀를 찼다. 좁은 건 괜찮지만, 시야가 좋지 않아서 짜증이 났다.

　모퉁이를 몇 번이나 돌고, 다른 길로 나왔을 때——

　좌우를 둘러봤지만 아는 얼굴은 보이지 않았다. 그저 골목길 바로 앞에 공원이 있다. 놓쳤다면 여기일 거라고, 오펜은 공원 안을 쳐다봤다. 인적 없는 공원에는 벤치가 드문드문 놓여 있을 뿐이다.

"잘못…… 봤나?"

　오펜은 처음으로 소리를 내서 중얼거렸다. 그리고는 마음속으로 생각했다.

'생각해보면 그 사람이 나한테서 도망치는 것도 이상하지.'

오펜은 그대로 발을 돌렸다. 인적 없는 공원에 등을 돌리다가——
문득 움직임을 멈췄다. 어깨 너머로 다시 공원 쪽을 보니, 나뭇그늘
에 숨은 벤치에 눈에 띄는 남자가 혼자서 앉아 있다.

눈에 띈다는 건 그 남자의 금발머리 때문일지도 모르고, 단정한 얼
굴에 어울리지 않는 낡은 정장 때문인지도 모른다. 하지만 그것보다
눈길을 끄는 것은 남자의 표정이었다. 얼굴은 하늘로 향하고, 그저
무심하게 허공을 바라보고 있다. 아니, 무심이라는 표현은 잘못된 것
같다. 남자는 확실하게 표정을 짓고 있다. 갈라진 유리 같은…… 절
망이라고 해야 할지도 모르겠다.

뒤로 젖혀서 드러난 목은 꼼짝도 하지 않고, 남자는 그저 하늘을
바라보고 있다. 오펜은 탄식하고, 남자한테서 눈길을 뗐다.

'뭐지. 공원 벤치에서 절망하고 있는 남자인가……. 역시 계절 탓
이려나?'

그런 생각을 하면서 슬며시 쓴웃음을 지었다.

'어쩌면 나도 똑같은 표정일지도 모르지만.'

오펜은 어깨를 으쓱거리고는 그대로 숙소를 향해 걸어갔다. 등을
돌린 큰길에서 메마른 바람이 부는 기척을 느끼면서.

그는 하늘을 바라본 채, 얼굴을 찌푸렸다——

시선을 내리고, 이쪽으로 등을 돌리고 골목길로 사라지려고 하는
시커먼 청년의 등을 바라봤다.

"음…… 저 남자, 본 적이 있는데?"

스스로에게 묻는 것처럼, 말했다.

기억 속에 있다는 스위치가 켜진 건 자각했지만, 어떤 스위치인지가 애매했다. 분명히 본 적은 있는데, 어디서 봤는지가 생각나지 않는다.

"어디. 확인할 가치가 있으려나?"

남자가 사라진 골목길을 보며, 자리에서 일어났다. 먼지가 묻은 게 신경 쓰이는 것도 아니지만, 무릎 언저리를 두세 번 두드렸다. 이렇게 해야 일어났다는 기분이 드니까.

"어차피 한가하니까."

그런 소리를 들으라는 듯이 중얼거리고──주위에는 아무도 없지만, 그는 듣는 이가 있다는 걸 의심하지 않았다──헬퍼트는 느긋한 걸음걸이로 공원을 뒤로 했다.

"……검술 교련소?"

클리오가 그 건물을 올려다보면서 한 말은 그것뿐이었다──

그 때, 퍼뜩 정신이 들었고, 자신이 너무나 얼빠진 소리를 냈다는 걸 자각하고는 입을 다물었다. 굳이 물어볼 필요도 없었다. 건물 입구에, 잘못 볼 리가 없는 간판이 걸려 있으니까. 검술 교련소라고.

도시에서는 화려한 스포츠클럽이나 오락시설을 흔하게 볼 수 있는 요즘 세상에, 귀중하다고 할 수 있을 정도로 구태의연한 도장이 있었다. 상당히 심플한, 사각형 건물. 안에서는 힘찬 기합소리와 검이 부딪히는 소리가 들려왔다.

"그래, 보다시피."

라이언은 그것 말고 뭐가 있냐는 듯이 딱 잘라서 말했다──어깨에 메고 있는 연습생은 축 늘어져서 움직이지 않지만.

"여기가 이 내쉬워터에서 제일가는 검술 교련소──일명 고양이 굴이다."

"그 별명은 거짓말이지."

"맞아."

깔끔하게 긍정하는 라이언은 일단 무시하고, 클리오는 다시 한 번 도장 쪽을 봤다. 깨끗하게 청소하긴 한 것 같지만, 벽은 낡은데다 창문이 작아서 햇빛도 잘 안 들 것 같다. 꽃의 거리인 내쉬워터에서는 오히려 눈에 띄는 모습니다. 사실 도장이 있는 곳은 큰길에서 많이 벗어난 뒷길, 그것도 폐옥처럼 다 무너져가는 집들이 줄지어있는 곳이기도 하지만.

"그나저나."

클리오는 연습생의 다리를 고쳐 들면서 말했다. 레키는 머리에서 내려와 그 연습생의 배 언저리에서 몸을 둥글게 말고 있다.

"제일이라니, 이 거리에 검 연습장이 그렇게 많아?"

"아니, 두 곳 뿐이다."

이번에도 깔끔하게, 라이언이 대답했다.

"아까 봤지…… 그 에드라는 자가 이끄는 도장이 또 하나 있는데. 뭐랄까, 눈엣가시."

"그럼 지고 있는 거잖아."

"다들 그렇게 말씀하고 있지."

그는 속편하게 말하고는, 눈을 반짝거렸다. 어딘가 못 미더운, 납작한 눈동자로.

"하지마안! 우리에게는 로테샤가 있다!"

큰 소리를 지르면서 팔을 들어 올리고 주먹을 쥐었기 때문에——당연히 들고 있던 연습생이 머리부터 픽, 하고 땅에 떨어졌다. 레키가 깜짝 놀랐는지 뛰어내렸다. 하지만 라이언은 신경도 쓰지 않고 자기 할 말을 계속했다.

"그런 이유로, 앞으로도 로테샤한테 의존하면서 속 편한 인생을 살아가고 싶은데."

"그런 소리를 해도 곤란한데 말이야……."

자랑스러워하는 것 같은 표정으로 말하는 라이언한테, 클리오는 도끼눈을 뜨고 신음하듯이 말했다.

"그보다 말이야, 결국 그 로테샤라는 사람은 대체 누군데."

"뭐, 한마디로 우리의 사범이라고 할까, 뭐 그런 느낌?"

라이언은 떨어트린 연습생을 다시 들어 올리고, 빙긋 웃었다. 웃으니까 생각보다 젊어보였다——어쩌면 비슷한 또래인지도 모른다.

그리고 클리오가 아무 말도 없는 것을 보고, 말을 걸었다. 그다지 어울리지도 않는 윙크를 하고는,

"실력은 정말 대단해. 로테샤는 타고난 검사야. 강해지고 싶으면 상담을 받아봐."

"헤에……."

클리오는 별 생각 없이 말했다. 그리고——그가 한 말의 의미를 알아차리고, 얼굴을 찌푸렸다

"그런데, 뭐야 강해지고 싶으면은 뭔데. 내가 그런 소릴 했었나?"

"어라?"

라이언은 정말 의외라는 듯이 말했다.

"그렇게 보였는데. 뭐 됐고."

더 이상 물고 늘어지지 않고 그렇게 말하더니, 도장 입구 쪽으로 걸어갔다. 클리오도 그 뒤로 끌려갔고. 사람들이 그럭저럭 드나드는 건물인 만큼 입구는 꽤 넓었다──하지만 의식을 잃은 사람 하나를 들고서 건물로 들어가는 건 꽤 힘들었지만. 안쪽도 바깥하고 크게 다를 게 없었다. 낡고 흠집이 난 벽을 잘 손질해서 적당히 감추고 있다. 말린 꽃 액자가 걸려 있는 밑을 지나가면 화장실이라는 표시가 걸려 있는 문이 있고, 그 안쪽에는 마룻바닥이 깔린 넓은 공간이었다. 남녀 몇 명이 제각기 운동복 차림으로 손에는 목검을 쥐고서 기합소리를 지르고 있다.

나무찬자가 깔린 바닥에는 많은 사람들이 신발을 신은 발로 밟고 박차면서 그런 것인지──흠집 투성이였다. 연습생들은 대부분 젊은 사람들이다. 그 사실에 자기도 모르게 놀라면서, 클리오는 자신이 한동안 비슷한 또래인 사람들과 이야기한 적이 없었다는 사실을 깨달았다.

'뭐, 오펜도 매지크도 나이 차이가 많이 나는 건 아니지만.'

혼자서 지적하며, 의아해했다.

'왜 이렇게 젊은 사람들만 있는 걸까. 이런 도장이라면 나이가 많은 사람이 있을 만도 한데…… 유행이 아닌가?'

그들이 연습하는 모습을 둘러봤다.

장난치는 사람은 없고, 날카로운 기합소리와 함께 형(型)을 연습하는 연습생들의 움직임은 정말 대단했다──물론 개인차는 있지만,

클리오 자신은 세 번 싸우면 한 번도 못 이길 것 같다고, 솔직하게 인정했다. 하지만 저 연습생들보다 압도적으로 강한 사람이 가까이에 있다 보니, 깜짝 놀라고 혀를 내두를 정도는 아니었다. 헤아려보니 지금 여기에 있는 연습생은 일곱 명이고, 그 중에 두 명이 여자였다. 두 사람 모두 클리오보다 몇 살 어린 것 같다.

'학교는 안 다니나. 뭐, 내가 할 말은 아니지만.'

누가 들으라고 하는 말은 아니지만, 슬쩍 눈을 돌리면서 그렇게 중얼거렸다.

그 때——

"라이언?"

이쪽을 눈치 챈 연습생이 내리치던 목검을 멈췄다. 그 목소리에, 다른 연습생들의 시선도 전부 이쪽으로 집중됐다.

자기도 모르게 뒷걸음질 쳤지만, 그들의 관심은 클리오 쪽으로 향한 게 아닌 것 같았다.

"어떻게 된 거야? 그거——앨런이잖아. 다친 거야?!"

아무래도 여기까지 들고 온 사람을 말하는 것 같다. 하던 연습을 멈추고 달려오는 동료들에게, 라이언은 여유가 넘치는 미소를 지어 보인 것 같다. 여기서는 뒷모습밖에 안 보이지만, 기척이 느껴질 정도의 미소를.

"그래, 걱정할 건 없어. 항상 있는 일이야. 그리고 뭐, 에드 녀석한테는 내가 잘 말해뒀으니까."

"뭐라고?!"

연습생 중에 한 명, 제일 나이가 많아 보이는 남자——라이언을 빼고——가 화가 나서 소리를 질렀다. 각진 얼굴에, 뼈대가 굵은 스포츠맨 타입이라고 할까.

"그럼 그 소문이 사실이었던 건가――그 놈들 짓이라는. 젠장, 이걸로 세 명 째잖아?!"

또 다른 남자가 짜증나서 큰 소리를 내는 소리가 들려왔다. 파문처럼, 차례로 화난 목소리가 터져 나왔다.

"더 이상 그냥 둘 수 없어. 로테샤는 대체 왜……."

"로테샤는 절대로 놈들을 거스르지 말라고――"

"우리 실력을 안 믿는 거야. 솔직히 그 에드는 군대에서 익힌 검술을 쓴다고 하는데, 다른 놈들은 그냥 따라다니는 것들이잖아?"

"흥. 로테샤가 에드를 그냥 두는 건, 다른 이유가 있을 거야――"

고함소리에 깜짝 놀라서 바라본 클리오는 어떻게 된 일인지 곤혹스러웠다. 끼어들 분위기도 아니고, 인사를 할 상황도 아닌 것 같다.

일단 자신을 소개해주지도 않은 라이언에게 화가 났다는 시선을 던졌다. 일단 클리오는 그들이 불만을 다 털어놓을 때까지 기다리는 수밖에 없었다. 몇 분이 걸릴지 몇 시간이 걸릴지 모르는 일이지만.

실제로 몇 시간 정도였는지도 모른다――끝없이 터져 나오는 분개한 목소리를 흘려듣던 클리오가 반쯤 포기한, 그 때였다.

정신없이 소용돌이치던 노기의 안개를 가르는 것처럼, 늠름한 목소리가 울렸다.

"타인을 비난하려면 당사자 앞에서 해주겠습니까?"

그것은 마치, 천을 꿰뚫는 바늘 같은 한마디였다. 바늘로 천을 꿰뚫는 건――천이 필요 이상으로 두꺼우면 특히――쉬운 일이 아니지만. 술렁거리던 연습생들이 입을 딱 다물었다.

"아."

멈추지 않은 건 라이언의 얼빠진 목소리뿐이었다.

"로테샤."

연습생들의 시선이 이번에는 로테샤가 들어온 출입구 반대쪽, 안쪽으로 들어가는 문 쪽으로 향했다. 문이 열리고, 그 문으로 날씬한 사람이 들어오고 있었다.

"로테샤?"

묻는 것 같은 말투로 중얼거린 것은 클리오였다——아무도 들어주지 않았지만. 하지만 그러거나 말거나, 클리오는 멍하니 그 로테샤라는 사람을 쳐다보고 있었다.

자신의 경험에 미루어서, 클리오는 그 '검의 여신'이라는 검사를 막연하게 품위 있는 중년 여성이라는 이미지로 생각하고 있었다. 제멋대로 한 상상이기는 했지만, 딱히 부정할만한 요소도 없었기 때문에 상당히 확고한 선입견이 돼 있었다. 하지만 거기에 서 있는 연습생들의 시선을 한 몸에 받고 있는 검의 여신이라는 사람은, 아무리 봐도 열일곱에서 열여덟 정도의 소녀였다. 틀림없이 자신과 비슷한 또래다.

실제로 키도 그렇게 크지 않았지만, 그녀의 체격을 더 작게 보여주는 것은 좁은 어깨 때문일 것이다. 검 연습을 하는 사람처럼 보이지 않았다. 검은 머리카락을 목 언저리에서 짧게 잘랐다. 곱슬머리가 좌우로 삐친 그런 투박한 모습이, 억지로 해석하자면 운동하는 사람처럼 보일 수도 있었다. 그녀에게서 보이는 검술 경기자로서의 요소는 그 정도였다.

부드러운 천의 운동복을 입고서 팔짱을 낀 그녀——로테샤라는 검의 여신은, 약간 불쾌한지 얼굴을 찌푸리고 있었다.

"그래서? 당신들은 어쩌고 싶은 겁니까? 목검을 손에 들고 놈들의 도장에 쳐들어가서 전부 때려눕힌 뒤에 불이라도 지르고 싶은 가요? 그리고는 경찰에 잡혀가서는 로테샤 사범 대리가 주범이라고 말할 테고. 아닙니까?"

그 때──

문득, 클리오는 그녀와 눈이 마주쳤다. 로테샤가 씁쓸한 미소를 지었다.

"정말이지. 손님 앞에서 창피하지도 않습니까──"

그녀가 한심하다는 듯이 말하자, 사람들의 시선이 클리오에게 향했다.

'설마…… 이 사람들, 정말로 내가 있는 걸 몰랐던 건가.'

클리오는 눈살을 찌푸리고, 이쪽을 쳐다보는 연습생들에게 고개를 꾸벅했다. 알고는 있었지만 인식하지는 못했다. 그런 건지도 모르지만.

"일단……."

많은 사람들의 시선을 받아서, 자기도 모르게 깜짝 놀랐지만──

"이 사람을, 어디다 내려놓는 게 좋을 것 같은데요."

아직도 깨지 않은 연습생을 안고 있던 클리오가 중얼거리듯이 말했다.

로테샤 크립스터. 클리오가 그 이름을 듣고 생각한 것은, 한마디로 이름 한 번 길다는 것이었다──남 말 할 처지는 아니지만.

그런 말을 듣는데 익숙한 건지 아니면 클리오의 마음을 읽은 건지는 모르겠지만, 로테샤는 피식 웃고는 자기소개를 한 뒤에 이렇게 덧붙였다.

"로테라고 불러주세요. 그렇게 불러주는 사람은 별로 없지만."

"로테."

부르기 편한지 확인하려던 건 아니지만, 클리오는 일단 그 이름을 불러봤다. 무릎 위에 올려놓은 레키의 등을 쓰다듬으면서 고개를 끄덕였다.

"응. 나도 이쪽이 좋은 것 같아."

"고마워."

지금 있는 곳은 조금 전까지 있던 연습장 안쪽에 있는 응접실이었다. 그렇다고 거창한 곳이 아니라 휴게실에 가까운 것 같지만. 다섯 명이 들어오면 좁을 것 같은 그 방 안에, 지금은 네 명이 들어와 있다. 소파 중에 하나에 눕혀놓은 그 연습생과 로테샤, 그리고 클리오와──라이언이다.

클리오는 소파 세 개 중에 그나마 깨끗한 곳에 앉아 있다. 아무래도 이게 손님용 자리인 것 같다. 나머지 하나에 로테샤와 라이언이 나란히 앉아 있다. 안쪽에 방이 또 있는 것 같지만, 문이 닫혀 있다.

이렇게 다시 보니 로테샤는 앉는 자세부터 상당히 단정했다. 허리를 곧게 펴고 바른 자세로 앉아 있는 걸 보면, 겉으로 봐서는 알 수 없을 정도로 잘 단련한 건지도 모른다. 클리오를 똑바로 바라보며, 조용히 고개를 숙였다.

"먼저 감사를 드리겠습니다. 앨런이 위험한 상황에서 도와주셨다는 것 같더군요."

"아니, 별로 대단한 일은 안 했는데."

클리오는 당황해서 말했다──사실은 자기도 위험해졌을 때 라이언이 도와준 것 같은 입장이기 때문에 그렇게 당당한 입장은 아니다.

"그러니까, 지나가는데 비명이 들려서, 보러 갔고…… 그러다가, 그냥."

"하지만——"

고개를 든 로테샤의 목소리에는 비난하는 것 같은 기색이 섞여 있었다. 약간 넓은 이마에 주름을 지으며,

"당신이, 정말 위험한 짓을 했다는 건 아시죠?"

"그런 것…… 같아."

입술에 상처가 있는 남자의 얼굴을 떠올리며——중얼거렸다.

사실 레키의 도움을 받을 수도 있었으니까 그렇게까지 절체절명까지는 아니었지만, 도망칠 수 없는 곳까지 들어갔던 건 역시 경솔한 짓이었는지도 모른다. 오펜이 들었으면 더 화를 냈을지도 모른다고 생각하면서, 클리오는 약간 깊은 한숨을 쉬었다.

하지만, 로테샤는 그 한숨을 잔소리를 듣고 불평하는 한숨이라고 받아들인 것 같다. 더 경고하려는 것처럼, 강하게 비난했다.

"이 도장의 첫 피해자는 여자였습니다. 당신과 비슷한 또래의. 그 사람은, 이제…… 저도 만나려고 하지를 않습니다."

"……"

"클리오 씨, 당신은 이곳 사람이 아니라서 모를 수도 있겠지만, 그 녀석들은 막상 닥치면 무슨 짓이든 하는 놈들입니다. 경찰까지 습격했다는 말을 들었을 때는 제 귀를 의심했었습니다."

"……"

아무 말도 안 한 것은——

얼마나 위험한 상황이었는지 들었기 때문이 아니다. 조금 전에, 연

습생들이 화를 내던 모습이 생각났기 때문이었다.

로테샤는 완전히 잔소리하는 자세로 들어갔다. 똑부러진 말투로,

"그러니까, 만약 또 이런 일이 있으면 절대로 가까이 가지 말고, 자기 한 몸을——"

"그럼, 완전히 무법지대잖아."

정신을 차렸을 때는.

아차, 하면서도 그런 말을 하고 있었다. 갑자기 받아치자, 이번에는 로테샤가 할 말을 잃었다. 많이 놀란 것 같다.

흘끗 보니——로테샤 옆에 있는 라이언이 자기는 모른다는 표정을 하고 있었다.

몰래 혀를 차고, 클리오는 다시 로테샤 쪽을 봤다. 그리고는 말했다.

"아까 그 사람들이 불만을 말하는 이유도 알 것 같아. 무슨 이유가 있는지는 모르겠지만, 그냥 내버려두면 누가 그 녀석들을 어떻게 해주기라도 한다는 거야?"

"당연히 경찰이 감시하고 있습니다."

그렇게 말하는 로테샤의 표정에는 분한 기색이 확실하게 보였다. 입가가 일그러지면서 작은 덧니가 보인다.

"그렇다면 우리가 할 일은 없지 않습니까? 조금 전에도 한 말입니다만, 저희가 쳐들어가야 한다는 겁니까? 그거야말로 무법입니다."

"나는——"

바로 2주 전에 온천 갱의 아지트에 쳐들어갔었는데——라는 말은 할 수가 없어서, 클리오는 거기서 입을 다물었다. 몸을 웅크리고 있는 레키의 등을 꼭 눌렀더니, 로테샤가 속삭이는 것 같은 목소리로

말하는 소리가 귀에 들어왔다.

"……린치도 사투(私鬪)도, 제 아버지는 바라지 않으셨습니다."

"? 아버지?"

"이 도장의 전 주인입니다. 위대한 검사셨죠."

그다지 리얼리티가 느껴지지 않는 호칭을, 자신이 여자라고 하는 것만큼이나 당연하다는 투로 이야기하는 것을 클리오는 반쯤 흘려들었다. 로테샤는 셨죠, 라고 과거형으로 말했다. 거기서 동정심이 들기는 했다. 일찌감치 돌아가신 아버지 생각도 났다. 하지만.

"위대?"

클리오는 물었다. 알고는 있다. 위대하다는 말은 아마도 실력 있는 검사라는 의미겠지――

"제자들이 맞고 다니는 걸 묵인하는 게, 위대한 사람인가?"

"아버지를 모욕하지 말아주십시오!"

발끈한 것처럼, 로테샤가 거칠게 말했다. 하지만 클리오는 물러날 생각이 없었다.

"돌아가신 아버님에 대해서 나쁘게 말할 생각은 없어. 아무리 아버님이 말씀하셨다고 해도, 지금은 그쪽이 얘기했으니까 그쪽 말이 되는 거잖아?"

"큭……!"

할 말을 잃었는데, 얼굴이 빨갛게 달아오른 로테샤가 신음소리를 냈다. 이제 와서야 로테샤가 제 나이로 보였다――빤히 쳐다보면서, 클리오는 아래턱에 힘을 줬다. 이번에도 어쩌다보니 말다툼이 벌어졌지만, 일단 시작됐으니 어쩔 수 없다.

하지만, 이걸 어떻게 계속 이어가야 좋을까. 망설이는 틈에 옆에 있던 라이언이 끼어들었다.

"뭐랄까──"

존재조차 잊고 있던 사람이 말을 걸어오자, 클리오는 당황해서 그쪽을 봤다. 로테샤는 라이언의 예의 없는 행동 때문에 눈썹을 치켜올렸다. 하지만 라이언은 양쪽의 시선을 전부 그냥 흘려넘기고, 자기 할 말을 계속했다.

"댁은 남의 일에도 꽤 진심으로 화를 내네."

"뭐……?"

자기한테 한 말이라는 걸 이해하는데 시간이 조금 필요했다──

클리오는 뭐라고 할 말을 생각했지만, 그가 조금 더 빨랐다. 빙긋 미소를 지으면서,

"하지만, 사람마다 사정이 있는 법이야──"

"라이언!"

더 거칠게, 로테가 큰 소리를 질렀다. 그 반응을 예상했던 건지, 라이언은 딱히 놀라지도 않고 그대로 입을 다물었다.

그러면서 로테샤도 머리의 열기가 식은 것 같았다. 다시 클리오 쪽으로 향한 얼굴에서는, 슬며시 보이던 격앙이나 충동을 찾아볼 수가 없었다. 예의바른 모습만이 남아 있다.

"추태를 보여서 죄송합니다…… 당신은 은인인데."

"나도, 미안해."

씁쓸한 기분을 참고, 클리오는 고개를 숙였다. 이유는 모르겠지만 상처를 준 것 같다. 자신에게 사과하는 로테샤의 입술이 희미하게 떨리는 것 같다.

단발의 머리를 좌우로 흔들고, 로테샤가 말했다.

"라이언이 말한 대로 사정이 있습니다. 그것을 말할 수는 없지만, 당신 같은 사람에게 폐를 끼치고 싶지는 않습니다. 그러니, 다시는 그들에게…… 관여하지 마십시오."

"……."

대답은 하지 않았다. 아니, 하려고 했지만──

기선을 잡으려는 것처럼, 목소리가 들려왔다.

"와하하하하하!"

들어본 적이 있는 목소리가, 문 너머의 연습장 쪽에서 들려왔다.

"와하하하하하! 내 제자여! 내 제자는 있는가?!"

"오."

라이언이 벌떡 일어났다. 고개를 돌려보니 로테샤는 손으로 머리를 감싸고 있다.

연습장 입구에서 키가 130cm 정도에 모피 망토를 걸친 지인 두 사람이 성큼성큼 들어오고 있다. 한 사람은 버석버석한 머리에다 검을 차고, 쓸데없이 큰 소리로 웃고 있다. 그 그늘에──또는 다른 그늘에──숨어서 불안한 듯이 주위를 둘러보는 사람도 있는데, 이쪽은 두꺼운 안경 때문에 얼굴이 가려져 있다. 주위에 있는 연습생들은 무시하기로 했는지, 일부러 그러는 것처럼 고개를 돌리고 연습에 열중하고 있다. 그 속을, 지인들이 걸어왔다. 라이언이 나타나자, 검을 찬 쪽이 환한 표정을 지었다.

"오오, 제자여!"

"스승님!"

라이언은 환성을 지르며 두 사람을 맞이하러 나갔다. 팔짱을 끼고 몸을 거만하게 뒤로 젖힌 지인이 있는 곳까지 뛰어가서는 한쪽 무릎

을 꿇고 고개를 숙였다.

"그간 별 일 없으셨습니까. 오늘도 이 라이언 스푼에게 가르침을 내려 주십시오."

라이언이 말하자, 지인이 거만하게 대답했다.

"음. 좋다. 그저께 가르쳐준 오의는 익혔는가?"

라이언은 고개를 들었다. 여기서는 표정이 보이지 않지만, 주먹을 꼭 쥐고 분하다는 듯이 고개를 젓는 모습이 보였다.

"그것이 스승님. 오의로서 가르쳐주신 비검 원인살법이 허무하게 깨지고 말았습니다."

"뭣이, 또냐?! 으음…… 들에는 무서운 검객이 있구나. 그렇다면 오늘도 새로운 오의, 패왕침전골수액(覇王沈澱骨髓液)을 가르쳐줄 터이니 준비하도록 해라."

"예."

"……너희들, 뭐 하는 거야."

"윽?!"

멀리서 클리오가 중얼거린 소리에──

그 지인들, 볼칸과 도틴이 신음소리를 냈다. 검을 찬 쪽, 즉 볼칸은 당황한 표정이 돼서 짧은 손가락으로 클리오를 가리키며,

"제…… 제자여. 어이해 여기에, 저런 악마의 찌꺼기가?"

"너 정말 사람 이름을 못 외우는구나."

클리오는 도끼눈을 뜨고 말하고는 응접실에서 나왔다. 레키를 머리에 얹은 뒤에 허리에 손을 대고──여러모로 하고 싶은 말은 많았지만, 그 중에서도 가장 먼저 머릿속에 떠오른 것에 대해 물었다.

"……제자라니?"

그렇게 물으면서, 한쪽 무릎을 꿇은 라이언과 이쪽을 보면서 경직돼 있는 지인들을 번갈아가며 쳐다봤다.

하지만 지인의 경직은 그리 오래 가지 않았다. 펄락, 망토 속에 있는 팔을 휘두르고, 볼칸이 도전적인 눈으로 클리오를 올려다봤다.

"훗! 빤한 것 아니냐!"

뭔가 포즈를 잡으면서, 지인이 말했다.

"일주일 전——이 몸은 어떤 대의에 의해 이 도장에 숨어들었다……."

"배가 고파서, 먹을 게 있나 보자고, 형이."

뒤쪽에 있는 또 한 사람의 지인, 도틴이 작은 소리로 추가했다. 그러거나 말거나, 볼칸은 계속 말했다. 척, 하고 라이언을 가리키면서,

"그런데 이 마스마튜리아의 투견 볼카노 볼칸 님 앞을 가로막은 것이 바로 이 사내!"

"숙직이었다는 것 같더라고요."

"그리고 벌어진, 숙명의 대결——그 치열한 싸움은 한 순간에 결판이 났다!"

"창문으로 들어가려던 형님이, 사람 목소리를 듣고 떨어져서……."

"그렇게 해서, 뛰어난 검사만이 알 수 있는, 격투를 통해서 얻은 무언가가 우리를 스승과 제자로 만들었다!"

"뭔지는 모르겠지만 마음이 통했다는 것 같아요. 뭐, 오의인지 뭔지를 가르쳐주면 밥을 먹여주니까 다행이지만."

"뭐, 대충 알겠네……."

클리오는 손가락으로 코 옆을 긁으면서 물었다.

"아니, 형이 창문에서 떨어진 뒤에 일어난 일이 조금 더 있어요."

도틴은 아주 담담하게 설명하는 말투로 대답했다. 그 목소리는 깊은 체념의 기색이 깃들어 있었다.

"떨어진 곳에 마침 고양이가 있었는데, 깜짝 놀라서 날뛴 그 고양이가 이 사람을 쓰러트렸어요."

"……둘 다 똑같다는 얘긴가."

"왜 자꾸만 그 얘기를 하는 거냐?!"

소리를 지르는 볼칸을 무시하고, 클리오는 라이언 쪽을 봤다── 청년은 조금 전부터 꼼짝도 하지 않고 같은 자세를 유지하고 있지만, 일단 얼굴만은 이쪽을 보고 있었다. 지금까지 무시하고 있던 다른 연습생들도, 일단 멈추고 멀리 떨어져서 구경하고 있다.

한숨을 쉬고, 클리오는 입을 열었다. 뻔뻔한 얼굴로 자신을 보고 있는 라이언에게,

"솔직히 말이야, 이 녀석들한테 배울 게 있기나 해?"

반원형으로 둘러싸고 지켜보고 있는 연습생들이 그 말을 듣고 일제히 고개를 끄덕였다.

그런데,

"뭐라고?!"

단 한 사람, 라이언의 얼굴에는 의외라고 놀라는 것 같은 경악한 표정이 드러나 있었다.

"하지만 이 분은 그저께도 내 필살기를 87번이나 맞고도 멀쩡했어. 그야말로 강자 오브 강자!"

"손도 못 쓰고 87번이나 맞은 시점에서 상당히 약하다고 보는데."

"예에?! 그런가요?!"

"아……."

그리고, 뒤쪽에서 목소리가 들려왔다──

어깨 너머로 돌아보니 로테샤가 응접실에서 나오고 있었다. 로테샤는 여러모로 피곤한지 어두운 표정이었지만, 그 정도 괴로움에 지지 않을 인내심은 지니고 있는 것 같다. 놀라서 부들부들 떨고 있는 라이언에게 지시했다.

"라이언. 이제 됐으니까 밖으로 나가세요. 오늘 청소 당번이었죠? 하는 김에 저 분들을 데리고 식사라도 하고 오시죠? 그렇게 해주세요."

"하하. 다른 사람이 들으면 귀찮은 놈을 쫓아내려 게 아닌가 오해할 수도 있는 말투 같기도 하지만, 다녀오겠습니다."

"음. 오늘은 저쪽에 있는 고기집에서 스테이크를 할인하더구나, 제자야."

"우와. 가게에서 파는 고기는 평생 구경도 못 할 줄 알았는데."

그렇게──

쫓겨난 라이언(외 지인 2명)을 바라보며, 클리오는 하아, 하고 한숨을 쉬었다. 그리고 다른 사람 한숨 소리도 들려서 깜짝 놀라 고개를 들어보니, 마침 로테샤도 깜짝 놀라서 자기를 쳐다보고 있었다. 아무래도 그녀도 동시에 한숨을 쉰 것 같다.

저절로 후훗, 웃음소리가 나왔다.

누가 시킨 것도 아닌데, 연습생들도 다시 연습을 시작했다.

그리고 로테샤가 말없이 오른손을 내밀었다. 거기에 무슨 의미가 있는 건지는 모르지만──

그 손을 가볍게 잡은 클리오는, 마음을 정했다.

제3장 검의 접촉

'저래선 못 이기겠네.'

한 눈에 봐도 알 수 있었다. 솔직히 그것은 눈으로 보고 느낄 정도로 명확한 차이가 아니었다──하지만,

'체력 차이는 없어. 각오, 배짱도 비슷해. 하지만, 기량 차이가 너무 나네.'

목검은 포물선을 그리는 것을 포기하고, 이번에는 날카롭게 접촉하는 정도로 흔들리며 부딪히고 있다. 클리오가 보기에는 속도가 부족했다. 숙련도 차이도 있겠지만, 발끈해서 무작정 공격 횟수만 늘리려다가 의미가 있는 공격──즉 방어해야만 하는 공격──이 줄어들고 있다. 내려치고, 크게 휘두르고, 쳐 올리고, 그리고 찌르는 열 번이사의 공격을, 그 흑발 소녀는 아무렇지도 않게, 겨우 몇 번의 손놀림으로 쳐냈다.

로테샤. 오펜은 그 이름을 떠올렸다. 이 도장에 그녀보다 나이가 많은 연습생도 있었지만, 그 소녀의 움직임은 유난히 눈에 띄었다. 머리 위에 있는 레키──아무래도 움직이는데 방해가 돼서 클리오가 바닥에 내려났다──를 올려다보며, 오펜은 중얼거렸다.

"너, 알겠냐? 이런 거."

이 딥 드래곤 새끼는 별로 관심도 없는지 코를 자기 배에 묻고서 잠들어버린 것 같다. 머리 위에 있어서 보이진 않지만.

모르겠지──오펜은 씁쓸하게 웃으면서 혼잣말을 했다. 강대한 마술과 그 제어력을 지니고 태어나는 드래곤 종족은 모를 것이다. 강

인한 체구와 주저하지 않는 의지, 자연의 위협을 대변하며 그 가호를 얻는 그들에게는.

그런 것들이 하나도 없는 인간 종족에게 필요한 것은, 약함을 강함으로 바꿀 방법 이었다. 지혜를 가지고 도구를 얻으면서 잃어버린 힘을, 그것으로 대체해야만 한다. 많은 것들을 만들었고, 그 중에 하나가 무기와 그것을 다루는 방법이었다.

검은 무기 중에서도 가장 대중적인 것이라고 할 수 있다. 다른 연습생들도 수련하고 있는 연습장에서 소녀 두 사람이 휘두르고 있는 목검의 궤적을 멍하니 바라보면서, 오펜은 옛날 일을 떠올리고 있었다. 검에 관해서 그렇게 열심히 배운 건 아니지만.

그래도, 오펜은 알 수 있었다. 로테샤는 계속 클리오의 검을 받아내는 대 전념하고 있었다. 보통은 이 상태가 몇 초 정도 계속되면 공격하는 쪽이 이겼을 것이다──어차피 영원히 지킬 수는 없으니까. 하지만, 그래도 클리오의 검은 벌써 2분 가까이 막히고 있다.

"이얏!"

짧은 기합소리와 함께, 클리오가 찌르기를 날렸다. 로테샤는 움직이지 않는다──아니, 크게 움직이지 않았을 뿐이지, 분명히 우세한 위치로 발을 옮겼다. 내지른 칼끝에 자기 칼을 엮어서 깔끔하게 쳐내며. 클리오는 알아차리지 못한 것 같지만, 크게 튕겨난 검은 다음 공격의 폭이 좁아지게 되고, 결국 로테샤가 예측하기 쉬워지게 된다. 이것이 타고난 건지 훈련에 의한 것인지는 모르겠지만.

'눈이 엄청나게 좋은데. 반응도 빨라. 상대의 힘이 완전하지 않은 사이에 다음 수를 예측해서 거기를 노리고 있어. 힘도 크게 들이지 않고 이만큼 압도할 수 있는 건 그 덕분인가……'

막기만 하는 게 아니다. 그저 공격을 안 하는 것뿐이지, 분명히 몰아붙이고는 있다.

그렇게 생각한 순간, 변화가 일어났다.

따악!

소리가 나고, 클리오가 앞으로 파고들면서 가로로 휘두른 목검을 로테샤의 검이 쳐냈다. 파고드는 동작이 막히면서, 클리오의 움직임이 멈췄다. 찰나.

클리오가 검을 고쳐 쥐고 움직이려고 했을 때, 상대는 클리오 앞에 없었다.

"어……?"

그 소리와 거의 동시에.

"꺄아아아악?!"

큰 비명을 지르며, 클리오의 몸이 한 바퀴 회전했다. 금발을 날개처럼 펼치고, 바닥에 떨어졌다. 마룻바닥에 진동이 울려서 발이 튕기는 걸 느끼며, 오펜은 중얼거렸다.

"저렇게 되는 거지……."

쓰러진 클리오 뒤쪽에 로테샤가 서 있었다. 목검을 두 손으로 안고, 피식 웃고 있다. 별로 대단한 기술을 쓴 것도 아니다──한 순간의 틈을 노리고 사각(死角)으로 파고들면서, 클리오가 앞으로 내디디려고 했던 발을 목검으로 쳐 올린 것뿐이다. 클리오가 이렇게나 깔끔하게 넘어진 것은, 이미 숨이 차서 균형이 무너지기 쉬운 상태였기 때문이기도 하겠지.

어쨌거나 이 정도로 단순한 고등 기술은 쉽게 볼 수 있는 게 아니다. 목검을 지팡이처럼 짚고 꾸물꾸물 일어난 클리오에게, 로테샤가 손을 내밀었다. 그 손을 잡으며, 클리오가 신음소리를 냈다.

"아야야~······."

"아, 미안해. 괜찮아?"

"으으. 다치진 않았지만."

"너무 심했던 것 같아. 솔직히, 그쪽이 그렇게 앞으로 나오니까 말이야."

'뭐, 저렇게 빈틈을 보이면 묘한 기술을 시험해보고 싶어지는 법이니까.'

멀리서 지켜보며, 오펜은 그런 생각을 하고 있었다. 자신도 비슷한 경험이 있으니까.

"──그런데."

오펜은 시선을 자기 발쪽으로 옮겼다. 겹쳐진 채로 엎어져 있는 지인이, 오펜한테 밟힌 채로 축 늘어져 있다.

"너희들은 이런 데서 뭔 짓을 하고 있었던 거야?"

물었다. 그러자 엉망진창이 된 볼칸이 고개를 들었다.

"뭘 침착하게 질문하고 난리야, 이 뾰족 눈 마술사 놈아?!"

팔다리를 버둥거리며──꽉 밟고 있어서 움직일 수는 없지만──지인이 큰 소리를 질렀다.

"이 몸이 지극히 정당한 방법으로 제자를 두고 존경 받는 게 그렇게 마음에 안 드냐, 이 속 좁은 놈아! 빨리 그 발 치우고 이 몸을 즉각 해방하지 않으면, 쿠션의 솜을 뽑는 것처럼 죽여버리겠다!"

그 밑에 깔린 도틴은 더 이상 움직일 기력도 없는지, 눈물을 흘리면서 축 늘어져 있다. 일단 무시하고, 오펜은 말했다.

"뭐, 어차피 이유를 물어봐도 바보 같은 소리나 할 게 뻔하니까 일단 그냥 내버려두고."

"그냥 내버려둘 거면 발을 치워! 야, 인마. 잘 들어라, 10초 안에 치워라!"

"매지크 자식, 너 그게 제대로 하는 거야, 응?"

그 소년은 도장의 다른 쪽 구석에서, 열 살 정도의 아이들한테 쫓기면서 목검으로 찰싹찰싹 얻어맞고 있다. 그 모습을 쳐다보며, 오펜은 진지하게 중얼거렸다.

"알고는 있었지만, 이렇게 현실을 보니까 뭐랄까, 짜증이 나네."

"카운트다운 시작한다 9, 8, 7, 6…… 야, 너 듣고는 있냐! 분명히 말하는데 이 카운트다운이 0이 됐을 때, 이 몸이 각성해서 진정한 힘을 얻게 된다! 그렇게 되면 여러 가지가 10배 정도가 된다고, 알겠냐?!"

그 때──

"어떠십니까? 전문가가 본 우리 검의 여신은."

어느새 다가온 사람은 빛바랜 금발 머리의 남자였다. 녹색의 타이츠 같은 기묘한 차림을 하고 있는데, 여기 연습생인 것 같다.

"제자여!"

발밑에 있는 볼칸이 뭐라고 소리를 질렀지만, 오펜은 무시하고 말했다.

"난 딱히 전문가가 아닌데…… 왜 그렇게 생각했어?"

"아니, 왠지 그렇게 보여서."

그 남자──아마 라이언이라고 했었지──는 시원하게 말했다. 그리고 그제야 알아차린 것처럼 볼칸을 쳐다보면서,

"그런데 스승님. 왜 그런 데, 남의 발밑으로 파고 들어가신 겁

니까?"

"윽⋯⋯!"

그 때까지 버둥버둥 시끄럽게 굴던 볼칸이 당황해서 입을 다물었다.

"으, 음. 전투를 하다보면 적이 예상치 못한데서 공격하는 것이 바람직하다는, 뭐 그런 오의다. 제자여, 깨달았는가?"

"그런 소리 하지 말고 솔직하게 구해달라고 해요, 형──윽!"

그렇게 호소하려던 도틴을, 위에 있는 볼칸이 붙잡아서 조용히 하게 만들었다. 그리고는 계속 말했다.

"그런 이유로, 이 몸은 당분간 이대로 특훈을 계속 할 터이니, 제자도 신경 쓰지 말고 정진하도록 해라."

"오오! 역시 스승님, 끝없는 정진이로군요!"

"저기⋯⋯."

탄식과 함께 중얼거리고, 오펜은 다시 라이언의 얼굴을 쳐다봤다. 솔직하게 감탄하고 있는 것 같은 그 검사한테 물었다.

"뭐 됐고. 검의 여신이라면, 저 사람 말이야?"

로테샤를 가리키자 라이언이 고개를 끄덕였다. 눈을 감고, 오른손을 살짝 들어 올린──그런 동작에서 왠지 멋을 부리는 기분이 느껴졌다.

"예. 경지자 중에서는 그녀를 당할 자가 없습니다."

"검술 경기자⋯⋯ 요즘엔 별로 못 들어봤는데."

"그렇죠. 뭐, 유행하지 않으니까."

한마디로 경기로서 검술을 배우는 사람을 그렇게 부르는 건가.

단순한 전투 훈련과 구분하기도 애매해서, 일일이 신경 쓰는 사람도 거의 없다. 실제로 오펜도 이런 도장을 보는 건 처음이었다. 《탑》의 훈련 커리큘럼 중에 무기 다루는 법도 있어서, 비슷한 분위기는 실컷 맛봤었지만.

차이가 뭐냐고 묻는다고 해도, 구체적으로 어떻다고 할 수는 없다. 그래도 억지로 차이를 찾아보자면, 그것이 생활에서 차지하는 비율이라고 할 수 있을 것이다. 항상 위협──특히 최대의 위협은 하얀 놈들의 마술인데, 싫어도 그런 것들을 상대해야 하는 마술사에게, 어떤 형태건 훈련은 자기 몸을 지키기 위한 유일한 수단이었다. 미숙한 부분이 조금이라도 남아 있으면 저절로 배제된다. 배제되기 싫으면 열심히 자신을 제어하고 단련해야만 한다. 생활 전부가 훈련이 되고, 그것에 의문을 갖는 일은 없다.

'하지만──'

연습장을 둘러보고, 오펜은 눈을 살짝 찌푸렸다. 목검을 휘두르는 연습생들은 이 연습장 이외의 생활이 있다. 생활을 즐기는 것과 마찬가지로 이 훈련을 즐기고 있다.

오히려 이쪽이 평범한 쪽이려나…….

"무슨 생각 하시는지 알겠습니다."

라이언이 조용히 말했다. 몽상이 중단되고 뭐라 할 말도 없어서 그쪽을 쳐다보니, 라이언은 입가에 건방진 미소를 지으면서 말했다.

"하지만, 로테샤는 당신들 쪽인지도 모르겠습니다."

"……그럴지도."

오펜은 조용한 목소리로 동의했다.

저쪽에서는 다시 일어나서 숨을 고른 클리오가 힘차게 기합소리를 지르면서 목검을 치켜들고 로테샤에게 달려들고 있었다. 결과는 뭐,

똑같겠지만──극건 그렇다 치고.

한마디로 말하자면.

목검을 든 로테샤는 딱히 즐거워 보이지 않았다.

"그래서, 어떻게 생각해? 오펜."

"음⋯⋯."

클리오가 고개를 갸웃거리면서 물었지만, 오펜은 그저 신음소리만 냈다. 클리오는 여기저기 긁힌 상처가 난 꼴로(한마디로 실컷 넘어졌다는 뜻이다) 속 편하게 오펜을 쳐다보고 있다. 도장에서 돌아오는 길에, 완만한 언덕길을 내려가면서.

모자처럼 올려놓은 레키가 속 편하게 팔다리를 늘어트리고 있다. 오펜은 클리오가 아니라 그 새끼 드래곤에게 대답했다.

"어떠냐고 해도 말이야. 그냥 평범한 도장 아냐?"

"그건 그렇지만."

기대했던 반응이 아니었겠지. 돌멩이라도 맞은 것 같은 얼굴로, 클리오가 입을 삐죽 내밀었다. 그들보다 조금 뒤에서 걸어오는 매지크 쪽을 보면서,

"넌 어땠어, 매지크?"

"어떠냐고 물어도⋯⋯."

매지크는 말 그대로 너덜너덜한 꼴이었다. 온 몸이 다 아픈지 이상하게 걷고 있다.

"계속 아프고 피곤해서 힘들었지만, 그 아이들 중에 하나는 10년 뒤에 천재가 되지 않을까."

"그냥 네가 너무 둔한 거야."

용서 없이, 클리오가 말했다. 오펜도 어깨 너머로 제자를 보면서 말했다.

"너, 당분간 거기 다녀라. 클리오랑 같이."

"뭐라고요~!"

매지크가 있는 힘껏, 불만의 목소리를 질렀다. 하지만 바로 옆에서 환호성이 터져 나왔다──클리오가 두 손을 모으고, 눈을 반짝거리면서 말했다.

"정말로?!"

클리오가 펄쩍 뛰어오를 듯이 고개를 든 탓에 굴러 떨어질 뻔 한 레키가 깜짝 놀라서 몸을 일으켰다. 클리오는 한 손으로 레키를 잡아주면서, 큰 소리로 떠들어댔다.

"그럼 오펜, 내가 할 말을 알아들은 거구나!"

"음…… 뭐, 그건 또 다른 문제지만."

오펜은 머리를 긁으면서 눈을 반쯤 감았다. 생리적인 뭔가가 의문을 경계하는 느낌이 들었다.

"무엇보다 어제 널 공격했다는…… 에드인가 하는 검술 경기자? 그 녀석에 대한 것도 전혀 모르니까."

"그치만, 그냥 둘 수는 없잖아?!"

"마음은 알겠는데, 그 사람──로테샤라고 했나? 그 사람도 사정이 있으니까 상관하지 말라고 하는 게 아니겠어? 괜한 참견이 될 것 같은데 말이야."

"아니야!"

대체 무슨 근거가 있는지, 클리오가 큰 소리로 외쳤다. 주먹을 꽉 쥔 게, 한 점의 의심도 없는 것 같다──오펜은 마음속으로 신음소리를 내면서 클리오를 바라봤다. 클리오한테는 미안하지만, 그 확신이 강하면 강할수록 주위에 있는 사람들은 더 의심하게 되는, 그런 기분이 든다.

말로 표현하지는 않았지만 그 마음이 전해진 건지, 클리오는 바로 정정했다. 스슥, 하고 다가와서 부탁하는 자세로,

"솔직히, 이건 그냥 선의잖아. 나쁜 결과가 나올 리가 없단 말이야, 응. 안 그래? 모든 문제는 사랑으로 해결할 수 있어."

"선과 위선이라는 것에 대해서 명확하게 선을 그어줄 것 같은 말이네."

"뭐야. 내가 위선자라는 거야?"

"아니. 기껏해야 오지랖이라고 해야겠지."

표정이 돌변해서 따지고 드는 클리오를 보며, 오펜은 어깨를 으쓱했다. 기분이 상해서 볼을 빵빵하게 부풀린 소녀가 움직임을 멈춘 틈에, 재빨리 덧붙였다.

"한마디로 지금 나한테 그 도장의 경호원 노릇을 하라는 얘기잖아? 게다가 돈도 안 받고, 그쪽 허락도 없이. 지금은 주머니 사정이 좋으니까 보수는 없어도 괜찮지만, 당사자가 그걸 원하지 않는 게 마음에 걸린단 말이야."

"으음……."

클리오도 어쩔 수 없이 약간 물러나서 얼굴을 찌푸렸다. 잠시 고민하는 것 같더니──

"그럼 말이야."

좋은 생각이라도 났다는 것처럼 탁, 하고 손뼉을 쳤다.

"로테샤하고 상관없이, 그냥 오펜이 그 에드인가 하는 사람네 도

장에 쳐들어가서 마구 날뛰는 건 어때? 그러면 그냥 오펜이 멋대로 한 게 되니까, 로테샤한테 폐도 안 끼치잖아."

"그럼 난 뭐가 되냐고!"

두 손을 부들부들 떨면서 소리를 질렀지만──클리오는 의외라는 듯이, 에~ 하고 불만이라는 소리를 냈다.

"오펜이 킴라크에서 했던 짓이랑 별다를 것 없어 보이는데."

"아니, 뭐, 그건 그렇지만, 일단 그건 불가항력이라고 할까……."

"저기요~"

지금까지 조용히 있던 매지크가 조심스레 입을 열었다.

"무슨 얘기인지는 잘 모르겠지만, 저랑 클리오가 당분간 그 도장에 다니고, 그 동안에 스승님이 뭐랄까, 자세한 배후 관계 같은 걸 조사하는 건 어떨까요? 그래서 아무것도 할 필요가 없다고 알게 되면 그걸로 되는 거고, 그게 아니라면 그 때 생각하면 되잖아요──다음 목적지도 아직 정해지지 않았으니까, 어차피 당분간은 여기 있을 것 아닌가요? 아무것도 안 하는 것보다는 낫겠죠."

"뭐, 그게 제일 낫겠네."

솔직히 말해서, 제일 간단히 생각하면 후딱 이 동네를 떠나서 다른 곳으로 이동하는 게 좋겠지만──그건 일단 생각하지 말자. 그 생각을 하면 어디로 가야할지 결정해야 하니까. 그리고 그렇게 말하면 클리오가 납득하지 않겠지.

"그리고……."

눈동자 속에 결연한 투지를 불태우며, 매지크가 말했다.

"그 아이가 백 년에 한 명 있을 천재 검사일지도 모르지만, 저도 이대로 지고 끝낼 수는 없어요."

"그건 네가 둔해서 그런 거라니까."

차갑게, 클리오가 말했다.

오펜은 반쯤 포기한 심정으로 고개를 끄덕였다.

"어차피 검 다루는 법을 배워둬서 손해 볼 건 없으니까, 전문가한 테 배우는 것도 좋은 경험이겠지. 너희가 당분간 그 도장에 다니는 건 나도 반대 안 해. 하는 김에 그 에드인가 하는 녀석에 대해 알아보 는 것도 그렇게 힘든 일은 아니고."

"……하는 김에?"

별 생각 없이 한 말인데, 클리오가 재빨리 물고 늘어졌다. 그래, 라고 대답하고는.

"나도 어제 조금 신경 쓰이는 얼굴을 봤거든. 쫓아갔지만 놓쳐버 렸어. 잘못 봤을지도 모르지만……."

"누군데요?"

그 질문에, 이름을 말해주는 건 간단한 일이지만──

오펜은 왠지 모르게 주저했다. 말해봤자 이 두 사람은 이해할 수 없는 이름일 테니까. 그리고 그다지 입에 담고 싶은 이름도 아니다.

"그러니까."

어물거리고, 머릿속에서 몇 가지 단어를 고르며, 자기가 말을 얼버 무리고 있다는 것을 깨닫고 씁쓸하게 웃었다.

턱에 손을 대서 씁쓸한 미소를 감추며, 오펜이 말했다.

"예고 없이 쏟아지는 소나기, 라고나 할까."

"? 무슨 소리예요."

"그 녀석 자체에는 악의도 없고, 오히려 절대 불가결한 존재야. 그 러면서도 상당히 귀찮은…… 그런 녀석이거든."

"내 목적이 뭔지 물었나? 키리란셀로."

그 남자는 항상 그렇게 물었다——항상 날카롭고, 누구보다 높은 곳에, 그리고 누구보다 먼 곳에 있었다.

"어리석은 질문이 아닌가? 나한테 그런 걸 묻는 사람은 너뿐이다."

그는 엄지손가락으로 자신의 가슴 언저리를 가리켰다. 검은 로브로 덮여 있는, 심장 위를.

"의지다. 항상 여기에 있는 의지에 따른다. 누가 필요해서가 아니야. 내가 누군가와 함께 있는 것, 그리고 여기 있는 것은 그럴 만한 이유가 있기 때문이다. 이유가 없으면 나는 사라진다. 그 누구의 앞에서도……."

오해를 사는 일이 많기는 했지만, 그는 결코 오만하지 않았다. 오히려 누구보다 탐욕적으로 훈련하려 했던 것인지도 모른다.

그렇다. 탐욕. 그는 돌아다녔고, 온갖 것들을 가지려 했다. 아마 지금도 그럴 것이다. 그것만은 영원히 변하지 않을 것 같다. 어디든 가고, 어디서든 나타난다. 온갖 것들을 원하고, 원하면 손에 넣는다. 상당히 귀찮은 방문자.

격렬하게 뿜어져 나온다. 치열하게 달린다. 모든 것을 흡수한다. 그리고.

이유가 없으면, 없어진다. 그 누구의 앞에서도…….

"……그런 녀석이야."

밤. 여관의 침대 위에서, 수십 번도 넘게 몸을 뒤척이면서 어두운

천장을 올려다보고──

오펜은 소리 없이 혼잣말을 했다.

"호오…… 이거 곤란하군. 나와 접촉하려는 녀석이 있을 줄이야."

헬퍼트는 밤의 어둠 속에서──그리고 더 깊은 의식의 어둠 속에서, 조용히 감탄했다. 흔들리지 않는 어둠에 감싸여서, 모든 것은 안정돼 있다. 수면처럼.

"게다가 내가 잠들어서 무방비한 때에. 보아하니 그대는 단순히 네트워크를 역탐지한 건가? 스스로 네트워크를 관리할 수 있다면, 나한테 들킬 위험을 감수할 필요도 없을 텐데. 자네가 하고 있는 짓은 한마디로 도박이다. 그런 상대에서 날 상대하겠다는 건가?"

대답이 없다. 즉, 명확한 대답은.

하지만 그는 상대의 말을 알아들었고, 자신의 말이 상대에게 전해졌다는 것을 의심하지도 않았다.

"그래──세계가 이어져 있는 이상 네트워크 기능에 우열은 없지. 자네는 똑똑해. 뭐? 칭찬은 싫어하나. 너무 그러지 말고. 난 타인을 칭찬하고 싶어 미치겠거든. 심부름꾼이란 그런 게 아닌가?"

씩 웃었다.

상대도 웃었는지 알고 싶다고, 헬퍼트는 진심으로 그렇게 생각했다. 지금 그건 비장의 농담이었는데.

대답은 바로 돌아왔다.

"뭐야, 재미없어? 흥. 애들은 이해를 못하는 건가. 자. 군이 자기 존재를 나한테 알리면서까지 접촉했다는 건, 뭔가 용건이 있어서겠지. 빨리 끝내줬으면 싶은데. 아마 난 지금 길바닥에서 잠들어 있을 텐데, 지갑을 도둑맞는 건 싫거든. 거기에 가족사진이 들어 있어서."

이번에도 바로 대답이 돌아왔다.

"키리란셀로……? 내가 감시하는 녀석 이름인가? 그 정보…… 5년 전에 《송곳니 탑》에서 나갔고──지금은 오펜이라고 하는…… 암살기능자. 그렇군, 분명히 얼굴을 본 적이 있을 거야. 요주의 인물이니까. 어디보자, 관심이 가는데. 왜 이런 정보를 보내는 거지. 자네는 누군가……?"

"누구지……?"

자기가 중얼거린 소리에 눈을 뜨고──

벽에 기댄 자세로, 헬퍼트는 천천히 눈을 떴다. 잠들었던 시간은 아주 잠깐이었던 것 같다. 그렇지 않았으면 이대로 길바닥에 쓰러져 있었을 테니까. 불빛이 꺼진 여관 창문을 바라보며, 씁쓸하게 웃었다. 엄청나게 방심했다. 자존심에 상처가 날 정도로.

'유익한 일이기는 했지만.'

잠든 상태에서 접촉하는 것은 눈을 떴을 때 전부 잊어버린 위험이 있는데, 그건 해결된 것 같다. 사실 이번 경우에는 상대가 그런 것까지 생각하고 했던 건인지도 모르지만…….

누군가가 나를 이용하려 한다. 그건 굳이 말할 필요도 없다.

하지만──그건 나중에 만회할 수 있을 것이다.

"그래, 좋다. 일단 손에 들어온 정보를 잘 이용해 보자고."

그는 골목의 벽에서 몸을 떼고 혼잣말을 했다.

제4장 검의 전설

"자."

공원 입구에서, 오펜은 팔짱을 끼고 중얼거렸다. 오늘은 하늘은 맑고, 그리 세지 않은 햇살이 지상을 비추고 있다. 흐릿한 태양에 바람도 불지 않아서, 거리는 온통 조용했다. 사람들 걸어 다니는 소리만이 약간의 노이즈처럼 들려오고 있다.

좌우를 둘러보고, 그는 자신을 확인했다.

"놓친 장소가, 여기였는데."

하지만 이미 하루가 지난 일이다. 어지간한 우연이라도 있다면 모를까, 여기서 같은 사람을 또 보는 일은 없겠지만──단서라고 할 만한 것은 이것밖에 없다.

여관에서 산 내쉬워터 산책 지도를 보면서 고개를 갸웃거렸다. 작은 책자로 돼 있는 그 지도는 세세한 골목길들은 전부 생략됐지만, 그래도 이 거리의 길, 공원, 시설 등이 그럭저럭 상세하게 기록돼 있다. 오펜은 원색을 바탕으로 한 일러스트들이 들어가 있는 지도를 보면서 혼잣말을 했다.

"우연…… 인가? 이거."

클리오가 이 거리에 검술 교련소가 두 곳 있다고 했었는데──

어제 갔던 로테샤 크립스터의 도장 말고 또 하나의 도장이 이 공원 근처에 있다. 두 블록 건너니까, 그렇게 가까운 건 아닌가.

'차라리 이쪽을 먼저 처리할까?'

이쪽도 뭔가 명확한 단서가 있는 게 아니다. 정 안 되면 클리오가 말했던 것처럼 의미도 없이 쳐들어가는 꼴이 되겠지. 하지만, 물어보는 정도는 할 수 있다.

"문제는 누구한테 물어볼지인데…… 뭐, 기본적인 방법으로 해볼까."

지도를 품 안에 넣고, 오펜은 어깨를 으쓱거렸다.

"무사 수행? 형씨, 무슨 시대착오적인 짓이야…… 어이쿠, 내가 실수 했나? 뭐, 젊을 때는 그럴 수도 있지."

초로의 경찰관은 한심하다는 듯이 그렇게 말했다──그야말로 수십 동안 많은 일을 겪어온 것 같은 풍채였고, 낡은 제복에는 주름이 눈에 띄었다. 나이를 먹었어도 체격이 탄탄한 것은 현장 일에서 많은 활약을 한 덕분이거나, 그런 위험을 겪지 않고 다치지 않으려고 노력한 결과든지, 둘 중에 하나겠지.

"예, 뭐──"

오펜은 애매하게 대답하고 시치미를 뗐다.

"그래서, 이 거리에도 교련소가 있다는 말을 들었는데, 거기 가서 신세를 좀 질까 싶어서요. 문제는 안 좋은 소문을 좀 들어서 일단 좀 확인해볼까 하거든요."

"안 좋은 소문이라. 안 좋다. 뭐, 자네가 이 거리에 계속 머물려고 하는 걸 보면 진짜 소문은 못 들은 것 같은데 말이야."

경관은 빈정대는 것처럼──누구한테 하는 건지는 모르겠지만──그렇게 투덜대고는, 고개를 들어서 하늘을 봤다.

꼭 따라하는 건 아니지만, 오펜도 고개를 들어서 주위를 둘러봤다. 그 폴리스 박스는 두 사람이 들어가기에는 조금 좁은데다 안쪽이 잘 보이지 않았지만, 아마도 가면실과 같이 유치장이 있겠지. 다른 경찰은 순찰 중인지, 안에는 초로의 경찰관 한 명만 있었다. 책상 위에는 거리의 지도가 펼쳐져 있는데, 곳곳에 음식 얼룩이 져 있었다. 벽도 그렇고 책상도 그렇고, 비품이 많은 것도 아닌데 은근히 지저분했다.

비스킷──점심 식사겠지──을 입에 물고, 노인이 말했다.

"몸이 소중하면 이 거리를 떠나는 게 좋아. 애매하게 실력이 있으면 트러블에 말려들거든. 평범하게 살기엔 좋은 동네지만……."

회색 콧수염 사이로 비스킷 가루를 날리면서 말하는 노인의 말을 듣고, 오펜은 고개를 끄덕였다.

"한마디로 도장하고 엮이지 않는 게 좋다는 건가요?"

"그런 얘기지."

"어느 도장이죠?"

오펜이 묻자, 노인은 기묘한 표정을 지었다──

"어느 쪽?"

비스킷을 먹던 손을 멈추고, 오펜을 쳐다봤다.

"질이 나쁜 걸로 따지자면, 둘 다 마찬가지인 것 같아. 그 녀석들은 순식간에 노상을 무법지대로 만들어버리거든."

"체포하면 되잖아요?"

솔직히 그게 일이잖아. 가슴 속으로 그렇게 중얼거리면서 말해봤다.

하지만 노인은 젊은이를 앞에 두고 인내심을 발휘하는 표정을 짓고는, 거창하게 한숨을 쉬었다.

"2년 쯤 됐지. 첫 사건이 일어났어. 뭐, 그 때는 아직 그렇게 큰일은 아니었지…… 그냥 싸움이었어. 당연히 우리는 그 녀석들을 체포했고. 어떻게 됐을 것 같나?"

오펜이 대답하기도 전에, 노인이 그 다음을 말했다.

"보복이었어. 경찰 가족들 몇 명한테 무차별 공격을 가했지. 아주 수완이 좋았어──체포된 지 겨우 세 시간 밖에 안 지났을 때였으니까. 지역 사람들을 체포하면 그런 위험이 따른단 말이야. 위쪽에서 아주 화를 냈지. 그 놈들을 일망타진하라고 소리소리 지르면서. 자기 가족들을 교외로 피신시킨 뒤에 말이야."

헤헷, 하고 쓸쓸하고 웃고, 노인이 고개를 저었다.

"우리가 의욕이 넘쳐서 출동했을 것 같나?"

오펜도 노인을 따라서 고개를 좌우로 저었다. 노인이 하는 말이 무슨 뜻인지 모르는 건 아니지만, 일단 물어는 봤다.

"하지만, 이대로 두면 언젠가 돌이킬 수 없는 일이 일어나지 않을까요?"

"그렇겠지. 언젠가는 해야 할 일인지도 몰라. 하지만 암묵적인 양해라는 걸 만들어두는 게 편하거든."

"……암묵적인 양해?"

"그래. 녀석들이 자기들끼리 바보 같은 항쟁을 하는 동안에는 상관하지 않는 거야. 우리가 그냥 내버려두면 그 녀석들도 일반인을 건드리지 않으니까."

"그 사람들도 취미로 도장에 다니는 일반인일 텐데."

"그런 소리는 그 에드 크립스터를 본 다음에나 하라고."

노인은 정말 한심하다는 듯이 콧방귀를 뀌었다.

"부부가 스승을 차지하겠다고 죽어라 싸우는 놈들이야. 사람도 아니라고."

"……."

그 이야기를 듣고──내용을 잘 이해할 수가 없어서,

"……예?!"

오펜은 깜짝 놀라서 얼빠진 소리를 냈다.

책상 위에 엎어놨던 사진 액자를 집어 들고, 클리오는 고개를 크게 갸웃거렸다──머리 위에 있던 레키가 툭 떨어졌다.

"왜 이런 곳에 적 쪽 두령의 사진이 있는 걸까."

"저기, 클리오……."

뒤에서 부르는 소리는 무시하고, 사진을 들여다봤다. 사진에 찍혀 있는 사람은 로테샤와 그 에드인가 하는 남자, 그리고 또 한 사람, 모르는 남자였다. 마지막 남자는 머리에 흰머리가 섞인 중년이고, 두 사람의 어깨에 손을 얹은 채 미소를 짓고 있다. 한 눈에 봐도 여유가 넘치는 자세인데, 클리오는 왠지 이 남자가 로테샤의 아버지 같다는 생각이 들었다. 사진을 찍은 곳은 이 도장 앞인 것 같고.

네모난 사진 속의 로테샤는 어깨를 살짝 움츠렸고, 약간 수줍어하는 것처럼 보인다. 몇 년 전 사진인지는 모르겠지만, 그렇게 오래된 건 아니겠지. 날짜는 찍혀 있지 않았다.

그 때──

"저기, 조사는 스승님한테 맡기기로 했으니까, 우리는 여기 있을 필요가 없는 것 같은데……."

"아 진짜, 시끄러워."

클리오는 뒤를 돌아보며 얼굴을 찌푸렸다. 찌푸린 얼굴로, 쭈뼛쭈뼛하면서 자신을 쳐다보는 매지크에게 입을 삐죽 내밀고서 말했다.

"할 수 있는 건 해 두려는 거야. 당연한 일 아냐?"

"아무리 그래도 연습하다가 빠져나와서 남의 방을 뒤지는 건 당연한 일이 아닌 것 같은데⋯⋯."

"그야 문이 열려 있었으니까."

"당연하다는 것처럼 말하지 말라고~."

매지크의 말을 흘려듣고, 클리오는 액자를 책상 위에 내려놨다. 잘 정돈된 책상 위에는 이 스탠드 외에 촛농이 잔뜩 고인 촛대, 하얀 메모지와 펜 꽂이 정도만 있었다.

책상만 그런 게 아니라, 방 자체가 전체적으로 깔끔하게 정돈돼 있다. 도장 안에 있는 개인실은 제대로 청소도 안 할 것 같다고 생각했었는데, 전혀 그렇지 않았다. 카페트도 커튼도 침대도, 아주 당연하다는 듯이 청결했다. 가구는 적지만 그래도 필요한 것들은 전부 갖춰져 있다. 로테샤가 여기서 생활하고 있으니 당연하다면 당연한 일이지만.

뭘 찾아서 여기에 들어왔는지는 자기 자신도 잘 모르겠지만, 클리오는 방 안을 주의 깊게 둘러봤다. 알고 있는 것은 거의 없다. 기껏해야 로테샤가 파란색을 좋아하는 것 같다는 정도려나. 장식이 적고, 금욕적이고, 청결한 방. 클리오는 탄식했다.

"로테 말이야, 몇 살 정도일 것 같아?"

매지크한테 물었다. 불안해하여 문 쪽을 보고 있던 소년이 클리오 쪽을 보면서 대답했다.

"음…… 클리오랑 비슷한 또래 아닐까?"

"그렇겠지."

살짝 허공을 보고, 신음했다.

"──그런데 왠지, 아닌 것 같은 기분이 들어서.

"뭐, 세상엔 여러 가지 사람이 있으니까."

싱거운 소리를 하고, 매지크는 다시 문 쪽으로 시선을 옮긴 것 같았다. 상당히 불안하겠지──뭐, 들키면 뭐라고 변명할 거리도 없는 상황이니까.

사고에 찬물을 끼얹은 것 같은 기분이 들어서, 클리오는 눈살을 찌푸렸다.

"대체 왜 그래. 괜찮다니까. 로테는 한참동안 대련 연습을 할 텐데, 로테가 연습하는 동안에는 다른 사람들도 안 쉬잖아. 앞으로 5분 정도는 괜찮아."

"하지만 누가 별 생각 없이 휴게실을 들여 봤다가, 우리가 없는 걸 보고 이상하게 생각할 수도 있잖아……."

"그건 그 때 생각하면 돼. 우리가 아직 이 도장에 대해서 잘 몰라서 화장실에 가려다가 잘못 들어왔다든지, 그렇게 말하면 되잖아."

"여긴 헤맬 만큼 넓지도 않은데."

"시끄러. 신념을 갖고 말하면 다 된다고."

"난 그런 신념 싫은데."

"싫기는 뭐가. 자신을 속이면 다른 사람도 속일 수 있다고, 우리 아버지 일기에 적혀 있었어. 죽은 뒤에 가족들이 다 같이 읽어보라고, 유언장에도 적혀 있었고."

클리오는 집게손가락을 척 세우고 말한 뒤에 주위를 둘러봤다. 이런 말씨름을 하면서 시간을 허비할 때가 아니다.

"아무튼 같이 찾아보자. 넌 그쪽 찾아봐."

"찾으라니, 뭘 찾으라는 건데."

"모르니까 찾는 거지. 내가 오펜도 아니고, 이런 건 처음 해본단 말이야. 하지만 반드시, 그 소동의 이유를 알 수 있는 뭔가가 있을 거야."

책장에 있는 책들을 대충 불러보면서, 클리오가 말했다. 어깨 위에 있는 레키를 쓰다듬으면서, 열심히 생각했다.

"솔직히 말이야, 누구나 뭔가를 숨길 때는 자기 방에 숨기는 법이라고. 사람은 불안 덩어리나 마찬가지니까——우리 아버지가 그렇게 말씀하셨어."

"······전부터 궁금했는데, 클리오네 아버지는 뭐 하는 분이셨어?"

"그러니까——"

대답하기 위해서 매지크 쪽을 돌아본 클리오가 앗, 하는 소리를 냈다.

"뭐 하는 거야!"

옷장을 열려던 매지크가 움찔하고 멈췄다. 그리고는 깜짝 놀라서 뒤를 돌아보며 말했다.

"응? 그야, 이쪽을 찾아보라고······."

"아무리 그래도 옷장을 함부로 열면 어떻게 해, 이 변태."

"변태는 좀 아니잖아?"

한심한 목소리로 받아치는 매지크를 밀치고, 자기 몸으로 가리면서 옷장 문을 살짝 열어봤다. 당연히 어두워서 잘 보이지 않았지만,

"······?"

옷, 속옷 바구니, 소품 상자, 그런 것들 사이에, 옷장 안에 어울리지 않는 금속의 광택이 보인 것 같은 기분이 들었다. 그 순간,

움찔!

어깨 위에 있던 레키가 펄쩍 뛰었다. 당황해서 그쪽을 보니, 새끼 드래곤은 긴장한 것처럼, 두 눈을 부릅뜨고 어두운 옷장 안을 응시하고 있었다──딥 드래곤의 습성상 이를 드러내지 않았지만, 으르렁거리는 소리를 내도 이상하지 않을 분위기였다. 클리오는 멍하니 물었다.

"뭐, 뭐야? 왜 그래, 레키?"

영문을 알 수가 없어서, 레키를 따라서 옷장 안을 들여다봤다.

문을 조금 더 열고──매지크한테는 눈짓으로 보지 말라고 해놓고──클리오는 안쪽을 관찰했다. 걸려 있는 옷들 사이에 숨어 있는 것처럼, 안쪽에 긴 물체가 보였다.

꺼내봤다. 그랬더니,

"검?"

바로, 검이었다. 아주 평범한 크기의, 즉 클리오한테는 조금 긴 검이었다. 화려한 조각이 들어간 붉은색 자루, 금속제 칼집. 전체적으로 매끈한 곡선으로 구성된 그 검은 어디선가 본 것 같다는 생각이 들었다. 확실히 생각은 나지 않는다──무엇보다 이 검 자체를 본 적이 없다고 확신할 수 있다. 하지만 비슷한 것은 본 적이 있는 것도 같은데……?

레키는 여전히 경계태세로 그 검을 노려보고 있다. 이런 일이 거의 없었는데. 왠지 불안한 기분을 느끼면서 검을 보고 있었더니, 매지크가 입을 열었다.

"아, 그거……."

"뭔가 알았어?"

검을 응시한 채로, 클리오가 물었다. 매지크가 고개를 끄덕이는 기척이 느껴졌다.

"글자가 새겨져 있는데. 그거, 마술 문자 아냐?"

"마술 문자?"

"그러니까…… 왜. 천인 종족이 썼던, 엄청나게 강력한 마술이야. 발트안델스의 검이라든지, 기억 안 나?"

당연히 기억하지만, 무엇보다 마술은 클리오의 관할 밖이다. 매지크가 글자라고 말한 장식도, 솔직히 클리오한테는 단순한 문양으로만 보였다. 일단 여기에 수상한 검이 있고, 그 정체를 모른다.

상황을 정리하고, 클리오는 그 비밀을 해명할 유일하고 단적인 방법을 이끌어냈다.

"좋았어."

중얼거리고, 검을 뽑으려고 했다.

하지만, 두 번 정도 힘을 줘서 뽑으려고 하다가 포기했다. 검은 칼집에서 뽑히지 않았다. 자물쇠로 잠가놓기라도 한 것처럼, 움직이지 않는다.

그 때──

"아!"

"뭐야?"

매지크의 목소리를 듣고, 뒤를 돌아봤다. 그리고 클리오는 움직임을 멈췄다.

"……어라?"

소년은 문 쪽을 보고 있었다. 어느 샌가 소리도 없이 열린 문 사이로, 곤란해 하는 표정의 소녀가 보였다. 목검을 안고, 예를 들자면 도망친 아기 고양이를 다시 데려가려는 어미 고양이 같은 얼굴로——로테샤가 입을 벌렸다.

"그 검은 뽑을 수 없어요…… 그 누구도."

경기자다운 인내심이, 그 목소리에 배 있었다.

"클리오 씨, 혹시, 오지랖이 심하다는 말 자주 듣지 않나요?"

"아…… 바로 어제 들은 것 같기도 하고……."

느릿한 말투로 중얼거리고, 클리오는 시선을 옮겼다. 머리를 쥐어뜯고 있는 매지크에게.

"어째서 들킨 거지?"

하지만 대답은 매지크가 아니라 로테샤한테서 나왔다. 그녀는 끝까지 무표정한 얼굴이었다.

"……말소리가 들려서."

"아, 그, 그랬구나. 의외의 맹점——"

그리고 클리오는 어슬렁어슬렁 매지크 쪽으로 다가가서——

멱살을 덥석, 붙잡았다.

"네가 시끄럽게 굴어서 들켰잖아!"

"클리오 목소리가 훨씬 컸거든!"

"뭐, 아무튼…… 알겠습니다."

완전히 포기해버린 로테샤의 목소리를 듣고, 클리오는 움직임을 멈췄다. 그리고 바라봤다. 간유리 같은 눈빛이 클리오를 마주봤다.

로테샤는 항상 반만 뜬 것 같은 눈을 더 가늘게 떴다.

"당신이 듣고 싶다면 사정을 설명하겠습니다. 결국 전부 제 우유

부단이 초래한 일이니까……."

비두 크립스터가 언제부터 이 거리에 있었는지, 어째서인지 아는 사람이 없다고 한다.

확실한 것은 10년 전에는 없었고, 9년 전에는 있었다. 그것은 틀림없다고 한다──그 사이의 어느 시기에 어린 소녀를 데리고 나타난 그 검사는, 이 거리에 검술 교련소를 열었다. 아직 발전 도중이었던 이 거리에서, 있는 돈을 전부 털어서 땅을 사고 도장을 세웠다. 아직까지도 그 돈의 출처에 대해서 이상한 상상력을 발휘하는 사람들이 있다. 그 남자는 얼핏 보면 많은 돈을 가지고 다니는 게 어울리지 않을 정도로 비쩍 말랐고, 차림새도 허름했다.

하지만 실력은 대단했다

당시에 어번라마와 가까웠던 이 내쉬워터 부근에는 무장 강도단 같은 것들이 출몰하고는 해서 치안이 꽤나 불안했지만, 비두는 말 그대로 혼자서 쳐들어가서 여러 강도단을 괴멸시켰다고 한다. 심홍색 검을 들고 귀신같은 실력을 발휘한 그의 밑에 입문자들이 쇄도했던 것은 굳이 말할 필요도 없다. 몇 년이 지나고, 그 딸 로테샤도 비범한 재능을 보이자, 사람들은 이 부녀를 거리의 수호신처럼 여겼다. 그 무렵, 거리는 몇 년 전과 비교도 안 될 만큼 발달했고, 산 위에 있는 레지본 온천과도 연결되면서 돈이 돌기 시작했다. 치안도 좋아지고 입문자 수도 어느 정도 안정이 돼서, 사람들은 모든 것이 지금 이대로 원만하게 굴러갈 거라고 생각했었지만.

5년 전에, 에드라는 남자가 나타났다.

"흠⋯⋯."

그저께──였던가. 이 공원에서 본, 하늘을 바라보며 절망하던 남자. 오펜은 그 남자와 똑같은 포즈로 벤치에 앉아서 쉬고 있었다. 등받이에 몸을 기대고, 두 팔을 등받이에 걸치고서 하늘을 올려다봤다.

하늘은 그저께와 똑같은 맑은 가을 하늘이었다. 옅은 구름이 흘러가는 새파란 하늘.

"한마디로 집안싸움이라는 건가⋯⋯ 아니면 부부싸움?"

경찰관에게 들은 이야기로는, 그다지 자세한 사정은 알아낼 수가 없었다. 하지만 에드라는 남자가 어느 날 훌쩍 나타나서 비두한테 검술을 배우고 그 딸 로테샤와 결혼했다. 이 아주 젊은 부부──당시에 로테샤 크립스터는 열네 살, 에드 크립스터도 최소한 스무 살은 안 됐겠지?──는 약 일 년 만에 파국을 맞이했다.

파국의 이유는 비두의 죽음과 관계가 있는 것 같다고, 그 나이든 경관은 무거운 말투로 말했었다. 비두가 죽으면서 그의 검을 이을 정통 후계자로 지정한 것이 부부 중에 누구였는지, 그것을 아는 자는 없다. 하지만 지명 받지 못한 쪽이 불만을 가진 것은 틀림없다. 로테샤와 에드는 그야말로 파멸적인 방법으로 결별했다고 한다. 이 소동 때문에 도장은 대부분의 문하생──특히 비두 본인을 존경해서 입문했던 나이든 연습생을 잃었다. 에드도 그 때에 이 거리에서 모습을 감췄다.

거리에는 검술 교련소가 또 하나 있었다. 주로 비두의 가혹한 트레이닝을 견디지 못한 자들이 모이는, 원래 평판이 좋지 않았던 도장이다. 로테샤의 검술 교련소가 위세를 잃으면서, 그들이 대두할 틈이 생겼다. 항쟁이 시작된 것도 이 즈음——즉 지금으로부터 2년 전의 일이라고 한다.

"결국 최대의 '힘'의 상징이었던 비두 크립스터가 죽은 뒤로는, 이래저래 싸우는 것 말고는 자신들의 힘을 증명할 방법이 없었겠지. 그런 때면 고삐가 풀리는 법이고. 《송곳니 탑》도 선생님이 없어지자마자 월 카렌이 폭주하는 사태가 발생했으니까⋯⋯."

중얼중얼, 혼잣말을 했다.

실제로 상황은 그것과 비슷했다. 한 가지 다른 점이라면, 이 거리의 검술 경기자들에게는 《탑》의 최고 집행부 같은 강력하고 무자비한 제어기구가 없다는 점이다. 그 역할을 해야 할 경찰이 못 본 척 하고 있으니, 그들은 말 그대로 고삐가 풀린 상태로 계속 폭주하고 있는 것이다.

그리고——

어떤 의미에서는 이 소동을 종결시킬 수도 있을지도 모른다고 생각했던 사건이, 반 년 전에 일어났다. 에드가 다시 이 거리로 돌아온 것이다. 하지만 그가 향한 곳은 전처인 로테샤가 있는 곳이 아니라 적대하던 도장이었다.

항쟁은 더욱 과격해져서, 언젠가는 경찰도 무시할 수 없게 될 것이다. 그렇게 되면 전부 끝장이다. 결국 소동은 시간이 지나면 자연스럽게 끝나는 것이다. 누가 언제 끝낼지가 문제일 뿐이지. 솔직히 오펜은 이 사태에 대한 흥미를 거의 잃었다. 그것을 자각하고, 허무하게 하늘을 바라봤다.

아니, 굳이 흥미를 가진 것은 그 사태와 관계가 없는 일이었다.

시시한 일이라는 건 알고 있지만——

인간은 초인이 될 수 없다. 예외라면 마술사 정도지만.

"아무리 강하다고 해도, 검 한 자루로 수십 명이나 되는 무장 강도를 퇴치할 수 있을까?"

어차피 전설이다. 소문에 군살이 붙었을 수도 있겠지.

"뭐, 난 문외한이니까……."

오펜은 고개를 들었다. 온통 하늘색으로 물들었던 시야가 하계 쪽으로 옮겨졌다.

"혹시, 댁은 알아?"

물었다. 다른 사람은 없는 공원. 벤치 앞에, 한 남자가 서 있었다. 아니, 남자라고 할 나이가 아니다──아직 어린애라고 해야 할까. 열일고여덟 정도의 소년에, 손에 목검을 들고서 이쪽을 빤히 쳐다보고 있다.

거리는 3미터 정도려나. 오펜은 눈으로 짐작하고, 벤치에 앉은 채로 소년의 얼굴을 쳐다봤다.

"할 수 있어."

소년의 대답은 간단했다. 약간 잠긴 것 같은 낮은 목소리로, 계속해서 말했다.

"그 검이 있으면…… 수십 명이건 수백 명이건."

"헤에."

오펜은 그렇게만 말하고, 그리고──문득 얼굴을 찌푸렸다. 중얼거렸다. 혼잣말처럼,

"……너무 빠른데."

"뭐라고?"

소년이 물었지만 오펜은 무시했다. 그것이 마음에 안 들었는지, 소

년의 얼굴이 크게 일그러졌다.

소년이 목검을 들어올리기 전에, 오펜은 벤치에서 일어났다──눈앞에 있는, 화가 나서 부들부들 떨고 있는 이 소년이 먼 거리에서 싸우는 걸 즐기는 타입이 아니라는 건 분명하다. 소년은 이미 목검을 치켜들고, 이쪽을 향해 돌진해오고 있었다.

'너무 빠르다고……'

거의 건성으로, 오펜은 같은 말을 되풀이했다. 주먹을 꽉 쥐고, 한 걸음 앞으로 나섰다. 상대가 공격해올 방향을 예상하고 몸을 슬쩍 옆으로 빼고는, 벌리고 있던 왼쪽 손바닥을 내질렀다──목검을 내리치기 직전인, 상대의 팔을 향해서.

소리도 없이, 소년의 팔을 막아냈다. 소년은 자기가 어떤 상황인지 이해하지 못한 것 같았다. 상대의 표정이 변하기도 전에, 오펜은 반 걸음 더 앞으로 나아갔다. 오른손은 언제든지 내지를 수 있는 상태로, 자신의 가슴 높이에 있다.

"흡!"

기합과 동시에 텅 비어 있는 옆구리에 주먹을 찔러 넣자, 소년의 목에서 바람 새는 것 같은 소리가 흘러나왔다. 그대로, 공이 튕겨나가는 것처럼 뒤쪽으로 쓰러졌다. 소년은 괴로워하는 소리를 내며, 땅바닥에서 꿈틀거렸다. 그것이 저항하려는 행동인지 단순히 괴로워하는 건지는 모르겠지만.

"으윽…… 크윽……!"

그 모습을 보면서, 오펜은 오른손을 들어 올렸다──

"나 부르노라──"

마술의 구성을 짜고, 전개하고, 그리고 발현하는 일련의 절차를,

항상 하던 대로 처리했다.

"파열의 자매!"

주문과 함께, 충격이 쓰러진 소년의 몸을 감쌌다. 폭발하는 공기 속에서, 소년이 힘없이 바운드하는 모습이 보였다.

주문의 효과가 끝나자, 소년은 실신해서 움직이지 않는 상태로 쓰러져 있었다. 목검은 이미 오래전에 손을 떠나서, 몇 미터 정도 떨어진 곳에 떨어져 있다.

소년이 아니라 그 목검을 보며, 오펜은 다시 한 번 말했다.

"너무 빨라……."

납득하지 못하고, 머리를 긁었다.

"탐문을 시작한지 얼마나 됐다고. 왜 갑자기 이런 꼴을 당하는 거야?"

주위를 둘러봤다. 다행이 보이는 범위 안에는 지나가는 사람이 없었다——있었다면 일이 더 커졌겠지.

언젠가 이렇게 될 거라고 생각하기는 했다. 오히려 기대하기도 했고. 꼭 클리오가 말해서 그런 건 아니지만, 아무래도 이 방법이 제일 빠르다. 이렇게 빨리 그럴 기회가 찾아올 거라고는 생각도 못 했지만.

"에드 크립스터…… 그쪽이 벌써 내가 움직이는 걸 귀찮게 여기고 있다면."

눈을 까뒤집고 기절한 소년을 어깨에 메고, 오펜은 조용히 중얼거렸다.

"만나러 가 주는 게, 제일 빠른 방법이겠지."

콰앙!

한 눈에 봐도 상태가 나쁜 문에 소년을 집어던져서, 부숴버렸다──
──

안쪽으로 쓰러진 문짝을 밟아서 부수고, 오펜은 큰 소리로 외쳤다.

"실례한다."

도장은 낡은 건물이기도 했지만, 그 이상으로 적적하고 슬픈 기운이 배 있었다. 손질하지 않은 탓이 아니다. 볕이 안 들어서 그런 것도 아니고. 그냥, 거기 있는 인간들의 문제겠지.

입구로 들어가자 바로 연습장으로 보이는 넓은 공간이 나왔다. 문을 부순 소년의 몸은 두 바퀴 정도 구른 뒤에 바닥에 축 늘어졌다. 안에 있던 남자 몇 명이 고함을 질렀다.

"이 자식이!"

자신이 누구인지 알고 그러는 건 아니겠지──그냥 반사적인 행동이 틀림없다. 제일 가까이에 있던 남자가 맨손으로 달려들었다. 안으로 들어가, 호흡 절반, 기다린다.

남자의 움직임은 아무리 좋게 봐줘도 엉망이었다. 두 손을 치켜들고 덤벼들었다. 오펜은 어깨 하나만큼 옆으로 움직이고는, 자세를 낮췄다──동시에, 오른쪽 주먹을 내질렀다.

"커윽!"

정면에서 몸통 중앙을 얻어맞고, 남자가 쓰러졌다. 이 녀석은 상대할 필요 없다고 판단하고 고개를 돌려보니, 다른 남자들이 허둥지둥 안쪽으로 뛰어 들어가고 있었다.

털썩, 남자의 몸을 바닥에 내던졌다. 버둥대던 남자는 꼼짝도 하지 않았다. 오펜은 숨을 고르고 잠시 기다렸다.

그리고——안쪽으로 도망쳤던 남자들이 다시 나타났다. 전부 손에 무기를 들고서.

"……다섯인가."

처음 상대할 자들의 숫자를 세고, 오펜은 빙긋 웃었다.

"이제야 비슷한 수준이려나?"

"까불지 마라! 이 자식, 본거지로 쳐들어오다니 배짱도 좋구나. 살아서 나가지 못할 줄 알아라!"

검——목검이 아니다——을 치켜들고, 남자들 중에 하나가 큰 소리를 질렀다.

오펜은 조용히 숨을 들이쉬었다. 두 팔을 벌리고,

"나 발하노라——"

영창을 시작하자 남자들에게 긴장한 기색이 번졌다. 비명 같은 목소리가 도장 안에 울려퍼졌다.

"마술사라고?!"

"나 발하노라, 빛의 칼날!"

빨려드는 것처럼——

끝없이 흘러나오는 빛의 급류가, 순간적으로는 그렇게 보였다. 순백색으로 빛나는 열과 충격의 소용돌이가, 사각형 연습장을 세로로 가르며 작렬했다.

폭발이 가라앉고, 남은 열파가 공기를 태우는 속에서, 충격을 맞고 기절한 사람 둘을 확인한 오펜은 다시 전투태세를 취했다. 주먹을 쥐고, 몸 오른쪽을 뒤로 뺐다.

접근전. 그것도 혼전이 되면 마술의 유효성이 크게 줄어든다. 구성을 짜고, 전개하고, 주문을 영창한 뒤에 마술의 효과가 나타날 때까지, 각 과정에 어느 정도의 시간이 필요하기 때문이다. 물론 전혀 못 쓰는 건 아니지만, 지금처럼 큰 술법은 쓰기 힘들다. 상대가 마술사라면 그쪽도 마술을 쓰고 싶어 하니까 오히려 쓰기 편해지지만.

'어쨌거나, 3대 1이라면 마술이 없어도 상대를 컨트롤할 수 있어……'

오펜은 중얼거리고, 적의 위치를 확인했다. 검을 든 상대가 오른쪽에 하나, 각각 단검을 든 자들이 왼쪽에 둘.

망설이지 않고, 왼쪽으로 향했다. 마술의 위력을 본 탓인지, 둘 다 무작정 달려들 생각인 것 같다. 오펜은 재빨리 그들을 향해 달려들었다.

교차한 것은 한 순간이었다. 먼저 달려든 자가 단검을 내지르는 데 맞춰서 왼발을 들어 올렸다──철골이 들어간 발끝이 작은 포물선을 그리며 그 남자의 오른쪽 팔꿈치 바깥쪽 부분을 때렸다. 짧은 순간. 말도 안 되는 방향으로 꺾인 팔을 끌어안고, 그 남자가 비명을 질렀다.

그리고 그가 놓친 단검이 바닥에 떨어지기도 전에.

이어서 칼을 휘두른 남자를, 오펜은 몸을 반걸음 정도 오른쪽으로 옮겨서 옆으로 지나가게 했다. 동시에 상대의 뒤를 쫓아가는 것처럼 몸의 방향을 바꿨다. 당연히 남자도 오펜 쪽으로 돌아보려고 했지만, 상반신은 그렇다 쳐도 하반신이 회전하지 못했다. 뒤쪽을 훤히 드러낸 남자의 무릎 뒤쪽에, 오펜의 부츠 날을 박아 넣었다. 남자는 경악해서 눈이 휘둥그레졌고──얼음 바다에 가라앉는 것처럼 바닥에 쓰러졌다. 몸을 일으키지 못하고 꿈틀대지 못하는 남자의 등뼈를 한 번

세게 밟아주자, 남자는 완전히 움직이지 않게 돼버렸다.

그 순간.

'……왔나!'

오펜은 뒤쪽에 기척을 느끼고 몸을 날렸다. 쓰러진 적을 뛰어넘어서 한 바퀴 구르고, 다시 벌떡 일어났다. 그랬더니 뒤로 미뤄놨던 검을 든 남자가 다가와 있었다. 슬쩍 보니, 검이 한 순간 전까지 있었던 공간을 베고 있었다.

아직 조금 전의 열파가 가라앉지 않은 탓인지 상대의 이마에 비지땀이 배 있는 게 보였다. 내리친 검을 거두고, 오른쪽 위로 비스듬히 들었다. 일대일로 상황에서, 손바닥이 땀으로 흥건히 젖은 걸 느끼며, 오펜은 중얼거렸다.

"……이젠 그쪽만 남았어."

쓰러진 자들은 다시 일어날 기미가 없다──오펜은 눈만 움직여서 확인했다. 마술로 쓰러트린 두 명은 말할 것도 없고, 하나는 부러진 팔을 끌어안은 채로 부들부들 떨고 있으며, 나머지 하나는 등뼈를 세게 얻어맞아서 꼼짝도 못 하고 있다.

검을 든, 마지막으로 남은 그 남자도 같은 걸 확인한 것 같다. 쳇, 하고 혀 차는 소리가 들렸다.

"에드가 여기 있었으면, 너 따위는……."

"헤에."

오펜도 혀를 찼다.

"난 댁이 그 에드인줄 알았지."

"흥!"

남자는 콧방귀를 뀐 것 같다. 험악한 얼굴을 일그러트리고, 칼을 더 높이 들어 올렸다.

"에드 얼굴도 모른다는 건, 로테샤가 보낸 놈은 아닌 것 같군. 목적이 뭐지……?"

"그건 내가 묻고 싶은데. 그 녀석이 날 공격했거든. 조금 전에 말이야. 뭐, 일단 여기 연습생인 것 같아서 데려다주러 왔어."

그렇게 말하고——바닥에 쓰러져 있는 소년을 가리켰다.

"뭐라고?"

남자의 얼굴에 동요한 기색이 드리웠다. 그 소년을 보고는,

"그딴 자식은 몰라."

"뭐?"

그 순간이었다.

타악.

너무나 메마른 소리였다——사람 하나가 벌떡 일어나는 소리 치고는. 아주 한 순간에 불과했다. 지금까지 꼼짝도 않던 그 소년이 체조선수처럼 가볍게, 그 자리에서 일어섰다.

소년은 오펜에게 등을 돌린 상태로, 머리를 움직이지도 않고 오른손만 슥, 검을 든 남자 쪽으로 뻗었다. 여기까지는 아무 소리도 없었다. 그리고,

"——뭐?!"

남자의 비명은 단말마 같은 것이었다.

거리가 몇 미터나 떨어져 있는데, 총알처럼 뻗어나간 소년의 집게손가락의 남자의 오른쪽 눈을 꿰뚫었다. 끔찍한 비명을 지르며, 남자가 쓰러졌다——소년의 눈은 촉수처럼 남자의 안와를 깊이 찌르고, 그 안쪽을 휘저은 것 같았다. 남자의 몸이 펄쩍 뛰었지만 그 움직임

은 멈추지 않는다. 몸이 뒤로 젖혀져서 기괴한 아치를 만들고…… 남자의 움직임이 멈췄다. 더 이상 움직이지 않는다.

"……?!"

가만히 보고 있는 수밖에 없었다. 완전히 허를 찔려서, 오펜은 아무 말도 없는 소년의 뒤통수만 보고 있었다. 몇 초 만에, 소년이 오펜 쪽으로 고개를 돌렸다.

아니, 더 이상 소년이 아니었다.

집게손가락이 늘어난 채로 외형이 변화했다. 작은 체격이 부풀어 오르고, 앙상하고 투박한 어른의 몸으로 성장했다. 얼굴도, 피부의 질감도 변화한다. 머리카락 색은 검은색에서 금발로. 빈정대는 것 같은 미소를 지은 표정에, 차갑게 일그러진 입이 추가됐다. 입고 있는 것까지 변화한다. 운동복에서, 낡은 정장으로…… 그리고.

원래는 까만색이었던 눈동자. 하지만 지금은 전혀 다르다. 방대해진 눈동자가, 선명한 녹색으로 빛나고 있다. 모든 변화가 끝났을 때, 그 눈동자는 탁한 파란색이 되었다.

틀림없다.

오펜은 분명히 기억하고 있었다. 쉽사리 잊을 수 있는 외모가 아니니까──그저께, 공원에서 절망하고 있던 남자가 틀림없다.

변화가 전부 끝났다──그렇게 생각한 순간, 오펜 이외의 의식이 남아 있던 자의 입에서 비명 소리가 터져 나왔다. 영문 모를 변화를 보고 느낀 공포를 그대로 절규로 표현한 남자들은, 다음 순간에는 전부 조용해졌다.

남자의 눈동자가 다시 녹색으로 빛나고 있다. 그리고는 한 순간 전에 봤던 광경과 하나도 다를 게 없는 포즈 속에서──새롭게, 오른손 가운데 손가락과 약손가락이 길게 뻗어 있었다. 관절 구조를 무시하고 복잡하게 꿈틀거린 손가락 두 개가, 쓰러져 있던 남자들의 목을 꿰뚫었다. 뿜어져 나온 피가 도장 안의 공기를 짙은 붉은색으로 물들였다.

"어째서——"

눈동자 색을 파란색으로 되돌리고, 갑자기 변화한 남자는 그렇게 중얼거렸다.

담담하게, 그저 담담하게,

"어째서 내가 누군가를 죽일 때마다 굳이 이 모습을 하는지, 동족 중에서도 의문을 갖는 자가 있지만…… 나 자신도 모른다. 뭐, 생리적인 것이겠지."

꼼짝도 하지 않고——목을 움직이지도 않고 말하는 그 모습을 보고, 오펜은 전율했다. 뭐가 왜 위험한 것인지, 구체적인 것은 하나도 생각나지 않았지만 그저 온 몸이 위험하다고 경고했다. 봐서는 안 된다, 들어서는 안 된다, 알아서는 안 된다. 하지만,

'젠장…….'

오펜은 인정했다. 듣고 싶지 않아도 들을 수밖에 없다. 절망의 남자는 변함없는 말투로 계속해서 말했다.

"딱히 어떤 생김새라도 문제는 없다…… 정말이야. 죽일 상대와 같은 모습으로 나타나서 놀라게 한 뒤에, 같은 악취미를 가진 동족도 있지. 갖가지 놈들이 있다는 뜻이야. 그리고, 나는 이 모습이다. 딱히 이 모습이 좋아서 그러는 건 아니다. 정말이지, 대체 왜 그러는 걸까."

"너는……."

떨리는 목소리로, 오펜은 신음했다. 하지만 그 다음 말이 나오지 않는다.

절망의 남자가 처음으로 표정을 바꿨다. 크게 달라진 건 아니고——입술을 살짝 벌린 정도로.

"상상도 못 하겠나?"

남자의 말을 듣고 오펜은 고개를 저었다. 녹색 눈동자. 그걸 가진 것은,

"드래곤 종족……."

"레드 드래곤 종족. 본 적은 없겠지? 만약 모습을 드러낸 동족이 있었다면, 우리의 수치다."

레드 드래곤——

오펜은 그 단어에 대해 생각했다. 레드 드래곤=버서커. 붉은 털의 큰 곰이라고도 하는데, 그 실체를 확인한 자는 없다. 인간 종족에게는 존재한다는 것은 알지만 그것을 확인할 수는 없는 드래곤 종족 중 하나.

그는 조용한 어조로 계속 말했다.

"아스라리엘과는 만난 적이 있다는 것 같다더군? 그렇다면 내 이름도 기억해두도록. 헬퍼트다."

말하면서.

소리도 없이, 남아 있는 오른손 엄지손가락과 새끼손가락이 늘어났다. 깜짝 놀라서, 오펜이 소리를 질렀다.

"그만둬!"

하지만——

지각할 수 없을 정도로 빠르게 늘어난 손가락은, 오펜이 소리쳤을

때는 이미 도장 안쪽에 쓰러져 있던 두 사람의 목을 쳐내고 있었다. 눈 깜박할 사이였다. 어루만지는 것처럼 보였지만 뚝, 하고 신경을 거스르는 불쾌한 소리를 내면서 두 사람의 목이 간단히 뜯어져서 날아갔다.

헬퍼트. 그 레드 드래곤은 손가락 이외의 다른 것은 움직이지도 않았다. 손목조차도.

시선도. 갑자기, 그가 단 한 번도 눈을 깜박이지 않았다는 걸 깨달았다. 색이 변화하는 눈동자로 이쪽을 계속 쳐다보며, 변화가 없는 목소리로 말했다.

"나는 아스라리엘과 다르다. 이레귤러와 뒷거래 따위는 안 하지. 인간 마술사여."

그는 살짝, 고개를 숙였다. 시선은 여전히 오펜을 보고 있지만.

"인간 마술사여. 아니, 인간 종족의 대표로서, 너는 멸망의 위기에 직면한 상황을 견딜 수 있을까……?"

'무슨 소리야……?'

대체 무슨 일이 일어나려는 건지, 모르겠다. 하지만,

'그렇구나…….'

그 때 오펜은 확실히 깨달았다.

어쨌거나 지금 눈앞에 있는 이 드래곤 종족은 상당히 구체적인 멸망 그 자체이고──그리고, 자신이 그 앞에 노출돼 있다는 것을.

제5장 검의 관계

"그래! 옆으로 구르는 척 하면서 앞으로 구르거나 뒤로 구르거나 안 구르거나 포기하거나 좌절하거나 다시 일어나거나! 그렇게 해서 이것이 궁극 오의, 미지근한 물 해피 라이프다! 이해했는가 제자여!"

"예! 스승님!"

도장 앞에 있는 길에서는——연습장에서 쫓겨난 건지——볼칸과 라이언이 뭔가 시끄럽게 떠들고 있다. 조금 떨어진 곳에는 도틴이 쭈그리고 앉아 있었다. 2층 창문에서 그 모습을 내려다보며, 클리오는 조용히 중얼거렸다.

"……저 인간들은 속도 편하네."

"하지만 제가 하고 있는 일도——"

거기에 대답한 사람은 로테샤였다. 거기서 멈췄다. 심홍색 검을 안고 눈에는 공허한 기색이 깃들어 있는 그 모습을 보고, 클리오는 로테샤에게 계속 하라고 했다. 로테샤는 훗, 하고 자조하는 것처럼 미소를 짓더니,

"제가 하고 있는 일도, 결국 저것과 다를 게 없을지도 모른다는 생각이 듭니다."

그렇게 말하고, 로테샤의 눈에 빛이 돌아왔다. 그 눈이 창밖으로 향했다.

"너무나 잔혹한 패러디…… 그런 생각이 들지 않습니까?"

"하지만 저 녀석들은 바보잖아?"

"저도 바보입니다."

로테샤는 그렇게 말하고, 이번에는 자조가 아닌 미소를 지었다──
──짧고 검은 머리카락에 둘러싸인 소박한 미소가 그녀의 얼굴을 물들였다. 로테샤는 그대로 자기 책상 쪽으로 가서는, 엎어놨던 사진 액자를 집어들었다.

"제가 이 사람을 사랑했고──그리고 그 사람도 그랬을 거라고, 아직도 그런 생각을 하고 있습니다."

여전히 로테샤의 방에 있지만, 기분은 상당히 달라져 있었다. 아까부터 몇 번이나 주위를 둘러보던──사진을 보고는 당장이라도 울음을 터트릴 것 같은 미소를 짓고 있는 로테샤를 도저히 볼 수가 없다는 듯이, 자신도 방구석에 멍하니 서 있는 매지크는 전혀 도움이 안 된다. 열어놓은 창문 아래에서 바보처럼 시끄럽게 떠들고 있는 볼칸과 라이언 꺼냈더니 잔혹한 패러디라고 했고.

힘든 분위기지만, 상대를 나무랄 수도 없다. 클리오는 몰래 한숨을 쉬었다.

생각해보니 이 방은 로테샤 자체라고 할 수도 있다──어쩌면 로테샤가 이 방 그 자체일지도. 어느 쪽이건 상관없지만. 필요한 것이 있고, 필요한 것만 있다. 그리고 무엇보다 본인이 그 사실을 알고 있다.

그런 생각을 하며, 클리오는 결국 로테샤 쪽으로 시선을 되돌렸다.

"그런 건, 바보라고 할 수 없어."

말투 때문에 나무라는 느낌이 들었다. 잠깐 말을 쉬면서 그것을 바로잡고──나무라는 것처럼 보이고 싶지 않았으니까──, 로테샤가 검을 안고 있는 것처럼 레키를 품에 안고, 클리오는 정정했다.

"어쩌면, 그럴지도 모르니까."

로테샤 쪽을 봤다. 그녀의 표정은 변함이 없었다. 더 묵직하고 괴로운 것을 삼키면서, 물었다.

"그 사진에…… 같이 찍힌 사람, 그 에드인가 하는 녀석이지? 연인…… 이었어?"

"남편이었습니다."

"남펴언?!"

넓지도 방 안에, 큰 소리가 울렸다──

잠시 넋이 나갔다가, 클리오는 입을 떡 벌린 채로 굳어진 매지크 쪽으로 성큼성큼 다가갔다. 퍽, 소년의 다리를 걷어찼다.

"아야!"

"왜 그런 소리를 지르는 거야! 실례잖아!"

"지금 그건 클리오가 지른 거잖아!"

걷어차인 정강이를 끌어안고 한쪽 다리로 간신히 중심을 잡으며, 매지크가 항의했다. 그 때──

웃는 소리가 들려왔다. 고개를 돌려보니 로테샤가 손으로 입을 가리고 쿡쿡 웃고 있다. 그리고는 빙긋 웃었다. 액자를 책상 위에 내려놓고,

"괜찮습니다. 분명히 신기한 일이기는 하니까. 제가 에드와 결혼한 건 3년 전──열네살 때였습니다. 제 고향에서는 그렇게 이상한 일도 아니었지만……."

"고향?"

"어린 시절에 아버지를 따라서 떠나왔기 때문에 잘 기억나지는 않습니다."

로테샤는 그렇게 말하고는 방을 가로질러서 창문 앞까지 걸어갔다. 밖에 펼쳐진 내쉬워터의 맑은 가을 하늘을 바라보며, 계속 말했다.

"——하지만, 정말 아름다운 곳이었다고 기억합니다. 어린시절의 기억은 즐거운 것들 뿐이니까. 항상 바람에 나뭇가지가 흔들리는 소리가 들리고, 물이 차갑고. 아버지가 이 자리에 자리잡기로 결심한 것은, 아마도 이 거리의 풍경에서 고향이 떠올랐기 때문인 것 같습니다."

꽃의 거리, 내쉬워터를 바라보는 로테샤의 눈은——맑고 아름다웠다.

"그렇다면——"

겨우 마음이 놓은 클리오가 웃었다. 최소한 안 좋은 일들만 있었던 것은 아닌 것 같다.

"지금의 추억도 즐거운 일들일 거야. 그렇지?"

"……그렇군요."

그렇게 중얼거리며 고개를 돌린 로테샤에게, 클리오는 우물거리면서 물었다.

"그런데, 저기——물어봐도 될까. 남편이었다는 얘기…….."

로테샤는 말없이 고개만 끄덕였다.

그것이 무슨 의미인지는 알 수가 없었다. 하지만 조금 뒤에, 창틀에 등을 기댄 로테샤가 멍하니 허공만 바라다보고 있다는 것을 알고, 클리오는 벌어지려던 입을 다물었다.

지극히 개인적인 일이다——당연한 일이지만. 그 사실을 깨닫고, 조용히 마음속으로 중얼거렸다.

'……기다려주는 게 예의겠지.'

그리고.

로테샤가 살짝 움직였다. 안고 있던 심홍색 검을 슬며시, 이쪽으로 내밀었다. 클리오는 몇 초 동안 그것을 바라보고, 문득, 소리를 냈다.

"……받으라고?"

손가락을 자신을 가리키며 물었다. 그러자 로테샤는 조금 전과 마찬가지로 그저 말없이 고개만 끄덕였다.

일단 한걸음 앞으로 걸어가서 그 검을 받았다──검은 보기보다 상당히 가볍고, 존재감이 부족했다. 아마 매지크가 마술이 관계돼 있는 것 같다고 했었지? 그 영향 때문이겠지. 중량은 느껴지지 않지만 질감은 있다. 모양은 각이 진 직도고, 칼자루 길이를 보면 양손으로 다루는 검 같은데, 날 길이는 그렇게 길지 않았다.

복잡한 금속 조각이 새겨져 있지만 보석류는 하나도 없었다. 섬세한 것 같으면서도 투박한. 단순한 장식품인지 실제로 사용하는 무기인지. 어떻게 인식해야 좋을지 귀찮은 물건이었다.

"프릭 다이아몬드"

"응?"

검을 보면서 생각하던 중에 갑자기 튀어나온 말을 듣고 깜짝 놀라서 고개를 들었더니, 이쪽을 보고 있던 로테샤의 시선과 눈이 딱 마주쳤다. 쓸쓸한 그늘이 드리운 로테샤의 눈이 한 번 깜박였지만, 눈의 그늘은 결코 씻어낼 수 없는 것만 같았다. 추억을 말하는 눈. 자기도 모르게 그런 말이 머릿속에 떠올랐다.

로테샤가 다시 말했다.

"아버지는 그 검을 그렇게 부르셨습니다. 아버지는 뛰어난 검사였지만, 전설적인 힘의 비밀은 그 검에 있다고, 스스로도 인정하셨습니다. 그것은 마검입니다. 아버지가 돌아가시기 직전에 그것의 진정한 이름을 가르쳐 주셨죠……."

그리고 잠시 쉬고, 입술을 축인 뒤에 계속 말했다.

"콜크트의 검, 이라고."

"콜……?"

"벌레 문장의 검이라는 의미라고 하더군요."

"그럼 역시 천인종족이 벼린 검이구나."

지금까지 말없이 듣고 있던 매지크가, 갑자기 말했다――그는 조금 떨어져서 검을 보고 있었고, 감격했는지 목소리가 떨리고 있었다.

"그렇다면 검을 뽑을 수 없는 것도 이해가 되네. 스승님이 말했어. 천인종족의 마술로 만든 무기는, 어지간히 특수한 경우가 아니면 안전장치가 걸려 있다고. 그 무기의 사용방법이나 효과를 모르는 사람은 다룰 수가 없대."

그 말을 듣고, 클리오는 로테샤 쪽을 봤다. 로테샤는 살짝 고개를 젓고,

"쓰는 방법은 저도 모릅니다. 아무도 모릅니다. 아버지는――"

클리오가 받치고 있는 검 위에 자신의 손가락을 얹으며, 로테샤가 말했다. 탄식 섞인 목소리로.

"아버지는 저도 에드도 자신의 후계자로 걸맞지 않다고 말하시고는 숨을 거두셨습니다. 검의 비밀을 간직한 채……."

"그럼――"

딱히 할 말이 있던 건 아니지만, 맞장구를 쳤다. 하지만, 어차피 말할 필요는 없다는 듯이, 갑자기 로테샤가 얼굴을 찌푸렸다――코

옆에 주름을 짓고, 눈을 날카롭게 뜨고, 눈썹을 치켜 올렸다. 자기도 모르게 뒷걸음질을 칠 뻔 했지만, 로테샤의 손이 검을 만지고 있어서 몇 센티미터 정도 물러나고 멈출 수밖에 없었다.

로테샤는 어금니가 있는 언저리의 볼을 부들부들 떨면서, 조용히 입을 열었다. 뿌득, 하는 묘한 소리가 들려서 어디서 난 소리인지 찾아봤더니, 자신의 손 위에 얹어놓은 로테샤의 손가락이 갈고리 모양으로 굽혀져 있었다. 소리는 손가락 관절에서 났다. 뭔가를 쥐어뜯으려는 것처럼 구부러진 손가락에서.

"그리고 에드는, 제 곁을 떠났습니다."

목소리만은, 평정을 유지하고 있었다.

"――더 이상 여기 있을 필요가 없다는 말을 남기고."

오펜은 그저 조용히, 주먹을 쥐고 있었다. 그것이 어느 정도 의미가 있을지는 모르지만――턱을 당기고, 팔을 움츠리고, 그리고 자세를 낮췄다. 몸 절반을 살짝 뒤로 뺀 익숙한 자세로, 오펜은 말없이 대치했다. 그 구체적인 멸망과.

다섯 구 정도의 시체가 굴러다니는 도장 안에서, 그 멸망이라는 존재는 길게 늘어났던 손가락을 소리도 없이 보통 길이로 되돌렸을 뿐이다. 피와 살점이 붙은 오른쪽을 한 번 흔들어서 검붉은 것들을 날렸다.

헬퍼트. 오펜은 마음속으로 그 이름을 되뇌었다. 물론 들어본 적 없는 이름이지만. 레드 드래곤이라는 단어는 들어본 적이 있었다.

레드 드래곤=버서커.

이제는 전설 속에나 등장하는, 사라져버린 드래곤 종족 중에 하나다. 용맹하고 물러날 줄 모르는 광전사(狂戰士). 아니, 죽이는 것 이외의 행위를 모르는 광기의 종족이라고 하는 이도 있다. 하지만 그들은 때로 간교한 지휘를 발휘했는데, 적 앞에서 비밀 이야기를 하기 위해서 즉흥적으로 새로운 언어를 만들어내기도 했다고 한다. 그들이 사용하는 수화(獸化) 마술에는 미지의 부분도 많지만, 단 한 가지 알려진 것이 있다──자신의 육체와 체액을 매체로 삼는다는 점. 그것을 무한하게 변화시킨다. 순식간에 손가락을 늘려서 인간의 목을 도려낼 정도로 강인하게.

"그렇군."

갑자기, 뭔가가 생각난 것처럼 중얼거린 그 얼굴에는 악의 같은 것은 보이지 않았다. 순수하게, 그저 말할 뿐이라는 것처럼, 담담하게 말했다.

"그렇군…… 한마디로 자네의 정체를 알게 된 이상, 나는 자네를 막아야만 한다…… 흐음. 억지로 이해를 일치하게 만들었군. 그의 의도는 그런 것이었나."

"? 무슨 소리야."

영문을 알 수가 없어서, 오펜이 물었다. 이종족과 대화를 성립시키는 것은 상당히 곤란한 일이다──기초가 되는 지능이 근본적으로 다르다──하지만, 끈기 있게 정보를 이끌어내는 정도는 가능할 것이다.

하지만 헬퍼트는 넘어가지 않았다. 잡담이라도 하는 것처럼 입술을 핥고,

"이쪽에 손해 보는 일 없이 돕게 만드는 것은, 울며불며 비호를 바라는 것 보다 재미가 없지. 이건 오만이려나?"

"내 정체라니?"

"이 상황에서 득을 보는 자는, 분명하다. 지금쯤 그는 검을 빼앗으러 갔으려나. 지금까지는 날 경계해서 움직이지 않았다. 내 예상이 틀렸다. 결국 우리의 존재를 눈치 채고 있었군. 마음에 안 든다."

"나 발하노라——"

오펜은 있는 힘껏 마력을 전개했다.

"빛의 칼날!"

혼자서 떠들고 있던 헬퍼트가 서 있는 곳으로, 눈부신 하얀 빛이 모여들었다——

격렬한 진동과 번쩍이는 전격이 건물을 사방으로 흔들었다. 표적이 된 공간 바로 아래에 있던 바닥이 순식간에 타버리면서 검은 원이 폭발적으로 번지는 모습이 보인다. 열선의 방사가 끝나고 시야가 회복됐을 때, 헬퍼트의 모습은 보이지 않았다.

"……겨우 이 정도로, 끝난 건가?"

중얼거렸다.

오펜은 숨을 고르면서 기다렸다——끝나지 않았다는 건 알고 있다. 예상대로, 뒤쪽에서 목소리가 들려왔다.

"때려도, 충격파로 공격해도——"

뒤를 돌아봤다. 그러자 거기에 낡은 정장을 입은 그의 모습이 있었다. 한쪽 발에 살짝 중심을 싣고 서서, 가만히 이쪽을 쳐다봤다.

"타박은 그다지 괴롭지 않다. 그런 체질이다. 하지만 불타는 건 참을 수 없군. 말하는 중에 공격하다니, 너무하지 않은가?"

"혼자서 떠들었을 뿐이잖아."

침을 뱉고, 오펜은 다시 자세를 잡았다.

"인간이란 커뮤니케이션에 실패하면 공격적으로 변하는 법이야. 기억해두라고."

"흐음. 역사가 없는 종족이란 야만적이군."

그렇게 말하고, 그는 손가락을 이쪽을 향해 내밀었다──일단은 경계했다는, 그런 포즈려나.

그 손가락이, 지각할 수 없을 만큼 빠른 속도로 사람을 죽일 수 있다는 건 이미 봤다. 상대의 움직임을 바라보며, 응시했다. 긴장 때문에 관자놀이 언저리가 아파오는 걸 느꼈다.

"뭐, 어느 쪽이건 나는 손해 볼 일이 없지."

중얼거리며, 헬퍼트는 고개를 끄덕였다.

"파트너가 검을 감시하고 있다."

"검?"

"그냥 장난감이다. 하지만 그런 장난감조차도 필요해졌다……."

"나 이끄나니──"

지금 막 이게 통하지 않는다는 말을 들었지만, 어쨌든 피해야 해서 ──마술을 쓰면서 몸을 옆으로 날렸다.

"죽음을 부르는 찌르레기!"

퍼엉!

공기가 파열했다. 강력한 진동이 헬퍼트의 몸을 향해 밀어닥쳤고, 광경 그 자체를 확 일그러뜨렸다. 오펜은 그것을 가만히 관찰하면서 다음 수를 준비했다. 상대가 어떤 수를 쓰는지 간파하고 그것을 막지 않으면 승산은 없다.

그 순간——

헬퍼트의 왼손이 순식간에 길게 늘어났다. 힘차게 뻗은 손이 벽을 밀쳤고, 헬퍼트의 몸이 오른쪽으로 크게 날아갔다. 마술이 작렬한 공간에는 그의 왼팔만이 남아 있다. 강력한 진동파가 정장 소매를 너덜너덜하게 만들었고, 그 왼팔을 뼈 채로 부러뜨렸다.

피와 혈관, 뼈와 살이 뜯어지고, 망가진 꼭두각시 인형의 부품처럼, 길게 늘어나서 가늘어진 왼팔이 반대쪽 방향으로 날아갔다. 하지만 헬퍼트는 낯빛 하나 변하지 않았다. 보고 있는 사이에, 왼팔이 순식간에 재생됐다. 그리고 몸에서 떨어진 왼팔은.

"——뭐야?!"

허공으로 날아간 왼팔도 순식간에 재생했다——몸 부분을. 그리고 머리를, 팔다리를. 두 사람으로 늘어난 헬퍼트가, 똑같은 표정으로 이쪽을 보고 있다.

"……어느 쪽이 진짜라고 생각하나?"

두 헬퍼트가 동시에, 같은 말을 했다.

"의태(擬態) 쪽은 앞으로 몇 초면 시체로 변한다. 어느 쪽을 공격할 거지……?"

그리고, 양쪽 모두, 오른팔을 들고 이쪽으로 다가왔다——

"쳇!"

오펜은 징글징글하다는 것처럼 투덜거리고, 뒤쪽으로 몇 걸음 정도 거리를 도약했다. 생각할 시간은 없다. 하지만 50%의 도박에 걸기엔, 자신의 목숨은 너무나 큰 판돈이다.

'그렇다면——'

중얼거리면서, 마술을 구성했다.

'전부 날려버리겠어!'

"나 세우노라, 태양의 첨탑!"

시야 전체를, 새하얗게 달아오른 불꽃이 뒤덮었다——

열파, 그리고 동시에 굉음이 울렸다. 거칠게 날뛰는 불꽃이 뱀처럼 꿈틀거리며, 허술한 도장을 어설픈 새 둥지라도 되는 것처럼 핥아댔다. 오펜은 몸을 굴려서, 부서진 문을 통해 도장 밖으로 뛰쳐나갔다. 비명 소리와 굉음이 계속 울린 탓이겠지. 밖에는 이미 구경꾼들이 여러 명 모여 있었다.

"뭐야? ——무슨 일이야?!"

혼란스런 얼굴로, 머리가 벗겨진 중년 남자가 뛰어왔다. 이 도장의 악평 때문인지, 한 눈에 뵈도 외부인인 오펜을 의심하지는 않았다.

"도망쳐!"

오펜은 그 남자뿐만이 아니라, 그 자리에 있는 모든 사람들이 들을 수 있게 큰 소리를 질렀다.

"괴물이 나온다!"

비명소리가 터져 나왔다.

구경꾼 중에 한 사람이 지른 것 같다——도장 곳곳에 불길이 번졌고, 당장 무너지지는 않겠지만 여기저기에 큰 균열이 생겼다. 오펜은 탈출할 때 열기 때문에 살짝 데인 팔의 피부를 쓰다듬으며, 고개를 쳐들고 도장 쪽을 쳐다봤다.

실책이었는지도 모른다.

그런 생각을 하고, 오펜은 고개를 저었다. 50%의 도박을 해야 했는지도 모른다.

타오르는 도장의 지붕 위에서 오만하게 이쪽을 내려다보고 있는 헬퍼트를 바라보며, 오펜은 필사적으로 생각했다. 헬퍼트는 멀쩡했다. 저 운동능력이라면, 설령 불길에 휩싸였더라도 지붕을 뚫고 탈출했겠지. 예상했어야 했다. 적에게 무한하게 이동하고 숨을 수 있는 공간, 그리고…… 보다 간단히 죽일 수 있는 많은 표적들을 만들어주고 말았다.

'큰일 났다…….'

오펜은 아직도 도망치지 않은 남자에게 말했다.

"도망쳐! 다들 여기서 도망치라고! 도망치지 않는 놈이 있으면, 데리고 도망쳐."

살짝, 가슴의 펜던트를 만지면서 신음했다.

"나는 《송곳니 탑》의 마술사다. 이 사태를 수습하겠다. 그러니까 그 때가지 피난해줘."

전해졌는지 아닌지 확인할 틈은 없다――고개를 끄덕인 것 같은 그 남자한테서 눈을 돌려, 오펜은 다시 지분을 올려다봤다. 불꽃과 바람을 맞으면서, 헬퍼트는 꼼짝도 하지 않고 거기에 서 있었다.

전혀, 움직이지도 않고.

"……?!"

갑자기, 오펜은 폐가 조여드는 기분이 들었다. 옥상 위에 있는 헬퍼트는 몸을 움직이지도 않은 채――고개를 툭 떨구고, 힘없이 떨어졌다. 물건처럼 데굴데굴 굴러 떨어져서, 땅바닥에 격돌했다. 그 몸은 이미 죽어 있었다.

"이쪽이 의태였나!"

투덜대고, 고개를 돌렸다. 주위를 끌었다는 건, 그 반대쪽으로 이동했다는 듯이다. 길, 인적이 드문 길로 구경꾼 몇 명이 도망치고 있다. 마침 고개를 돌린 순간──채찍처럼 번쩍인 가느다란 무언가가, 그 사람들 모두의 몸을 산산조각 내고 있었다.

"……."

아무 말도 못 하고, 멈춰 섰다. 슥──피와 살점이 흩날리는 속에서, 길게 늘어난 손가락을 스르륵, 자기 몸 쪽으로 감아 들이는 헬퍼트의 모습을 보면서.

"미안하군. 말 하지 않았나. 보이는 건 수치라고. 이 끔찍한 모습을, 추한 숙업을 말이야."

신경 쓰이는 것은 손가락이 떨린다는 점이었다.

헬퍼트가 아니라. 자신의 손가락이. 부들부들 떨린다. 진정되질 않는다. 부들부들 경련하는 오른손을 얼굴 높이까지 들어 올리고, 오펜은 고(告)했다──

"……사과할 필요 없어."

손가락은 아직도 떨리고 있다. 오펜은 오른손 집게손가락을 송곳니로 물었다. 그대로 손가락 살을 물어뜯고, 그 피 맛을 입 안에 고인 침과 섞었다.

"넌 날 화나게 했어. 그냥 넘어가진 못할 거야."

떨리던 손가락이, 겨우 진정됐다.

도장이 불타는 소리와 바람 소리가 인적 없는 길에 울렸다.

헬퍼트가, 무서워서 울며불며 소리치기를 기대한 건 아니지만──
──

하지만, 그래도 상처가 아무렇지도 않게 눈을 살짝 찌푸리는 모습을 보고, 오펜은 목 뒤쪽에 힘을 줬다. 더 이상 경계할 필요는 없다. 기술도 뭣도 필요 없다. 어차피 통하지 않는다면 상관없다.

죽이기만 하면 된다. 과거에 몇 번인가 경험했던 그 감각. 분노의 충동 속에서, 오펜은 상대의 모습만을 보고 있었다. 생긴 대로의 존재가 아닌——레드 드래곤 종족. 그저 보고 있기만 해도, 그것을 절명시키기 위한 수백 가지 방법이 이미지 속에서 맺어졌다.

하지만.

"……그만두자."

아주 간단하게 말한 것은 헬퍼트였다. 어깨를 으쓱거리고, 춤이라도 추는 것처럼 한 걸음 물러났다——안전거리로.

"뭐라고?"'

낮은 소리로, 오펜은 신음하는 것 같은 소리를 냈다. 하지만 헬퍼트는 끝까지 속편하게,

"나한테 승산이 없을 것 같으니까. 잘 모르겠지만 그런 예감이 들었다."

"너, 그런 게——"

"나는 이레귤러와 뒷거래 따위는 하지 않지만."

헬퍼트는 끝까지 제멋대로, 혼자서만 계속 떠들었다——그것은 더 이상 대화라고 할 수도 없었다.

"……자네의 힘, 그 정도라면——정통의 힘을 이었다면, 이야기가 다르지. 이것은 빌리도록 하겠다.

"네 놈이 빌릴 건, 그런 게 아냐."

오펜은 으르렁대면서, 한 걸음 앞으로 나서려고 했다——하지만, 바로 멈춰섰다. 상대가 일단 안전범위로 도망치면서 모든 것이 달라져 있었다 거리도, 방법도, 위치도, 모든 것이. 함부로 나서면 어느 쪽이 위험하게 될지 모른다.

이쪽이 나서지 못한다는 걸 깨닫고, 만족했겠지. 헬퍼트는 처음으로 씩 웃었다. 절망의 남자의 절망적인 만족.

"자네는 자각하지 못한 것 같지만, 이미 자신이 속 편한 방랑자라고 생각하지 말기를 바란다. 자네를 주시하는 자는 의외로 많거든. 정확히는 자네의 누이 때문이지만……."

"……아자리?!"

"당연한 얘기가 아닌가. 그 정도 짓을 저질렀으니."

헬퍼트는 그렇게 말하고는 웃고——그리고, 또 한 걸음 물러났다.

"또 만날 수도 있겠지. 난 언제는 만나러 갈 수 있으니까. 아, 그렇지…… 자네가 데리고 다니는 아이들. 구하러 가는 게 좋을 거야. 내 파트너는 성격이 좋은 사내라서 무모한 짓을 하진 않겠지만, 검을 노리고 도장을 덮치는 자는 아마도 나보다 흉포한 놈이다. 지금쯤이면 시작됐을지도 모르겠군."

또 한 걸음, 물러났다.

그 다음은 간단했다. 계속해서 물러나고, 그리고는 떠나버렸다. 그 모습이 보이지 않게 될 때까지, 오펜은 움직일 수 없었다. 온 몸이 아픔을 호소하고 있다. 정신없이 집중하고 있을 때는 몰랐던 타박과 화상이 통감을 자극하기 시작했다.

중얼거렸다.

"……아자리……."

그리고, 알아차렸다. 그녀의 행방을 알 수도 있는 자들. 또 하나가 있었다. 굳이 생각할 필요도 없는 일이었다——대륙 바깥과. 결계 밖에 있는 신들과. 천 년 이상을 싸워온 드래곤 종족들. 결계 틈새로 밖에 나간 그녀를, 틀림없이 감시하고 있을 대륙의 주인들…….

하지만 지금.

오펜은 고개를 들었다. 멀리서 불어오는 바람을 타고 경종 소리가 들려왔다. 화재 신고가 들어갔겠지. 오펜은 무거운 발을 끌면서 달려갔다.

"클리오와 매지크가…… 위엄하다고?"

입속으로 중얼거리며, 오펜은 로테샤의 도장을 향해 달려갔다.

"음! 훌륭하다 제자여. 내 궁극의 비술, 칠전팔도 아버지를 잘도 익혔구나! 더 이상 가르칠 것은 없다……."

그렇게 말하면서 감격의 눈물을 흘리는 형을 보며, 뒤에 있던 도틴 이 조용히 중얼거렸다──

"가르칠 게 없어지면, 이젠 답례로 밥을 얻어먹을 이유도 없어지 는데."

"하지만 이제 막 배우기 시작한 햇병아리에 불과하다는 것을 잊지 마라, 제자여! 검의 길은 길고 험하고 길고 또 길다. 특히 세 번째로 긴 것이 특히 긴데, 뭐 간단히 말하자면 앞으로 30년 정도는 더 가르 쳐야 할 것 같다. 알겠느냐 제자여."

"예, 스승님!"

어째선지 엄숙하게 무릎을 꿇고, 그 금발 사내──라고 해봤자 상 당히 가까 같은 금발이지만──가 말했다. 고개를 숙이고, 무릎 앞에 목검을 내려놓은, 완전히 공손한 자세다. 그 앞에 떡 버티고 서 있는 형의 등을 바라보며, 도틴은 더 이상 참지 못하고 하품을 했다.

길 한복판에서 검 연습을 하면 아주 위험할 것 같지만, 원래 지나가는 사람이 적은 길이라서 그런지 불만을 토로하는 사람은 없었다. 사실 누가 봤다고 해도 검 연습이라고 생각하지 않았을지도 모른다. 발끝에 목검을 세워놓고 손을 뗀 상태로 균형을 잡는 연습을 계속하는 사람들이 있으면, 어지간한 사람들은 엮이지 않으려고 하겠지.

솔직히 이런 짓을 해서라도 제대로 된 식사를 할 수만 있다면 불만은 없다. 도틴은 오랜만에 평화로운 기분으로 가을 햇살을 즐기고 있었다. 햇살 속에서 느긋하게 쉬면서, 바보같은 특훈이 끝나는 걸 기다리기만 하면 된다. 이런 바보 같은 짓에도 이미 익숙해졌으니까.

그 때.

두 사람한테 떨어진 곳에 앉아 있던 도탄은, 문득 모르는 사람이 서 있다는 걸 알아차리고 깜짝 놀라서 허리를 똑바로 폈다──근처에 사는 사람이 항의하러 온 거라면 자신이 어떻게든 달래야 한다.

흘끗 보니, 남자는 묘한 검은색 망토를 걸치고 있었다. 망토 속에 뭘 입었는지는 모르겠지만, 손에는 뭔가 가늘고 긴 꾸러미를 들고 있다. 1미터 정도 길이의 봉에 천을 감은 것 같은 물건이었다. 머리카락은 길다. 남자인데, 인간 중에서는 아름다운 얼굴이겠지. 상당한 특징적이거나 여러 번 봐서 익숙해지지 않은 인간 종족의 얼굴은 식별하기 힘들지만, 이 남자라면 내일 또 보면 기억이 날 것 같다. 나이는, 스무 살하고 조금 더 정도겠지.

"아."

도틴은 그 남자를 보고 말했다. 그 입술에 상처가 있는 남자에게.

"무슨 볼일이라도…… 있으신가요?"

제6장 검의 인도

문을 닫은 사람은 매지크였다──어느새 방 입구까지 이동해서 열려 있던 문을 닫았다. 탕, 하는 소리에 뒤를 돌아보니, 매지크가 떨떠름한 얼굴로 이쪽을 쳐다봤다.

"아…… 그게, 좀 신경이 쓰여서."

클리오는 그것 때문이 아닐 거라고 생각하면서 매지크를 똑바로 쳐다봤지만, 굳이 따질 정도는 아니었다. 아무튼 로테샤의 얼굴에서 시선을 돌릴 수 있게 해준데 대해서는 감사해야겠다. 검을 안은 채─ ─고개를 돌린 탓에 로테샤의 손가락에서도 떨어질 수가 있었다── 슬쩍, 다시 로테샤를 봤다.

눈에 들어온 것은 슬픈 미소였다.

한 순간 나타났던 표정이 착각이 아니었나 싶을 정도로, 로테샤는 조용히 미소를 짓고 있었다.

"당신 말도 이해합니다."

갑자기, 그렇게 말했다.

무슨 말인지 이해하지 못하고, 클리오는 두세 번 눈을 깜박였다. 로테샤의 미소가 더욱 짙어졌다.

"에드 말입니다. 방치할 게 아니라, 제가 마무리를 지어야 한다는 이야기."

"아, 그거──"

클리오는 갈라진 목소리로 말했다.

"그거라면, 그러니까, 음…… 그렇게 귀찮은 일인 줄 몰라서──"

"아주 간단합니다."

그렇게 중얼거리는 로테샤의 얼굴에는 희미하게, 쓸쓸한 그늘이 드리워 있었다. 표정에서 힘을 빼고, 말했다.

"그는 일단 제 앞에서 사라졌고, 다시 나타났습니다——제 아버지의 검, 프릭 다이아몬드를 달라고. 아마도 쓰는 방법을 해명할 단서를 찾았겠죠. 그래요, 계속 못 본 척 해봤자, 그는 언젠가 다시 찾아올 겁니다."

그것이 괴로운 것이다——

어디선가 그런 목소리가 들여온 것 같아서, 클리오는 말문이 막혔다. 굳이 말로 표현하지 않아도 명확하게 느낄 수 있었다. 로테샤에게는 괴로운 일일 것이다. 그 에드라는 남자와 만나는 자체가.

씩씩하게 웃는 로테샤를 보며, 클리오는 자신이 동정한다는 들키지 않도록, 입술을 꽉 물어서 그 생각이 표정에 드러나지 않게 했다 ——너무나 불손한 짓이라는 생각이 들었기 때문에.

"그가 찾아온다면…… 제가 맞서야만 합니다. 그건 알고 있습니다."

"도와줄게!"

함부로 말한다는 생각도 들었지만, 클리오는 바로 그렇게 말했다. 뒤쪽에서 매지크가 당황한 목소리로 말했다.

"크, 클리오?!"

"솔직히 말이야, 아버지의 유품을 빼앗으려고 하는 건 도둑이나 마찬가지잖아. 제대로 상대해줄 필요 없어. 매지크는 거치적거리기나 할지도 모르지만, 오펜이라면 그딴 녀석한테는 지지 않을 거야. 나도——"

그 때.

노크 소리가 클리오의 말을 가로막았다. 입을 다물고, 고개를 돌렸다. 매지크도 깜짝 놀란 표정으로 문을 쳐다보고 있었다. 잠깐의 정숙. 그리고 로테샤가 물었다.

"……누구지?"

"접니다. 긴급사태라서, 열겠습니다."

문이 열리고, 들어온 사람은 라이언이었다. 어딘가 멍한 얼굴로 방 안을 둘러봤다. 긴급사태라고 했는데, 그 동작에서는 긴장한 기색이 느껴지지 않았다.

"어라?"

그는 클리오가 들고 있는 검을 쳐다봤다.

"그건 아버님의 검 아닌가요? 바람이라도 쐬게 하는 겁니까?"

"라이언. 긴급이라고 했으면 빨리 말해야 할 것 같은데.

익숙한 것 같지만 그러면서도 약간 질렸다는 말투로, 로테샤가 말했다. 하하, 웃음소리를 내고, 라이언이 고개를 끄덕였다.

"그렇군요. 로테샤. 손님이 오셨습니다."

"손님."

"딱 좋은 타이밍이라고 해야 할까요."

"……엿듣고 있었지?"

이번에는 완전히 질타하는 것처럼, 로테샤의 목소리에 노기가 서려 있었다. 하지만 라이언한테는 어느 쪽이건 마찬가지인 것 같았다──여전히 속편한 태도로 뒤통수를 긁더니,

"아니, 그러려던 건 아닌데."

그리고.

그는 윙크를 한 번 했다. 로테샤한테 한 건지, 아니면 클리오한테 한 건지. 클리오는 판단할 수가 없었다——그 정도로 애매했다.

이 메마른 분위기 속에서, 라이언의 목소리는 귀에 거슬릴 정도로 연기하는 것 같은 투였다.

"에드입니다."

아래층으로 내려가서 연습장을 들여다보니, 거기엔 이상한 긴장감이 감돌고 있었다.

아니, 감돈다기 보다는 시커멓게 고여 있다고 해야 할까——그것은 움직일 방법이 없는 거대한 비석 같았다. 긴장은, 끊어지면 거기서 무너진다. 하지만 거기에 있는 것은 훨씬 이질적이었다. 쇠사슬로 칭칭 동여맨 문. 그것에는 더 이상 열리기 위한 것이라는 존재가치가 없다. 풀리지 않는 것이 약속된 긴장감이란 그런 것이었다.

연습생들이 아주 험악한 얼굴로 목검을 끌어안고 있다. 그 사실이 무섭기도 했다. 클리오는 등줄기가 오싹하는 기분을 느끼며, 로테샤를 따라서 천천히 연습장으로 들어갔다.

로테샤.

그렇다. 그녀가——라고, 클리오는 로테샤의 등을 보면서 중얼거렸다. 그녀의 얼굴이 보고 싶다. 뭘 느끼고 있는지. 무슨 생각을 하는지. 그걸 알아둬야 한다고, 본능이 말하고 있다.

걸어가는 동안, 로테샤의 뒷머리는 흔들리지도 않았다. 바른 자세로 걷는 검사의 뒷모습을 따라, 클리오는 품에 안고 있는 검——로테샤네 아버지의 검——을 꼭 끌어안았다. 모리 위에 있는 레키가 코끝으로 앞머리를 누르는 게 느껴졌다. 자신의 긴장을 느낀 것 같아서,

클리오는 어떻게든 어깨에 들어간 힘을 빼려고 했다. 새끼 드래곤은 땀 냄새를 맡고 있는 것 같다.

로테샤의 표정은 볼 수가 없다. 하지만 그녀가 보고 있는 쪽에 서 있는 남자의 얼굴은 보였다. 연습장 입구 근처에서, 팔짱을 끼고 벽에 기대 서 있는 검은 머리 남자가 있다. 검은 망토를 걸치고 가늘고 긴 꾸러미를 든 모습은 며칠 전에 봤던 그 남자의 모습과 달랐지만, 매끄럽고 긴 검은 머리와 초연한 눈빛, 무엇보다 입술에 있는 상처는 틀림없이 그 사람이었다. 에드.

클리오 뒤로 매지크와 라이언도 따라왔다──슬쩍 뒤를 돌아보고, 클리오는 확인했다. 연습장은 결코 좁은 공간이 아니지만, 사람이 많아지니까 훨씬 답답한 느낌이 들었다. 에드, 로테샤, 클리오, 매지크, 라이언. 그리고 이 도장의 연습생들이 일곱 명. 어째선지 구석에는 거만한 얼굴의 볼칸과 도틴도 있다.

갑자기 입을 연 것은 지인들이었다. 이 장소에서, 이 긴장도, 아무것도 느끼지 못하는 유일한 존재.

"그렇게 됐으니까!"

볼칸의 목소리가 연습장 안에 울렸다.

"이 몸, 마스마튜리아의 고명한 검호이자 민족의 영웅, 즉 위대한 볼카노 볼칸 님의 입회하에, 이 가늘고 긴 검객이 이 도장의 사범 대리에게 타류(他流) 시합을 신청했다!"

가늘고 긴 검객이란, 즉 에드를 말하는 것 같았다──지인의 기준으로 보면 대부분의 인간은 가늘고 길 텐데. 이 남자는 무슨 말을 해도 눈썹 하나 까딱하지 않았지만 아주 조금, 실소한 것처럼 보였다.

이 도장의 사범 대리, 즉 로테샤도 전혀 움직이지 않았다. 클리오가 있는 위치에서는 결국 얼굴이 보이지 않았기 때문에, 정말로 동요하지 않은 건지는 알 수가 없었지만.

"오랜만이야, 에드."

그녀의 목소리는 낮으면서 확실했다. 적어도 동요를 드러내지 않을 만큼은 진정한 것 같다. 클리오는 안심해서 로테샤 옆에 가서 서려고 했다──하지만, 갑자기 어깨를 붙잡혀서 멈췄다. 깜짝 놀라서 돌아보니, 라이언이 한쪽 눈을 감고 고개를 젓고 있다. 그의 손을 뿌리치고, 클리오는 그냥 가만히 있기로 했다.

다시 로테샤 쪽을 보니, 그녀는 가까이에 있는 연습생이 들고 있던 목검을 받아들고는, 말없이 에드와 대치하고 있다.

"본 도장에서는."

그녀는 검을 겨누지 않고──상대가 겨누지 않으니 그럴 수가 없겠지──, 조용히 말했다.

"타류 시합을 금지하고 있습니다."

술렁, 소리를 낸 것은 연습생들이었다. 제각기 항의했다.

"로테샤?!"

"또 그런 소리를──"

하지만 로테샤는 일일이 반응하지 않았다. 그저 담담하게, 계속해서 말했다.

"하지만."

그 목소리는…… 차가웠다.

"도전이라면 받아들이겠습니다. 어차피 당신의 의도는 그것일 테니까."

"지금까지 도망친 주제에 이제 와서 배짱 좋게 나오다니."

대답하는 에드의 목소리는 차가운 게 아니라 그저 무미건조했다. 씁쓸하게 웃고, 벽에서 몸을 뗐다. 쩔렁, 금속이 흔들리는 소리가 희미하게 들렸다. 망토 속에 뭔가 중무장을 하고 있는지도 모르겠다.

"잘은 모르겠지만, 마음을 정리한 것 같군."

유난히 거만하고 거창하게, 볼칸이 고개를 끄덕였다. 자신이 이 자리의 책임자라는 걸 주장하고 싶은 거겠지──거만하게 몸을 뒤로 젖히고, 콧김을 내뿜었다. 눈을 반쯤 감은, 징그러운 눈빛으로 레드와 로테샤를 봤다.

"그런데, 이런 시합에서는 심판에게 성의를 보이는 게 중요하다고 생각한다만."

"필요 없다."

에드는 쌀쌀맞게 말했다.

"명확한 형태로 결판이 날 테니까. 무기는 이걸 쓰겠다."

그는 들고 있던 긴 꾸러미──하키 스틱처럼 보이기도 했다──을 벽에 기대놓고는 다른 것, 망토 속에서 늘씬한 은색 칼날을 꺼냈다. 거무스름한 금속이 탁하게 빛나고 있다. 유선형의, 양날 장검. 그 엄숙한 죽음을 불러오는 존재는, 날 끝이 바닥에 닿은 순간에 움직임을 멈췄다.

"잠깐만!"

클리오는 자기도 모르게 큰 소리를 질렀다.

"죽고 죽이는 싸움을 하자는 거야?!"

이 공간에 어울리지 않는 살벌한 단어에──어쩌면 누구나가 상상은 했지만 존재하지 않았던 환상적인 생물이라도 본 것처럼, 도장 안의 공기가 술렁거렸다. 흥분했던 연습생들의 얼굴이 새파랗게 질린 것처럼 보인다.

정작 에드는 어깨를 으쓱거릴 뿐이었다.

"죽고 죽인다고 하는데, 이상한 말 같지 않은가? 둘 다 죽는 일은 있을 수 없으니까."

"그렇게 나오면 제가 겁낼 거라고 생각했습니다. 헛수고였군요."

로테샤는 어깨너머로 클리오를 쳐다봤다.

그 얼굴은 시체처럼 새하얗지만, 평정을 유지하고 있었다.

"클리오 씨, 안쪽 방에 검이 있습니다. 가져다 주시겠습니까?"

"뭐?"

왜 내가, 라고 생각했지만――주위를 둘러보고 이해했다. 모든 사람들이 동요하고 있다. 까딱하면 자제심을 잃어버릴 정도로.

이곳 사람들은 생각보다 실전을 모르는 것 같다고, 순간적으로 깨달았다. 어쩌면 로테샤도 거기에 포함될지도 모르지만…….

'나라면 무슨 부탁을 해도 쓸데없는 짓은 안 한다고 생각했구나.'

고개를 끄덕이고, 안쪽 방으로 들어갔다. 뽑을 수 없는 심홍색 검을 안은 채.

그렇게 뒤로 물러나며, 라이언이 따라오고 있다는 걸 알았다. 신경 쓰지는 않았지만, 그도 이런 상황에서 아주 냉정한 상태를 유지하고 있었다. 흘끗 쳐다봤지만, 그 시선을 슬쩍 피하면서 다가왔다.

"왜 그쪽이 따라오는데."

작은 소리로 말하자, 라이언은 씩 웃었다. 역시 어딘가 공허한 느낌이 드는 웃음이었지만.

"아니 뭐, 검을 가지고 오려면 안내해줘야 할 것 같아서."

"그러면 굳이 내가 갈 필요는 없잖아."

"하지만 로테샤가 그쪽한테 부탁했으니까."

"……알았어."

무슨 말을 해도 통하지 않는 남자 때문에 피곤한 기분을 느끼며, 클리오는 뚱하게 동의했다. 불안한 눈으로 이쪽을 보는 매지크에게 눈짓으로 신호를 보내고——'정신 똑바로 차리고 있어'라고——, 빠른 걸음으로 안쪽 방으로 들어갔다.

"정말이지."

걸어가며, 클리오가 중얼거렸다.

"전부 바보 같다니까——"

"하지만 열심히 산다고 해서 후회하지 않는 건 아니니까, 마음대로 사는 것도 괜찮은 생각이야. 어차피 누구나 똑같이…… 언젠가는 죽으니까."

뒤쪽에서 들려오는 라이언의 말은 무시하고, 휴게실을 지나쳤다.

복도 오른쪽에 창고가 있었다. 검은 아마도 거기에 있겠지. 낡은 문에 튼튼한 자물쇠가 걸려 있지만, 연습장에 사람이 있을 때는 항상 열어두는 것 같다. 의미가 있는 건지 없는 건지 모를 방범장치다——뭐, 그래서 로테샤도 아버지의 유품인 검을 자기 방에 놓다뒀겠지만.

경첩이 삐걱거리는 소리를 들으며, 문을 열었다. 목검과 호구가 잘 정돈돼서 놓여 있는 안쪽에, 덮개를 씌워놓은 상자가 보였다. 들어가서 그 덮개를 치워보니, 예상대로 선반 안에 검이 진열돼 있었다.

여러 종류가 있는데 하나같이 장식이라고는 찾아볼 수 없는, 그야말로 목공 도구와 별 다를 게 없는 것을 투성이였다. 클리오는 잠시 고민하다가, 자신이 가장 쓰기 편할 것 같은 검을 골랐다——로테샤의 체격이 자신과 비슷하다는 걸 생각하고. 아마도 자신이 쓰기 편하면 로테샤도 쓰기 편할 것이다.

"아까 하던 얘기 말인데."

고개를 돌려보니, 어느새 라이언이 가까이 다가와 있었다. 어두운 창고 안이지만 그의 기묘한 차림새는 눈에 띄었다. 살랑살랑 가볍게 손을 흔들고, 계속해서 말했다.

"그쪽은 어떻게 생각해? 어떻게 사는 게 유익할 것 같아?"

"살아가기 위한 신념이란, 자신이 하고 싶은 대로 한다는 뜻이야. 하지만."

클리오는 프릭 다이아몬드와 함께 다른 검도 품에 안고, 그를 빤히 노려봤다.

"하지만, 그걸 위해서 다른 사람에게 상처를 줘도 된다는 소리는 그냥 헛소리라고, 우리 아버지가 말씀하셨어. 죽을 때가 아니라 제정신일 때에."

"다른 사람에게 상처를 주지 않고 자기 뜻을 지켜나갈 수 있다는 건가?"

"할 수 있어."

왠지 이유도 없이 분해서, 클리오는 딱 잘라서 대답했다.

"똑똑해지면 그럴 수 있어. 그럴 수 없다고 생각하는 게 이상한 거야."

그대로, 창고에서 나가려고 했다——하지만, 어느새 나가지 못하게 방해하려는 것처럼, 라이언이 막아서고 있었다. 짜증이 난다는 듯이 탄식했다.

"좀 비켜줄래. 서둘러야 한다고, 알잖아?"

하지만 라이언은 듣지 않는 것 같았다.

그저 자신을 보면서, 힘없이 서 있다.

하나하나 허세 부리는 것 같은 동작이 갑자기 사라져서, 클리오는 당혹스러웠다. 얼굴에 짓고 있는 미소도, 가볍게 쥔 주먹도, 전부다, 지금만은 거짓이 아니다. 그렇게 보인다.

"너는…… 절망이라는 걸 모르니까."

언제부터 달라졌던 걸까, 클리오는 의아해했다. 계속, 평소처럼 경박한 말투로 얘기했던 것 같은데.

라이언은 고개를 살짝 젓고, 손을 내밀었다.

"그런 너한테 굳이 절망을 가르쳐주고 싶지는 않아. 벌레 문장의 검, 여기서 얌전히 넘겨──아니, 돌려주면 안 될까?"

"당신……."

클리오는 뒷걸음질 치고는──프릭 다이아몬드를 뒤쪽 선반에 내려놓고, 들고 있던 또 한 자루, 로테샤에게 주려고 했던 검을 천천히 뽑았다. 그 모습을 가만히 지켜보는 라이언의 진지한 눈빛을 마주보며, 머리 위에 있는 레키가 유난히 재빨리 일어나는 걸 느꼈다.

날 끝을 그의 얼굴에 들이대고, 클리오가 말했다.

"그 에드라는 녀석하고, 같은 편이야?"

"아니."

라이언은 고개를 가로저었다──칼을 들이댔는데도 전혀 경계하지 않고.

"내 사명이야. 도펠 익스로서의, 나와 내 파트너의. 나와 파트너는 전혀 다른 방식으로 이 사명을 계속해왔다. 오랫동안……."

"도펠……?"

"네가 알 필요 없는 말이야. 아니, 어떤 의미에서 보면 너는 나랑 같은 부류지만."

"무슨 소리야!"

"아직 이름을 계승하지는 않았지만, 긍지 높은 딥 드래곤이 어째서 평범한 인간 계집과 같이 행동하고 있을까?"

클리오는 깜짝 놀라서 검을 뺐다.

"……레키에 대해서 알고 있어?!"

"시험 삼아 찔러보라고. 날 말이야. 그러면 진실을 알 수 있어. 다시 한 번 말하지만, 솔직히 나는 이런 걸 가르쳐주고 싶지 않았어."

"무슨 소리——"

그리고, 앞으로 나서려다.

"어?"

클리오는 움직임을 멈췄다. 아니, 움직일 수가 없었다. 손가락 하나도. 눈을 감을 수도 없었다.

툭, 눈앞에서 검은 것이 떨어졌다. 시선만은 움직일 수 있다. 레키가 발 밑으로 내려왔다. 그녀와 라이언 중간에서, 이쪽으로 등을 돌리고, 레키가 서 있다.

그 순간, 몸이 움직이게 됐다——레키의 시야에서 벗어나면서 마술이 풀렸겠지. 딥 드래곤 종족이 다루는 마술은 시선을 매체로 삼는다고, 예전에 오펜이 가르쳐줬다.

'그렇다면…….'

비틀, 몸을 뒤로 빼고, 클리오는 중얼거렸다.

'레키가 나한테 마술을 걸어서 움직이지 못하게 했다는 거야? 라이언을 지키기 위해서.'

"이 꼬마는 성역에서 나온 자라는 의미에서 보면 우리 동지거든."

라이언은 상냥한 눈으로 그 딥 드래곤을 보고 있었다.

"언젠가는 아스라리엘의 이름을 이어받고, 대륙 최강의 전사로서 싸워야만 한다. 나 같은 것보다, 훨씬──"

"아니야!"

클리오는 목소리를 쥐어짜서 소리쳤다. 검을 바닥에 내던지고, 레키에게 다가가려고 했다.

하지만.

"맞아."

그 목소리에, 발미 멈췄다. 라이언의 목소리는 조용했다. 그리고 ──그렇게 거짓처럼 굴었던 남자의 말이기에, 유난히 명확했다. 거짓이 아니라는 게.

"이 드래곤은 언젠가 《펜릴의 숲》으로 돌아가서 부주의한 침입자를 제거하는 역할을, 그리고 파멸과 싸우는 운명을 짊어지게 된다. 딥 드래곤, 펜릴에게는 그것을 거절할 수 있는 자아가 없다. 그렇기에 그들이 키에살히마 궁극의 전사인 것이고. 싸우는 것에 생애를 전부 바치는 그들에게 당해낼 수 있는 존재는, 드래곤 종족 자체를 포함하더라도 이 대륙에는 존재하지 않아. 하지만 그런 그들조차도."

커지려던 라이언의 목소리가 슉, 하는 소리를 내고──그 소리는 한숨이었을지도 모른다──, 작아졌다.

"그런 그들조차도 파멸과 맞서면 반드시 죽는다. 절망이란 그런 거야…… 모든 것을 무위(無爲)로 만들지. 허무다!"

"아니야!"

"맞아. 반드시 죽는 운명을 짊어졌기 때문에 이름을 계승한다. 죽기 전에 자식에게 이름을 주고, 이름을 받았으면 죽음의 싸움에 임

한다."

"아니라고!"

클리오는 더 큰 소리로 외쳤다. 레키는 등을 돌린 채 움직이지 않았다. 하지만 그래도 상관없었다. 있는 힘껏 소리쳤다.

"아니야, 아니라고! 그런 짓은 못 하게 할 거고, 그런 꼴을 당하게 두지도 않아! 레키도 틀림없이 그러고 싶다고——————"

"피유우우우우우우우우우우……."

"——————……?"

기묘한 소리에, 클리오는 하던 말을 멈췄다.

멍하니 그 소리를 들었다. 피리 소리처럼 날카롭고, 그러면서도 애절할 정도로 슬픈. 따뜻한 소리. 잘은 모르겠지만, 그 소리는 흥분한 뇌에 스며드는 것처럼 울렸다. 저절로——아래쪽을 봤다.

레키가 하늘을 올려다보며, 입을 가늘게 벌리고 울고 있다.

"어……?"

이해할 수가 없어서, 클리오는 가만히 응시했다. 몸이 떨렸다. 적어도 지금까지는 레키가 제대로 된 소리를 낸 적이 없었다——발소리도, 꼬리로 바닥을 때릴 때도, 전혀 소리를 내지 않았다. 울기는커녕 입을 벌린 적도 없었을 것이다. 숨도 쉬지 않고 쓰러져 있어서 당황했더니 그냥 자고 있었던 적도 있었다. 딥 드래곤은 원래 그런 거라고, 오펜도 그렇게 말했었다. 한마디로 소리 없는 사냥꾼이고, 전사라고.

그런 레키가 울고 있다. 위쪽을 올려다봤자 거미줄 쳐진 천장밖에 없는데, 고개를 들고 긴 소리를 내고 있다. 입을 뾰족하게 내밀고, 그 울음소리로 뭔가를 부르고 있는 걸까——아니면 누군가가 레키를 부르고 있는 걸까. 클리오는 알 수가 없었지만.

"딥 드래곤의 울음소리…… 인가."

라이언이 깜짝 놀란 얼굴로 중얼거렸다.

"쉽게 들을 수 없는 건데…… 무슨 생각으로――?"

그 순간, 레키가 고개를 숙였다. 울음소리도 사라졌다. 평소의 레키다.

아주 짧은 순간이었지만, 라이언의 얼굴이 일그러진 것이 확실하게 보였다. 그것만 해도 다행이라고, 클리오는 순간적으로 얄궂은 만족을 느꼈다. 그리고 모든 것이――

빛에 휩싸였다.

'……그래. 클리오랑 닮았어.'

자기도 모르게, 매지크는 그런 생각을 하고 있었다――아무 말도 없이 에드와 대치하고 있는 로테샤의 모습을 보면서.

왜 그렇게 생각했는지는 잘 모르겠다. 얼핏 보면 클리오와 닮은 구석이라고는 하나도 없었다. 로테샤 크립스터. 검의 달인이고, 연습생들을 그럭저럭 모았고, 달관하고, 예절바르고, 차분하고. 외모는 당연히 안 닮았고, 공통점이라면 나이 정도인지도 모른다.

목검을 손에 들고, 클리오가 돌아오기를 기다리고 있다. 틀림없이 초조해하고 있겠지――시간이 너무 오래 걸린다. 하지만 그것을 겉으로 드러내지 않으려는 듯이, 고개를 숙이고 자연스럽게 서 있다.

"너무 오래 걸리는 게 아닌가?!"

큰 소리로 말한 것은 볼칸이었다. 발끝으로 바닥을 톡톡 두드리며, 짜증이 난 건지 얼굴을 찌푸리고 있다.

"솔직히 이 마스마튜리아의 투견 볼카노 볼칸님을 이렇게까지 기다리게 해놓고 차에 다과에 사례금도 하나 안 내놓다니, 이쪽 것들은 예의도 모르는 건가? 정말 이해할 수가 없군. 이런 행위는 죽어 마땅한 짓이라고 본다."

"한마디로, 형은 아무것도 안 줘서 기분이 나쁘다는 거지."

도틴이 아주 냉정하게 중얼거리는 소리가 들렸다.

대부분은 무시했지만──지금까지 여유 있던 에드의 표정이 퍼뜩, 변했다. 안쪽 문을 노려보면서 중얼거렸다.

"……너무 늦는 게 아닌가?"

"……."

로테샤도 이쪽을 돌아봤다. 어쩌다보니 문 옆에 있었던 탓에 책임자라도 된 것 같은 떨떠름한 기분을 느끼며, 매지크가 황급하게 손을 저었다.

"아…… 그러니까, 저기, 클리오가 좀 쓸데없이 꼼꼼한 구석이 있거든요. 열심히 검을 고르고 있는 게 아닐까…… 싶은데."

횡설수설 대답했다. 하지만 에드는 그 말을 무시했다.

"무엇보다, 왜 검을 가지러 가는 데 두 사람을 보냈지?"

"그 둘이 검을 가지고 도망칠까봐?"

콧방귀를 뀌고, 로테샤가 말했다.

"쓰는 방법도 모르는 그 검을? 그 물건은 이 도장 사범의 증거라는 의미밖에──"

"넌 바보다."

차갑게, 에드가 말했다. 연습생들이 또 술렁거렸지만, 그는 그들 따위는 처음부터 안중에도 없는 건지 신경도 쓰지 않고 한 걸음 앞으로 다가왔다.

"얌전히 비켜라. 더 이상 아무 것도 하지 말고."

"……못 비킵니다."

결연하게, 로테샤가 대답했다. 에드의 얼굴에 짜증나는 기색이 나타났다.

"결국 나한테 거역하지도 못하고 도망만 다니던 네가 뭘 할 수 있다는 거지."

"……아닙니다. 당신이야말로 아무것도 모릅니다."

로테샤는 민첩하게 한 발 물러나더니——슥, 목검을 겨눴다.

"제가 당신을 방치했던 것은, 만약 일이 벌어지면——죽이지 않고 끝낼 자신이 없었기 때문에."

"좋은 이유군…… 그래, 헤어졌던 때보다 훨씬 좋아."

에드도 검을 들었다. 한 손으로 슬쩍 겨눴지만.

"어……?"

매지크는 그 모습을 보고 뭔가가 떠올랐다. 비슷하다는 점에서 생각해보면, 로테샤가 클리오와 비슷하다는 것 이상으로, 에드의 모습이 훨씬 눈에 익은 것 같았다. 당장은 생각이 나지 않지만.

하지만 그 망상은, 로테샤의 귀신같은 목소리 때문에 중단됐다. 슬금, 거리를 좁히면서, 로테샤가 떨리는 목소리로 말했다.

"나도 자존심은 있지만."

목소리가 낮아진 건, 입술을 깨문 탓이겠지.

"아버지가 돌아가시고, 아무것도 모르게 되고——어쩔 도리도 없었는데. 그런 때였기 때문에, 날 지탱해줬으면 싶었다! 지탱하고, 지탱해주고, 마음에 없어도, 겉으로만 하는 것이라도 좋았다…… 거짓이라도 상관없고."

그 목소리에, 매지크는 시간을 잊어버렸다. 어떻게 해야 좋을지는 모르겠지만, 뭔가를 해야만 한다는 절박한 생각에 심장이 욱신거렸다.

'뭐지……? 안 좋은 예감이 드는데…….'

검을 겨누고 마주보는 둘을 보며, 매지크는 그저 가만히 있었다.

고개를 젓고, 로테샤가 쥐어짜는 목소리로 말했다.

"슬픔을 잊을 방편이 필요했다…….."

"그렇게 의존만 하고, 스스로 생각하지 않아. 그래서 네가 바보라는 것이다.

이건 단순한 부부싸움이잖아──

매지크는 그런 생각을 했다. 하지만 서로가 들고 있는 것은 검과 목검. 사람을 다치고 죽일 수 있는 흉기다.

그 때.

'……맞다!'

에드라는 남자의 모습에서, 말에서, 몸짓을 보고──갑자기, 생각이 났다. 어째서 지금까지 알아차리지 못했는지 이상할 정도로. 저 남자가, 누구와 닮았는지. 그걸 깨달았다.

로테샤는 이길 수 없다. 그 확신에 몸이 떨렸다. 그녀는 검의 달인일지도 모른다. 하지만, 그래도, 저 남자한테는 절대로 이길 수 없다!

"안 돼!"

소리쳤다. 하지만 그때, 로테샤는 이미 검을 휘두르며 앞으로 나서

고 있었다.

영원한 슬로우 모션 속에서──

검과 목검은, 교차하지도 않고, 그저 엇갈리며 더 깊이 돌진했다.

그것은 실제로, 검에게 걸맞은 것인지도 모르지만.

눈을 감을 틈도 없는 짧은 시간. 마구 내지른 칼날이, 살을 탐하기 위해 질주했다. 겨우 그것뿐.

"──────!"

찰나.

어깨부터 가슴까지 칼을 맞고, 로테샤가 바닥에 쓰러졌다.

털썩, 그다지 큰 소리도 없이, 체구가 작은 소녀는 그 자리에서 기절한 것 같았다. 수많은 발자국이 새겨진 연습장 바닥에, 넘쳐나는 선혈이 검게 번졌다. 틀림없이, 치명상이다.

"로테샤!"

연습생들이 일제히 목검을 들고 앞으로 나섰다. 무기를 든 사람 여러 명을, 에드는 그저 차가운 눈으로 바라보기만 했다. 자신의 아내였던 자를 벤 검을 거두고 다음 표적을 찾고 있다.

'소용없어.'

매지크는 절망적으로 중얼거렸다.

'소용없어…… 몇 명이 덤비건, 무기를 들고 있건, 상관없어── 못 이겨!'

반사적으로, 마술 구성이 머릿속에 떠올랐다.

오픈은 사용하지 말라고 했었다──아직 제어가 미숙한 매지크에게 마술이라는 커다란 힘은 너무 위험하다고. 하지만 매지크는 주저하지 않았다. 저 에드라는 남자. 모른다. 하지만 알 것도 같다. 쓰러트릴 방법은 이것밖에 없다고.

두 팔을 들고 의식을 집중한다. 마술 구성을 짜서 전개, 여기까지는 문제없다. 이제 이 구성을 정말로 제어할 수 있는지가 문제다.

'안 하면, 다 죽어!'

힘을 담으며, 매지크는 기도했다. 움찔, 에드의 표정이 바뀌고, 이쪽으로 시선을 던졌다. 눈치 챈 것 같다.

"나 발하노라──"

순간.

"아니야!"

목소리가 울려 퍼졌다.

자기를 말리는 건가 싶어서, 구성이 흩어져버렸다. 하지만 그건 아니었던 것 같다. 클리오 목소리가 맞지만, 둘러봐도 클리오는 보이지 않았다. 아무래도 같은 건물의 다른 곳에서 큰 소리를 지른 것 같다. 작은 건물이다. 다른 곳에서 소리를 질러도 다 들린다.

"아니야, 아니라고! 그런 짓은 못 하게 할 거고, 그런 꼴을 당하게 두지도 않아! 레키도 틀림없이 그러고 싶다고────"

갑자기 들려온 목소리에 깜짝 놀라서, 그 공간의 시간이 멈췄다. 사람들은 하나같이 허를 찔린 표정으로 서로 마주보고 있다. 다음에 들려온 것은 피리 소리 같은, 날카롭고 기묘한 소리…….

그 순간이었다.

큰 폭발이 일어나고, 온통 어두워지고…… 사라진 것은.

지상 최강의 전사. 그것이 딥 드래곤 종족이라는 것을, 그는 알고 있다. 모든 것을 무로 되돌리는 힘을 지닌 워 드래곤 종족도 아니고, 온갖 기적을 조형(造形)하는 윌 드래곤 종족도 아니고, 대자연 전체를 구체적으로 도우려 하는 페어리 드래곤 종족도 아니고, 파괴가 불가능한 생태를 자랑하는 미스트 드래곤 종족도 아니고, 만능 살육자인 레드 드래곤 종족도 아니고…….

　소리도 없이 적을 제지하고, 싸움에만 모든 생명을 거는 딥 드래곤＝펜릴.

　그 살의의 시선에 노출되면, 누구나가 그것을 알게 된다. 라이언은 바로 기척을 읽고는 가능한 빨리, 명령을 전했다──자신을 지키는 갑옷에게.

　며칠 전에 목검을 실컷 얻어맞았던 때처럼 위력을 아끼면서 쓸 수 있는 상황이 아니다. 그가 명령한 것은 온 힘을 다해서 방어하라는 것이었다. 오싹, 뭔가가 신체 표면을 문질렀다. 스네이크 그린. 녹보석의 갑옷. 이 옷을 만든 마술사는 그렇게 불렀다…….

　확──입고 있던 옷이 변형하기 시작했다. 옷 표면에서 나타난 가지가, 잎이, 또는 줄기까지, 좁은 창고 안에 퍼졌다. 먼지투성이의 어두운 방 안에서 눈물을 글썽이며 자신을 노려보고 있던 소녀와, 그 발밑에서 최강 생물의 증거인 녹색 눈을 불태우고 있는 딥 드래곤의 모습을 지워버리려는 것처럼.

　그리고, 폭발이 일어났다.

　딥 드래곤의 암흑 마술. 무생물까지 정신지배를 행하는 흉포한 술법이 거대한 폭발을 일으켰다. 부풀어 오른 불꽃을 휘감으려는 것처럼, 녹보석의 갑옷에서 자란 수많은 잎과 가지가 크게 뻗었다.

'위력을 얼마나 줄일 수 있을까──?'

갑옷의 능력을 믿고, 눈을 감았다. 완전히 막아내지 못하면 즉사겠지. 꼭 딥 드래곤 종족이 아니더라도, 드래곤 종족과의 싸움이란 그런 것이다.

실제로 폭발은 가지를 대부분 날려버렸다──낙석을 간단히 막아내는, 강인한 인공생명의 촉수가. 넘쳐나는 화염이 감고 있는 눈꺼풀 틈새로 시야를 압도했다. 폭발. 붕괴하는 소리. 허름한 도장 따위는 송두리째 날려버릴 수도 있는 힘.

거기에 저항하며 후방으로 날아가 버린 라이언은 눈을 떴다.

불꽃은 의지라도 있는 것처럼──실제로 있기도 하지만──더욱 거칠게 날뛰면서 창고 벽을, 지붕을 부숴버렸다. 갑옷에서 뻗어 나온 가지는 대부분 날아가 버렸지만, 완전히 없어진 건 아니다. 파괴적인 폭풍 속에서 또 재생하고, 거대해지려 하고 있다.

불꽃과 파괴. 그 주인의 모습은 보이지 않게 돼버렸지만, 라이언은 오싹한 기분을 맛보면서 신음했다.

"큭…… 이것이 적을 얻은 딥 드래곤의 힘…… 인가."

가슴을 움켜쥐고, 혀를 찼다. 갑옷이 충격을 대부분 완화해준 것 같지만, 틀림없이 갈빗대가 부러졌다.

"하지만, 저 꼬마는 아직 이름을 물려받지 않았어."

상당한 거리를 날아간 것 같다──그가 앉아 있는 곳은 그 창고가 아니다. 불꽃과 연기 때문에 알아보기가 힘들지만, 그는 눈물이 고인 시야로 어떻게든 원래 있던 장소를 찾으려 했다.

"……사명은…… 완수해야……."

검을 가지고 돌아가야만 한다. 그렇게 큰 가치가 있는 검은 아니지만, 그런 것이라도 필요하니까.

그 때──

소리 없는 기척. 그것을 느끼고, 고개를 들었다. 갑옷에 새로운 명령을 내리고 경계했다. 같은 방어 마법은 쓸 수 없다는 것을 인정했다. 딥 드래곤을 상대하면서 그런 멍청한 짓은 용납되지 않는다. 행여 잘 된다고 해도, 갈빗대가 몇 개 부러진 이 몸에 같은 충격을 받으면, 이번에는 내장을 다칠 테고.

작고 검은 털 뭉치가 불꽃 속에서 튀쳐 나왔다. 아직 수십 센티미터인 딥 드래곤이 동그란 눈을 무리해서 치켜뜨고, 온 몸의 털을 곤두세웠다. 전사로서의 냉정함은 아직 찾아볼 수 없지만, 이 종족은 그냥 화를 내기만 해도 인간을 간단히 죽여 버릴 수 있다.

명확한 분노와 살의가 불타오르고 있는 그 드래곤을 보고, 라이언은 온 몸의 가지를 한껏 뻗었다──뿌득뿌득 소리와 함께, 수많은 가지가 건물 벽, 천장, 바닥에 파고 들어가서, 동화한다.

'타이밍을 잘 노려서……'

라이언은 다음 명령을 내렸다.

뻗은 가지를 한 곳으로 모은다.

도장의 자재를 뜯어내서 질량이 늘어난 가지가 전부 정면으로 모였다. 밀도가 높아진 촉수로 새끼 드래곤을 둘러싸고, 붙잡는다. 도망칠 곳은 후방뿐. 도망치면 최소한 시간은 벌 수 있다. 잘만 되면 천하의 딥 드래곤을 압사시킬 수 있을지도──

굉음을 내며, 연기가 피어오르는 건축 자재와 가지가 거대한 덩어리로 변했다. 벌레를 터트려 죽이는 것 같은 기분 나쁜 소리를 내며, 그 덩어리의 밀도가 더욱 높아져갔다.

시야가 다시 트였을 때, 드래곤은 보이지 않았다.

"……성공했나……?"

중얼거렸다. 하지만,

어깨 위에 무게를 느끼고, 등줄기가 얼어붙는 기분을 맛봤다──
그는 시선만 움직여서 어깨 쪽을 봤다. 바로 옆. 믿을 수 없을 정도로
가까이에. 소리도 없이, 존재하지 않는 것처럼, 딥 드래곤이 그의 어
깨 위에 있었다.

"……시야가 닫힌 한 순간에, 전이한 건가……?"

가지를 벌렸기 때문에, 시선이 이쪽까지 도달한 것 같다. 하지만
전의의 반작용까지 억누르면서 소리 없이 전이해니, 성체 딥 드래
곤도 쉽사리 할 수 있는 일이 아니다.

라이언은 훗, 하고 웃었다. 어쩔 수 없는 일인지도 모른다.

"어쩔 거지…… 날 죽일 건가? 꼬마야."

어쩔 수 없는 일인지도 모른다──절망이라면 알고 있다.

'이것도 좋지.'

그는 마음속으로 중얼거렸다.

'여기서 죽는 것도…….'

딥 드래곤이 어깨 위에 있지만, 이쪽의 눈높이 정도의 높이밖에 안
된다. 하지만 그 초연하게 목을 뺀고 있는 모습은 왕자(王者)처럼 위
풍당당했다. 전사 종족으로 적으로 삼고 말았다. 자신의 실책이다.
그렇다면 어쩔 수 없지.

드래곤의 눈이, 이쪽을 본다…… 죽음을 약속하는 시선이 자신에
게 닿았다.

그 때.

"레키! 안 돼!"

목소리가 울렸다. 불꽃 속에서, 파편을 헤치고, 금발 소녀가 나타났다. 온 몸에 검댕이 묻은 끔찍한 꼴이지만, 눈빛만은 잃지 않았다. 벌레 문장의 검을 안고서——이 불길 속에서 계속 찾고 있었겠지. 딥 드래곤을 향해서 소리쳤다.

"그런 짓은 하면 안 돼——안 된다고……."

딥 드래곤은 처음으로 주저한 것 같았다——그녀를 보고, 뭔가를 조르는 것처럼 앞발로 발밑을 긁었다.

하지만, 소녀는 확실하게 고개를 저었다. 드래곤은 또 고개를 이리 저리 흔들었지만.

갑자기 펄쩍, 라이언의 어깨에서 뛰어내렸다. 그리고는 도망치려는 것처럼 가까이에 있는 파편 속으로 들어가 버렸다.

"아……."

그녀가 손을 뻗어서 잡으려고 했다. 동시에——

라이언은 팔을 들더니 소매에서 딱 하나, 가느다란 가지를 뻗었다. 그리고는 그것을 그녀가 안고 있는 벌레 문장의 검에 얽어매고, 바로 거둬들였다. 한 순간 뒤, 검은 그의 수중에 있었다. 그녀는 앗, 하는 사이에 검을 빼앗겨서 얼이 빠진 것 같았지만,

"가지고 가라고!"

바로, 큰 소리로 외쳤다.

"그딴 거, 가지고 가란 말이야!"

그녀의 파란 눈동자에서 눈물이 흘러나오는 모습을, 라이언은 말 없이 지켜봤다. 촉수에게 전부 돌아오라고, 소리 없이 명령했다. 털 썩, 붙잡고 있던 대량의 파편들을 떨어트리고, 가지들이 전부 갑옷으

로 돌아왔다.

"아무도, 그딴 거 필요 없어! 다른 사람을 다치게 하면서까지! 레키까지 상처 받았어! 그렇게 바보 같은 짓이나 하고 살란 말이야! 당신 말고 다른 사람들이, 당신을 비웃게 될 때까지!"

하지만 소녀는 알아차리지 못한 채 그저 소리만 질러댔다. 흥분해서 착란을 일으킨 건지도 모른다. 어느 쪽이건 말은 통하지 않겠지.

말은…….

"그딴 검이 갖고 싶고, 다른 건 하나도 필요 없을 것 아냐──그러니까 이런 짓을 하는 거고! 됐으니까, 그거 가지고 당장 꺼져버려──"

"그건 안 되지."

풀썩…….

소녀의 몸이 둥실 떠올랐고, 그리고 그 자리에 쓰러졌다.

의식을 잃고, 기절한 그녀의 뒤쪽에서──사람이 나타났다.

라이언은 씁쓸한 미소를 지었다.

'다른 의미로 말이 통하지 않는 자가 나타났군…….'

그런 생각을 하면서, 벌레 문장의 검을 끌어안았다. 팔짱을 낀 자세고, 라이언은 그 남자를 맞이했다.

검은 망토를 두르고, 가늘고 긴 철봉 같은 꾸러미를 들고──에드크립스터가 입을 열었다. 상처 자욱이 있는 그 입술을.

"그렇군, 역시…… 너도 그랬나. 너희는 인간을 멸시하면서도 상당히 신중하다. 단독으로 행동하는 일은 없을 거라고 생각했는데."

라이언은 어깨를 으쓱거렸다. 입가에 미소를 지었다. 그 소녀와 비교하면 정말 상대하기 편하다고──씁쓸한 미소를 참을 수가 없었다.

숨과 함께, 말이 흘러나왔다.

"우리 도펠 익스에 대해서 잘 아나본데. 그건 정말——부자연스러운 일인데? 설명해주겠어. 어떻게 일개 검술쟁이가 우리에 대해 아는 거지?"

"……."

에드는 대답하지 않았다. 그저 이쪽을, 험악한 눈으로 쳐다보기만 할 뿐이다.

그 눈을 마주보며, 라이언이 계속해서 말했다.

"자네가 가끔씩 그런 부자연스러운 모습을 보였기 때문에, 나도 기다리고 있었지. 이 검은 언제든지 탈취할 수 있었어. 사실 나한테 주어진 사명은 검을 되찾는 것뿐이었지만, 왠지 모르게 자네라는 인간을 그냥 둬서는 안 된다는, 그런 생각이 들었어…… 뭐, 자네가 뭔가 행동을 벌일 때까지 기다리는 사이에, 일이 많이 복잡해져버린 것도 같지만."

"……."

또다시 침묵이 돌아왔다. 아니,

"너무 오래 있었던 것 같다. 더 이상은 위험해진다."

고개를 돌리고, 에드는 짧게 말했다. 고개를 따라서 몸을 돌리고, 그대로 서 있었다.

"난 가겠다."

라이언은 벌레 문장의 검을 들어보였다. 물었다.

"이 검은?"

"……이젠 필요 없다."

"사실은 쓰는 방법을 모르는 거지, 에드."

별 생각 없이, 그의 뒷모습을 향해서 말했다.

"그렇지 않은가? 남몰래, 누구보다 검사 비두를 존경했던 너니까. 그의 유품인 검…… 그냥 갖고 싶었던 거겠지."

여기까지 듣고, 에드가 발을 멈췄다. 어깨 너머로 이쪽을 보는 어두운 눈빛이 예리하고 차갑게 변했다──얼음 칼날처럼.

살을 얼어붙게 만드는 칼날을 상대하며, 라이언이 말을 이었다.

"그래서 용서할 수가 없었지. 비두가, 자기 딸이라는 이유만으로 로테샤와 너를 저울질했던 걸. 실제로 그 정도 되는 검사가 너와 로테샤의 기량 차이를 몰랐을 리가 없으니까."

"……."

겨우 에드가 다시 입을 열었다. 하지만 입에서 나온 말은 너무나 쌀쌀맞은 말이었다.

"말이 너무 많은 놈은 좋아하지 않는다."

"난 파트너하고 달라서, 아무런 힘도 없는 평범한 인간이거든…… 말이라도 많아야지."

"그 입, 언젠가 다물게 만들어주겠다."

그렇게만 중얼거리고, 에드는 모습을 감췄다. 무너지고, 불타오르는 도장 안에서, 라이언은 훗, 하고 웃었다. 어깨, 목, 가슴. 메마른 웃음소리가 치밀어 올라왔다. 눈물을 흘리며, 그는 한참동안──질릴 때까지, 계속 웃었다.

모든 것이 악몽이 아닌가 싶었다.

아니──악몽 따위가 아니다. 꿈은 그저 꿈이다. 괴로운 일이건 슬픈 일이건, 맞서서 깨지 않는 꿈은 없다.

하지만…….

피곤했다. 왜 피곤한 건지는 모르겠지만, 엉망이다. 생각하기도 힘들 정도로 피곤하다. 소리지르기도 힘들 정도다.

'이젠, 됐어.'

축 늘어져서, 그녀는 중얼거렸다.

'다 필요 없어…… 아무도 알아주지 않는다면, 다 필요 없다고. 결국 그런 거였어. 내가 바보였던 건지도 몰라.'

과연 그랬던 걸까?

답은 존재할 리가 없다. 그렇기 때문에 어느 쪽이라고 확실하게 말할 수도 없다. 그렇다면 결국 어느 쪽도 아닌 건지도 모른다.

그런 걸까……?

의식이 돌아오는 것을 느꼈다. 수마(睡魔), 아픔, 감각이 돌아온다. 엎드려 있어서 숨 쉬기가 힘들다.

클리오는 천천히 눈을 떴다. 뭔가가 보인다.

불길은 가라앉았다. 엉망진창으로 부서진 도장은 어쩔 도리가 없지만. 일어나서 주위를 둘러봐야 했지만──그러지 않았다. 지금 막 뜬 눈앞에, 뭔가가 보였다.

어렴풋이, 까맣고 둥그스름한 뭔가가. 그 속에서 녹색 눈동자가 빛나고, 이쪽을 보고 있다──

"레키!"

그녀는 소리치고, 쓰러진 채로 그 새끼 드래곤을 끌어안았다.

에필로그

"오오. 그렇다면 이것을, 네가 우연히 주웠다는 거냐?!"

한 눈에 봐도 수상한 붉은 칠을 한 검을 들고, 형이 큰 소리로 외치는 소리를 들으며——

도틴은 옆에서 그것을 들여다봤다.

"헤에."

그런데, 그 검은 본 적이 있는 물건이었다.

"그거…… 그 도장에서 주네 마네 했던 그거 아닌가…… 그렇다면 그 여자가 주인인 것 같은데."

"뭣이?!"

가도를 터벅터벅 걸어가며——

도틴은 형의 얼굴이 잠깐 경직되고, 그리고 쾌활하게 일그러지는 것을 봤다. 해석하자면 정곡이라는 뜻이지만, 동시에 좋은 변명거리가 생겼다는 뜻이기도 했다.

"그럴 지도 모른다, 동생아. 허나, 생각해봐라——왜, 거긴 불이 나지 않았느냐."

"……그랬지."

영문 모를 폭발이 일어나더니 갑자기 도장에 불길이 번져서, 무작정 도망쳐 나왔는데.

형이 무슨 말을 하는지 이해하지 못한 도틴은 고개를 갸웃거렸다. 볼칸은 검을 두 손으로 떠받들고는 계속해서 말했다.

"즉, 화재 현장에서 손에 넣은 물건은 내 것으로 삼아도 좋다는 법

률에 따라, 이것은 내 물건이 되는 것이다!"

"그런 법이 있었나?"

"화재 현장 털이라는."

"그거, 범죄인데……."

"하지만 이건 네 공이다, 제자여!"

볼킨은 무시하고, 옆에서 따라오는 남자 쪽을 봤다——

그는 여전히 양배추색 옷을 입고, 싱글싱글 웃고 있다. 거창한 몸짓으로 감격했다는 제스처를 보이더니,

"고맙습니다 스승님! 그렇게 칭찬해주시다니, 이 라이언의 분에 넘치는 영광입니다!"

"음. 이 공적으로 네 녀석을 그냥 제자에서, 제자 골드 브릴리언트 스페셜로 승격시키도록 하마."

"아아! 뭐랄까, 이 영광만으로도 밤길을 밝게 비출 수 있을 것 같은 기분입니다, 스승님!"

"뭐라고 해야 할까."

약간 떨어져서, 도틴은 혼자서 중얼거렸다.

"뭐 어때. 무일푼으로 여행하지 않아도 되는 것 같으니까……."

가을 하늘 아래.

어번라마로 가는 가도를 걸어가며, 어디로 가든 일단 남쪽으로 가자는 점에 대해서는 도틴도 불만이 없었다.

고향 마스마튜리아 쪽으로 가는 길이기도 하니까.

어떤 의미에서 보면, 그것은 단순한 사후처리였다. 도장에 도착했을 때는 모든 일이 끝난 뒤였으니까.

하지만 정확히 말하자면, 그것은 더 이상 도장이라고 할 수 있는 것이 아니었다.

꽃의 거리 내쉬워터의 치안 조직의 골머리를 썩이던 문제는 순식간에 소멸해버렸다. 이 거리에 있던 도장들이, 거의 같은 시각에 불타버렸으니까.

불탄 건물에 쓰러져 있던 사람들 중에서 가장 중태였던 사람은, 말할 필요도 없이 피를 잔뜩 흘린 로테샤였다──병원 침대에 누운 채 아직도 의식이 돌아오지 않은 그녀를 옆에서 지켜보며, 오펜은 생각하고 있었다. 그녀가 목숨을 잃지 않은 것은 오로지 레키 덕분이다. 그 레키는 병원의 깨끗한 침대 시트가 마음에 들었는지, 로테샤의 몸 위에 동그란 구덩이 모양을 만들고 그 안에 들어가 있다.

"이런 일은, 절대로 용서할 수 없어!"

화를 낸 사람은 침대 반대쪽에 자리 잡고 있는 클리오였다. 매지크한테 대략적인 이야기를 들은 뒤로, 계속 이렇게 떠들어대고 있다.

"오펜도 용서 못 하지?! 이건 정말 너무하잖아. 그 자식, 정말로 로테를 죽일 셈이었어."

"결국…… 난 그 녀석 얼굴도 못 봤네."

그 탓인지 그렇게 화가 나지 않았지만, 그러거나 말거나 클리오는 계속 혼자 화를 내면서 큰 소리를 질러댔다. 간호사가 시끄럽다고 쳐다보고 지나갔지만, 그래도 목소리를 줄일 수가 없는 것 같다.

오펜은 한숨을 쉬면서 옆에 있는 침대 쪽을 봤다──폭발이 일어났을 때 그 영향을 제일 크게 받았는지, 매지크도 허리를 심하게 다쳐서 침대 생활을 하고 있다. 엎드린 채로 상당히 꼴사납게 투덜투덜 중얼대는 그 목소리는, 겁을 먹은 것도 같고 화가 난 것도 같았다.

"그런데, 정말로 끔찍했어요."

그렇게, 웬일로 다른 사람을 비난하는 말을 했다.

"그 폭발이 일어난 뒤에, 무슨 일이 일어난 지도 모르는 상태에서 연습생들이 일제히 덤벼들었는데——그걸 검도 쓰지 않고 전부 때려 눕혔어요. 로테샤 씨한테도 그렇게 할 수 있었을 텐데, 그 사람한테만 검을 썼다니까요."

"아무튼 용서 못 해!"

클리오는 하늘을 향해서 외쳤다. 그 눈동자에 불길이 타오르는 것처럼 보였다.

'사후처리, 인가…….'

오펜은 살짝 머리를 긁었다.

사태는 화재로 끝나지 않았다. 엄청난 수의 시체가 남아 있다. 목격자가 없는 게 불행이자 다행이었다——도장이 불타서 무너지기 직전에 경찰에게 도장의 위치를 물어본 오펜도 용의선상에 올라갔고, 실제로 지금까지 꼬박 하루 동안 취조를 받았다. 헬퍼트를 본 사람은 전부 죽어서 그 이야기를 쉽사리 믿어주지 않았지만, 아무튼 그 사건 현장의 참상을 보고, 마술에 의한 범행이라는 것이 명확해졌다. 결국 헬퍼트는 신원불명의 마술사라는 선에서 정리가 됐고, 용의자로 지명수배 되는 걸로 끝날 것 같다. 그 초로의 경관이 오펜이 지니고 있던 문장을 기억해내지 못한 행운 덕분에, 오펜은 겨우 석방됐다.

로테샤의 도장은 목격자——라기보다는 당사자들이 전부 살아남았기 때문에 훨씬 간단했다. 에드가 범인으로 지목되고, 마찬가지로 지명수배 됐다는 것 같다. 거리에서 나가는 걸 봤다는 목격자가 있었기 때문에, 여기서부터는 파견 경찰이 맡게 된다.

하지만 어떤 의미에서 보면, 사후처리라고 할 수도 없었다.

아무것도 끝나지 않았으니까.

오펜은 눈을 감고서 중얼거렸다.

"어쨌거나 그 라이언이랑 에드라는 것들이 이 거리를 나가서 어디로 갈 생각이건, 황야를 강행군하는 바보 같은 짓이라도 하지 않는이상은 일단 어번라마로 가는 수밖에 없어……."

"죽어도 쫓아갈 거야! 저어어어어어얼대로 용서 못해!"

클리오가 거친 콧김을 내뿜었——침대에 누워 있는 로테샤가 깨는 게 아닌지 걱정이 될 정도로. 로테샤의 머리맡에 놓아뒀던 사진액자를 집어서 오펜에게 내밀며, 클리오가 빠르게 쏘아댔다.

"이 자식이야, 이 자식! 에드! 똑똑히 기억했어. 또 만나면 그때는절대로 안 봐줄 거야! 살아 있는 걸 후회할 정도로 끔찍한 꼴로 만들어줄 테니까! 라이언! 그 자식도! 사람을 뭘로 보고!"

액자를 받아들고, 오펜은 한숨을 쉬었다.

'뭐, 풀죽은 것보다는 다행이겠지…….'

가끔은 좀 쉬었으면 좋겠다고 생각하고, 클리오의 고함에 적당히맞장구를 치다가——

문득, 깨달았다.

오펜은 숨이 턱 막혔다. 슥, 눈앞이 어두워지는 것 같은 감각.

"에드…… 라고?"

사진에 찍힌 그 남자를 보고, 오펜은 혼잣말을 했다.

후기

"자~ 이번에는 행운의 숫자, 열세 번째 후기! 안내는 바로 저, 사람들은 하마의 대천사라 부르고 필살기는 사죄, 비거리는 약 300 야드가 넘는, 섹시 다이너마이트&프리티 다이아몬드, 피리리크치리프키트로로노 브릴리언트 케미코, 줄여서 나가도 사유리입니다. 자 여러분, 준비됐나요~?"

"잠깐, 넌 누구냐아아아?!(퍼억)"

"하윽?! ……크, 크흑, 썩어빠진 작가 주제에, 쓸 만 한 살인 킥인데."

"그딴 건 됐고, 넌 누구냐고."

"잊어버렸어?! 후기에는 그 권에 등장한 단발 헤로인이 등장하기로 돼 있잖아."

"아니, 그러니까 이번에는 단발 헤로인도 없어서 어떻게 해야 하나 고민하던 참이었거든."

"무슨 소리야. 단발 헤로인이 없다니…… 날 잊어버린 거야?"

"잊어버리고 자시고, 케미코 따위는 몰라."

"뭐야~. 28페이지쯤에 읽어봐."

"……안 봐도 없거든."

"거기쯤에 추가해줬으면 싶은데."

"미쳤냐?!"

"치사해."

"에잇. 뭐 어쩔 수 없지, 여기까지 써버렸으니까…… 마음을 다잡고, 하다 보니 13권까지 온 이 시리즈. 지난번에 본론과 상관없는 이야기를 쓰려고 노력한 반동인지, 갑자기 강격하게 본론으로 돌아와 버렸습니다."

"등장인물도 많고."

"뭐, 그건 됐고. 이야기 자체는 평소보다 좀 짧았나?

"맞아."

"일 얘기는 여기까지 하고. 사실 요즘 에어건에 빠져 있습니다."

"?"

"아니 왜, 예전부터 좀 관심이 가던 게 있었는데, 성능이 더 좋은 게 있더라고. 리얼리티나 디테일은 크게 신경 쓰지 않고, 이미지나 취향에 맞는 걸로 모으고 있어. 사실은 좋아하거든, 무기나 장난감 같은 거."

"그러고 보니까 방에 모조도가 있었지."

"음. 진짜 칼은 무서워서 못 사지만. 그래서, 당분간은 개인적인 붐으로 에어건이나 가스건, 전동건 파는 가게들을 구경하러 다니는 아키타가 있겠지. 끝."

"끝이라니."

"누가 아키타를 전장(서바이벌 게임)에 데려가 주세요."

"음. 가서 뭘 하는 건데?"

"아니, 그냥 평범해. 아군을 쏘거나 종적을 감추거나 거짓말도 하고."

"민폐니까 하지 마."

"아, 이 수류탄 갖고 싶다. 날아간다고 하네. 그리고 샷건도 마음을 자극하는 점이 있어. 사기는 좀 힘들지만."

"왜 신나게 카탈로그를 보고 있는데. 무엇보다, 그렇게 놀 시간 있어?"

"별로 없지만…… 그래도 시간은 내가 만드는 거야."

"(퍽)."

"……왜 차는데?"

"그냥, 건방진 소리를 해서. 그리고 시간은 대체 어떻게 만들 건데?"

"방법 1…… 원고를 빨리 끝낸다. 방법 2…… 원고를 빨리 포기한다."

"뭐라고 할 말이 없네……."

"오. H&K USP라는 거 괜찮은데?"

"또 카탈로그 본다."

"뭐 어때. 자, 다시 진지한 얘기를 하자면, 시리즈 쪽도 또 일단락
됐으니까, 슬슬 새 시리즈를 시작하고 싶네. 올해 안에…… 할 수 있
을까?(약간 소심하게)"

"열심히 해봐."

"예이. 그럼, 이쯤에서. 다음 권 후기에서 또 만나요!'

"그렇게 해서, 다음엔 드디어 내가 등장."

"안 해!"

1998년 3월——
아키타 요시노부

SORCEROUS STABBER
ORPHEN

마술사

오펜

뜻밖의 여행

나의 마음을 탐하라, 악마

「……이상한 사람이야.」
로테샤는 마음속으로
그렇게 중얼거렸다.

그 소녀는 클리오였다.

그리고 그 무릎 위에 머리를 얹고 있는 건 매지크

겨우 그 정도를 이해하는데 이상할 정도로

많은 시간이 필요했다……

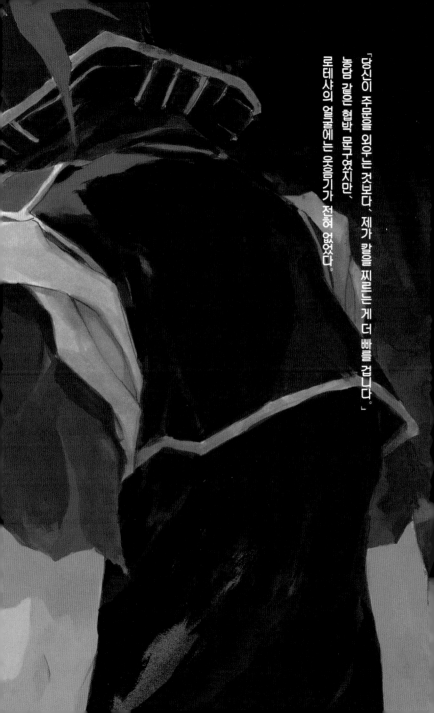

「당신이 주문을 외우는 것보다, 제가 칼을 찌르는 게 더 빠를 겁니다.」

농담 같은 협박 문구였지만,

로테샤의 얼굴에는 웃음기가 전혀 없었다.

CONTENTS

나의 마음을 탐하라, 악마

SORCEROUS STABBER ORPHEN

애장판 7

나의 마음을 탐하라, 악마

秋田禎信
Yoshinobu Akita

일러스트 쿠사카 유야 **번역** 김정규 **디자인** 백진화
편집 김일철 **마케팅** 김정훈 **주간** 박관형

나의 마음을 탐하라, 악마

프롤로그

그 한밤중에 있는 것은 평소와 똑같은 하늘과 당연한 별빛과, 달과, 구름과…… 있어도 없어도 상관없을 것 같은 지상 세계. 그것이 전부였다.

땅과 하늘의 중간에는 아무것도 없고, 그것을 가로막는 경계선은 있을 리가 없다. 음악소리도 없고, 속삭이는 눈동자도 없다. 벌레, 또는 인간의 우는 소리. 이것도, 있는 것 같으면서 없다. 사람이 이렇게까지 모이면 야생동물이 존재할 여지는 없지만, 정작 인간들은 이 거리에서는 작은 소문이 죄악이라고 믿고 있는 것인지, 아무도 속삭이지 않는다. 있는 것이라고는 공허한 인사뿐. 무의미한 손짓과 공허한 웃는 얼굴, 나약한 골격과 타협한 피와 살. 필요한 지혜와 불필요한 지혜. 그리고 뭐랄까, 사랑과 정. 그런 것들로 가득차 있고, 그것들은 누구나 자유롭게 손에 넣을 수 있다.

잭 프리스비는 밤하늘을 올려다보며, 뻔히 알고 있는 것들을 다시 한 번 확신했다. 여기에는 자유와, 그리고 당연히 자유가 가져오는 날카로운 위험으로 가득 차 있다.

"그래. 한마디로 이것이 자유롭다는 것이겠지…… 너처럼."

소리 내서 말할 필요는 없었다. 아니, 실제로 그것은 위험한 일이기도 했다. 사소한 소문이 죄악이니까.

"내가 자유롭다고?"

대답한 것은──어둠도 밤도, 공허도 아니었다.

그림자 속에 숨어 있었던 것인지, 비쩍 마르고 길쭉한 인상의 한 남자였다. 그것에는 실체가 있고, 실체가 있다면 두려워할 필요가 없다고, 잭은 그렇게 믿고 있다.

달빛이 밤하늘에 건물의 모양을 그림자 색으로 그려주고 있다. 그 그림자에 비하면, 밤하늘은 너무나 파랗다. 어두운 파란색 하늘에 스며들지 않는 확실한 그림자의 모양은, 날카로운 칼날처럼 보이기도 했다. 하지만 다른 점이라면 그 날 끝의 정점에 쓸데없는 것이 달려 있다는 점이었다──성인(聖印).

지붕 위에 장식된, 두 팔이 제각기 하늘과 땅 쪽으로 구부러진 열십자(十) 모양의 심볼은 원래는 우상이라고 기피해야 할 물체였다. 하지만 교회는 그것을 신봉했고, 이런 천벌을 받아야 할 땅에서 죽어가고 있던 그에게도 예외는 아니었다. 교회는, 예를 들자면 대륙 가장 북쪽에 총본산을 두고 있는 킴라크 교회 같은 대규모 종교와는 전혀 다른 것이지만, 그래도 많은 사람들을 구해왔고, 어쩌면 더 많은 사람들을 파멸시켰을 것이다. 이런 마이너 신앙은 대륙에 무수히 존재할 것이다. 그리고,

"나보다는, 말이지."

잭은 쓴웃음 하나도 짓지 않고, 그렇게 말했다. 자신이 걸친 검은색 울 재질의 성복(聖服) 가슴에, 경례하는 것처럼 가볍게 팔을 대면서.

남자의 대답은 예상했었다. 그리고 실제로 남자는 그림자에 뒤덮인 채 모습을 보이지 않고 말했다──발언 후반을 제외하면, 거의 예상한대로.

"당신은 정말 자유롭습니다, 잭. 물론 당신은 이것을 거부할 수도 있죠."

예상 밖이었던 것은 그 말 자체가 아니었다. 그가 굳이 거짓말을 했다는 점이었다. 아니, 물론 그것은 악의에서 나온 것이 아니었다──

잭은 메마른 한숨을 쉬고 마음속으로 중얼거렸다. 거부 따위는 할 수가 없다. 그들에 대해 알고 있으니까. 그 특권의 대상은 아주 단순했다…….

'끝난 일을 다시 캐내봤자, 어떻게 되는 것도 아니고…….'

얼굴에는 드러내지 않고, 중얼거렸다.

그는 어떤 의도를 품고 있는 걸까? 잭은 의아해했다. 애당초 그는 어리석은 자일까, 첫인상대로? 아니면 그 뒤에 뼈저리게 느낀 것처럼, 또 다른 어떤 것일까? 그는 어리석을까, 영리한 걸까, 아니면 뛰어난 자일까──아니면 그냥 잔혹한 것일까? 그 모든 것이라고 할 수 있을까, 아니면 단순히 어리석고 잔혹할 뿐일까.

그런 것들은 퍼즐 조각이나 마찬가지라서 제대로 된 조합은 하나밖에 없지만, 어차피 완성형에 관심이 없으면 어떻게 되건 상관없는 일인지도 모른다. 그런 것들은 쓸데없이 힘을 들이게 만드는 유희일 뿐이다.

오랫동안 생각한 것 같았는데──실제로는 바람이 불어와서 지나가는 정도의 시간이었던 것 같다. 잭은 씁쓸한 느낌을 목구멍 안쪽으로 삼킨 뒤에 입을 열었다.

"그래서, 난 누구를 죽이면 되지?"

"아마도, 당대 제일의 살인자, 입니다."

"……날 너무 과대평가하는 게 아닌가?"

"저희는 더 곤란한 역할을 맡고 있습니다."

그림자 속에 있는 남자는 여전히 편한 자세로, 고개를 저은 것 같았다. 찰나의 침묵을 사이에 두고, 계속 말했다.

"──여자 둘, 아이 하나를 죽일 겁니다. 바꾸시겠습니까?"

"……."

잭은 대답하지 않았다. 상대에게 해명할 시간을 줄 생각이었다.

하지만, 대답한 것은 그 남자가 아니었다──

"그 녀석을 동료로 삼을 필요가 있나? 라이언…… 라이언 킬마크."

발소리도 기척도 없이. 놀랄 만한 일도 아니었다. 오히려 그것의 접근을 사전에 감지했다면 더 놀랐을 것이다.

목소리가 들려온 쪽으로 고개를 돌렸다. 그러자 등 뒤──아주 가깝지도 않고 멀지도 않은──에, 또 한 사람의 남자가 나타나 있었다. 역시 밤하늘에 실루엣을 그리고는 있지만, 모습을 감췄다고 할 정도는 아니다. 옅은 금발에 잔뜩 구겨진 정장. 바지 주머니에 손을 찔러 넣고, 공허한 눈으로 이쪽을 보고 있다. 사실 이 종족이 진실로 그 안구를 가지고 사물을 보고 있다는 보장은 없지만…….

"라이언 스푼이라고 불러줬으면 싶은데…… 헬퍼트."

그 남자──아니, 성별조차도 불확실하지만──에게 그림자 속에 숨어 있던 남자, 라이언이 말했다. 그것은 반론이라기보다는 확실하게 해달라는 부탁인 것 같았다.

"아무리 생각해도 우리들만 가지고는 머리수가 부족해. 무엇보다 결전의 필요성을 제안한 건, 그쪽이잖아."

"갑자기 발생한 '그들'이라는 요소가 정말로 중요한 것일까…… 거기에 대해 가장 확실하게 대답한 것은 바로 너다, 라이언."

"거기에 관한 지론은 바꿀 생각이 없는데."

짜증나는 말투로, 라이언이 계속 말했다.

"우리는 한 가지를 선택해야만 한다. 하지만 이것은, 어느 쪽으로 할지 고민해서 결정할 부류의 선택지와는 다르다고 본다."

"그건 선택이라고 하기 힘든 게 아닌가?"

아주 진지한 말투로, 헬퍼트가 받아쳤다.

잭은 자기도 모르게 웃음이 나왔다――코에서 흘러나온 실소가 어설픈 재채기처럼 터져나왔을뿐이지만.

라이언은 태연했다. 헬퍼트까지 똑같이 실소를 했어도 똑같은 태도였겠지.

"……아주 간단한 일이야."

그림자 속에 잠기려는 것처럼 어깨를 움직이며――그렇게 말하는 소리가 들렸다.

이번에는 그 이유를 말할 거라고, 잭은 그렇게 생각했다. 하지만 라이언은 그 기대를 배신하고, 갑자기 일어섰다. 물이 빠진 것 같은 금발머리에 차가운 달빛을 받으니 더 색이 옅어보였다. 단추가 없는 녹색 셔츠. 까만색 바지, 가죽 구두. 그 안에 입고 있는 것은 진묘하게도 보이는 녹색 타이츠였다. 손과 머리를 제외한 부분을 전부 덮고 있다.

그리고 그는 그 손에 검을 한 자루 들고 있었다.

솔직히 그것을 검이라고 불러도 되는지는 불명이지만.

밤의 어둠 속에서 보면 금관악기처럼 보이기도 했다. 금속으로 만든, 장식이 들어간 진홍색 검. 칼집과 자루가 미묘하게 일체화된 것이, 뽑히지 않을 것처럼 보이기도 했다.

라이언은 비틀거리는 걸음걸이로, 입을 다문 채 움직이지 않는 헬퍼트에게 다가가서는 그 검을 내밀었다.

"이건, 당신이 쓰라고."

"벌레 문장의 검?"

"그래. 뭐, 난 이미 가지고 있으니까……."

가지고 있다는 것은, 라이언이 입고 있는 갑옷 이야기였다. 녹보석의 갑옷──생김새가 우스운 필살 무기라는 점은, 천인들의 취미가 아닌가도 싶었다. 눈을 가늘게 뜨고, 잭은 몽상에 잠겼다. 아니, 그녀들의 종족은 무기라는 것에 대해서 어설픈 발상밖에 없었던 것인지도 모른다.

"사용 방법은, 뭐 댁의 주인한테 직접 물어보면 되겠지. 물론 나도몰라. 시간이 있으면 알아낼 자신은 있지만."

"네트워크 쪽이 빠르다면, 그렇게 하지."

헬퍼트는 간단히 말하고 검을 받았다. 순간, 망설이는 것처럼 보였지만──이렇게 덧붙였다.

"……아까운 것은 시간이다. 자존심 따위가 아니라."

"댁의 자제력은 정말 칭찬하고 싶어."

짝짝짝, 건성으로 박수를 치고, 라이언은 거창한 동작으로 하늘을 우러러봤다. 연기하는 것 같은 동작으로, 누가 봐도 떠나려 한다는 걸 알 수 있게 손을 흔들며, 이렇게 말했다.

"자, 이건 계획이라고 할 정도로 거창한 일이 아냐──지난번처럼 말이지. 좋은 기회를 놓치지 않고, 그저 기다린다. 그것뿐이야. 최선의 노력과, 뭐가 됐건 결과가 있기를 바란다고. 그럼 친구들, 언젠가 또──"

그런데.

"아직 질문에 대답하지 않았군. 라이언 킬마크."

헤퍼트의 속삭임은 밤에 존재하는 어떤 흉기보다도 예리했다──

"우리가 해야만 하는 선택이란, 대체 뭘 말하는 것인가."

침묵이 찾아왔다. 떠나려던 라이언이 뒤를 돌아보고, 고개를 드는 시간만큼.

"간단한 일이야, 아주 간단한."

그리고 라이언의 대답은, 밤에 존재하는 그 누구보다 쉽게 상처받을 것처럼 보였다──

"누가 옳고, 누가 틀린 건지. 우리는 앞으로 올바르게 존재할 것인지, 틀리게 존재할 것인지. 그걸 선택하는 거야. 운명에 따라서 말이지."

"……그건 아니군."

잭이 처음으로 그들의 대화에 끼어들었다. 의식해서 그런 것이 아니다. 그저, 입이 움직였다.

"그걸 뭐라고 부를지, 모르는 건 아닐 텐데? 라이언…… 적어도 선택은 아니다."

두 사람의 배신자(도펠 익스)들──그 이름의 의미를 아는 자는 대륙 전체에도 그리 많지 않을 것이다──의 시선이 이쪽으로 향했다. 잭은 윗입술과 아랫입술을 비비며, 묵직하게 목을 울렸다.

"……결코, 선택이 아니다."

반복하고, 고했다.

"심판이다."

제1장 ──까지 앞으로 나흘

물은 미지근했지만, 그래도 상처를 쓰라리게 했다. 가도에서 흔히 볼 수 있는 싸구려 여관에서, 대야 가득 받은 물을──아주 싼 값으로──얻을 수 있다는 자체가 행운이니까, 더 이상을 바랄 수 없다는 건 잘 알고 있다. 그래도 로테샤는 아픈 것을 참고 얼굴을 찌푸렸다. 물에 담근 수건에서 욱신, 얇은 막 같은 것이 퍼져 나갔다. 피다.

어딘가 다친 것이 틀림없다. 그 생각은 바보 같은 것이었다. 양 팔을 내려다보니 온통 멍투성이다. 상처 따위는 어디에나 있다.

여관 주인이 물을 준비해준 것도, 이 꼴을 본 탓이겠지. 여관 방 안에서, 상반신의 옷을 전부 벗고 얼마 안 되는 남은 힘을 쥐어짜서 몸을 닦고 있었는데, 상처가 타박상뿐만이 아니라 찢어진 상처도 있다면, 이 물이 더럽다는 것을 신경 쓰지 않을 수가 없었다. 적어도 상처는 피해서 씻자. 그렇게 생각하면서, 일단 왼팔을 들고 겨드랑이를 봤다. 상처는 바로 발견했다. 허리, 약간 뒤쪽. 여기를 맞은 기억은 없는데, 아무튼 이상하기는 했다──실제로 오늘 하루 동안 자신이 뭘 했는지, 전혀 기억이 나지 않았다.

"……한심하네."

혼잣말 하는 버릇은 없다고 생각했는데, 자기도 모르게 혼잣말을 하고 있었다.

멍하니 상처를 쳐다보고, 그리고──슬슬 팔이 아파 와서 내렸더니, 그 팔이 자연스럽게 가슴과 어깨를 감쌌다. 상처자국이 남지는 않았지만 거기에 보이지 않는 선이라도 그어져 있는 것처럼, 생생한 감촉이 몸에 새겨져 있다. 피부를 손가락으로 더듬으면서, 그녀는 얄궂은 생각을 곱씹었다. 대체 누가 믿어줄까? 투덜거렸을 때, 상처라고는 하나도 없는데 누가 믿어줄까? 자신은 오른쪽 어깨부터 가슴까지, 어깨가 떨어져 나갈 정도로 깊이, 칼에 베인 적이 있었다는 걸.

몇 번이나 땅바닥에서 넘어진 탓에 흙이 잔뜩 묻은 웃옷은 옆에 있는 의자에 걸어 놨다. 너무 피곤해서 빨고 싶지도 않았지만, 그렇다고 그냥 둘 수도 없다.

그녀는 눈을 감고 고개를 들었다. 권태감이 소용돌이친다.

그 속에서, 중얼거렸다.

'한마디로, 이건가——'

미지근한 물. 상처 입은 몸. 더러워진 옷. 가도의 싸구려 여관. 상처가 남지 않은 몸. 피. 피로. 얄궂음. 자신의 몸을 안은 자신의 팔. 권태. 눈을 감고 올려다보는 시야. 그런 것들이 전부——한마디로.

사람을 죽이고 싶고 생각한다는, 그런 뜻이겠지.

몸을 대충 씻고 나서, 몸이 식기 전에 갈아입을 옷을 준비해야겠지. 생각은 바로 그런 간단한 의무감으로 바뀌었다. 지금은 피곤하다. 분노를 유지할 여유도 없었다.

"아……."

"……으……."

"저기……."

"흐음."

"……."

풀이 섞인 모래땅에 벌렁 드러누워서 의미 없는 신음소리를 내는 것도, 그리 오래가지 않았다──오랫동안 하고 싶었던 것도 아니지만. 실제로 그것은 2미터 정도 떨어진 곳에서 똑같은 짓을 하고 있는 매지크도 마찬가지겠지. 일어나고 싶지도 않고 고개를 그쪽으로 돌릴 기력도 없었지만, 오펜은 그냥 기척만 가지고 제가가 있는 위치를 찾고 있었다.

날씨는 좋지도 나쁘지도 않았다. 실제로 내쉬워터에 있던 때의 맑은 하늘이 그리워질 정도로. 산을 내려와서 가도 옆에서 올려다보는 하늘은, 하얀 구름이 희미하게 끼어 있었다. 그렇다고 비가 쏟아질 기미도 없다. 키 작은 풀 사이에 있는 메마른 모래가, 바람에 떠밀려서 날아갔다. 오펜은 그 바람에 의식을 싣는 것 같은 기분으로, 호흡을 고르고 있었다.

머리카락은 땀 때문에 축축했지만, 바람이 서서히 말려줄 것이다. 그는 나른한 기분으로, 자신의 검은 머리카락을 오른손으로 쓸어봤다. 손가락에 감기는 머리카락에는 모래도 섞여 있다.

땀에 젖은 것은 옷도 마찬가지였다. 항상 입던 가죽 재킷은 이미 벗어서 근처에 있는 땅바닥에 내려놨다. 숨을 쉬느라 위 아래로 움직이는 가슴을 감싼, 축축하게 젖은 검은색 셔츠 위에, 주름 사이에 묻혀 있는 것 같은, 검에 감겨 있는 외다리 드래곤의 문장이 있었다. 은 세공 펜던트. 대륙 마술사의 최고봉 《송곳니 탑》에서 배운 자의 증거다.

오펜은 문득, 자신이 호흡과 마음의 소리를 열심히 듣고 있다는 것을 깨닫고, 씁쓸하게 웃었다──이런 데서 누워 있을 생각은 없었지만, 뇌가 거부하려고 해도 몸이 말을 안 듣는 건지도 모른다. 땅바닥에 누워 있는 탓인지 뒷목이 따갑다.

"저기."

부르는 목소리에, 오펜은 오른쪽 눈만 떴다. 한쪽만 보이는 시야에, 거꾸로, 금발 소녀의 모습이 보인다. 어느새 가까이 다가온 건지 머리 쪽에서 내려다보는 자세로, 소년——매지크가 말했다.

"뭔가, 생각이 난 게 있거든요. 어쩌면 이길 수 있을지도 몰라요."

"……"

오펜은 아무 대답도 없이, 무거운 몸을 비틀어서 일어났다——고개를 들자, 매지크는 이미 두 주먹을 꽉 쥐고 준비하고 있었다. 오펜은 그냥 일어선 채, 자세를 바꾸지도 않고 눈빛만 가지고 계속 하라고 지시했다.

익숙한 침묵. 중심을 약간 뒤쪽으로 옮기고 기다리는 자세로, 매지크가 뭘 하려는지 지켜보기로 했다.

하지만, 일단 자세를 풀고, 매지크가 입을 열었다.

"생각해봤어요."

"생각?"

오펜은 별 생각 없이 물었다. 몰라서 물은 건 아니지만.

매지크가 아류(我流) 자세——자신과 비슷하다고 할 수도 있지만
——를 유지한 채, 계속해서 말했다.

"정면에서 덤벼봤자 상대도 안 되고…… 그렇다고 좌우로 가면 옆으로 돌아가는 만큼 바로 알아차릴 테고. 그래서 어떻게 해야 좋을지, 계속 생각했거든요."

"그래."

설명은 거기서 끝난 것 같다. 애교 있는 소년의 눈동자에 진지한 기색이 깃들었다.

그리고——

매지크가 달려드는 움직임에 맞춰서, 오펜은 살짝 뒤로 뛰었다. 도약이라고 할 만큼 강한 것은 아니고, 발끝으로 지면을 박차는 정도로.

움직이기 시작한 세상에 의식만이 남아 있는 것 같은, 기묘한 잔상을 보고 있다. 몸을 움직일 때마다 이런 건 아니지만, 그런 의이 느껴지기도 했다——방관자, 그것도 위에서 내려다보는 것 같은. 실제로 자기 시야 바깥이 보이는 것도 아니고, 사람의 기척을 포착할 수 있는 것도 아니다. 하지만 지각 어딘가에서, 자신이 어느 쪽에서 공격받고 있는지 알 수 있는 것 같은 기분이 들었다.

그 메카니즘은 알고 있다. 아주 단순한. 경험이라는 것이다.

잡설은 그 정도로 충분했다. 이 눈앞에서 뛰어드는 제자를 상대로는, 경계심이 크게 작동하지 않는다. 최근 한 달 정도 훈련하면서 이 소년의 스피드도, 위력도, 행동으로 옮길 때 눈의 움직임도, 상상력도, 어지간한 것들은 이해하고 있다 미지의 부분조차——미지의 요소라는 것은 언제나 있는 법이지만——,

'……생각해보니 기묘한 일이네.'

미지의 부분조차 이미 알고 있다. 그것 또한 경험에서 오는 예측이다.

실제로는 1초도 걸리지 않았을 순간에, 몇 가지 일이 일어났다. 매지크가 소리를 지르면서 팔을 치켜들고, 발작이라도 하는 것처럼 주먹을 내질렀다. 원래 거리가 멀어서 피할 필요도 없이 헛손질 한 주먹을 따라서, 매지크가 더 가까이 다가왔다. 이번에는 아래쪽에서, 반대쪽 주먹. 이 때 오펜은 발을 멈추고 있었다. 몸을 살짝 돌려서 그 공격을 피했다.

몸 전체로 상대의 공격을 피하는 행동의 이점은, 그대로 사각으로 이동할 수 있다는 점이다──용기가 있을 때 얘기지만. 이 경우에는 큰 문제가 되지 않았지만, 오펜은 다리를 들지 않고 미끄러트려서, 매지크의 오른쪽으로 파고들었다. 매지크가 무방비한 측면을 드러내고 앞으로 지나갔다. 여기까지라면 지금까지와 다를 게 없다. 수백 번, 어쩌면 백 단위를 넘어서 반복해온, 지금까지의 훈련과.

변화는 미묘했다.

오펜은 발을 미끄러트리면서, 문득 느껴지는 그 내려다보는 것 같은 감각 속에서, 장애물이 있다는 것을 깨달았다──시선이 한 순간, 그쪽으로 이동했다. 왼쪽 발을 미끄러트린 곳에, 신발이 있었다.

정확히 말하자면 발이었다. 매지크가 뛰어들면서 발을 크게 벌려서, 오펜의 앞을 가로막은 것이다.

이쪽이 옆으로 빠지는 데 적응해서, 이동을 방해하려는 작전이겠지. 실제로 오펜은 거기서 움직임을 멈출 수밖에 없었다. 그리고 매지크가 성공했다는 듯이 환희하는 표정으로, 몸을 이쪽으로 돌리려고 했다──

오펜은 곧바로, 발을 크게 벌리고 있는 소년의 사타구니를 걷어찼다. 바로, 매지크의 안색이 달라졌다.

당연한 얘기지만 효과는 절대적이었다. 비명도 없이, 그저 숨이 막히는 것 같은 소리를 쥐어짜며, 매지크가 그 자리에 주저앉았다.

그 모습을 내려다보며──

"상대 앞에다 급소를 훤히 드러내는 바보가 어디 있냐?"

한심하다는 목소리로, 신음하듯이.

오펜은 당분간 움직이지 못할 것 같은 매지크의 등을 두드려주며 한숨을 쉬었다.

"뭐, 나름대로 생각한 것 자체는 나쁘지 않지만…… 슬슬 자세부터 가르쳐주는 것도 괜찮을 것 같네."

"어으윽."

겨우 얼굴을 들 정도는 회복됐는지, 매지크가 한심한 표정으로 이쪽을 쳐다봤다. 눈물이 잔뜩 고인 눈으로.

"아무리 그래도 이건 너무하잖아요, 스승님."

"그런 소리를 하니까 이런 꼴이 되는 거야. 급소를 무방비하게 드러내면 공격당한다——뭐, 생각하기에 따라서는 인간의 몸 전체가 급소라고 볼 수도 있지만."

"……그런가요?"

"여기저기 관절, 근육, 내장. 살갗은 어디가 찢겨져도 반드시 피가 나오고. 결국 그다지 치명적이지 않은 급소로 상대의 공격을 받아내서 진짜 급소를 막는 것뿐이야."

그렇게 말하고, 어깨를 으쓱거렸다. 손을 내밀어서 매지크가 일어나게 도와주고, 오펜은 계속해서 말했다.

"원래 마술사는 그걸 완벽하게 방어할 수 있어야 했어."

"무슨 뜻인가요?"

묻는 매지크에게, 고개를 끄덕였다.

"마술이 있으니까. 자기 몸을 쓰지 않고 완벽하게 막을 수 있지. 하지만……."

진지한 표정으로 듣고 있는 제자의 얼굴에서 시선을 돌리고, 오펜은 고개를 저었다.

"하지만 마술을 구성하고, 전개하고, 발동시키려면 어떻게든 짧은 순간에서 몇 초 동안의 시간이 필요해. 마술을 마술로 방어하는 건 문제가 없어——어지간해서는 상대가 구성을 전개할 때 그걸 알아차리게 되고, 그 때부터 방어 마술을 구성할 시간이 있으니까. 반대로 말하자면, 마술사들끼리 마술을 써서 싸우면, 쉽게 결판이 나지가 않는다는 뜻이지. 그렇다면, 마술사들은 어떻게 해야 할까."

오펜은 씁쓸하게 웃고, 주먹을 얼굴 앞으로 들어 올렸다.

"원시적으로 치고받는 거야. 아니면 조금 더 문명적으로 무기를 쓰든지. 조금 더 머리가 좋고 문명 진보에 의욕적인 녀석이라면, 애당초 마술사하고는 싸우지를 않아. 돈으로 고용한 제3자나 마음을 후벼 파는 말 한 마디 같은, 그런 문명적인 무기를 쓰지. 어떤 방법이건 마술로는 막기 힘드니까…… 가장 좋은 방법은, 굳이 말할 필요도 없지만 마지막 거야."

"대부분의 마술사들이 전투 훈련을 받는 건 그런 이유 때문인가요?"

그렇게 매지크에게, 오펜은 고개를 끄덕였다.

"이유 중에 하나겠지. 가장 큰 이유는, 예전에 박해 받던 시절에, 마술사들이 자기 몸을 지키려면 전투능력을 높이는 수밖에 없었기 때문이지."

"예?"

"인원도 적고, 재산이 있는 것도 아니고, 미움 받고, 두려움을 샀지. 그런 마술사들이 자신의 존재가치를 높이려면, 자신들이 얼마나 무서운 상대인지를 사회에 어필해야만 했어. 특히 여명기, 지금 같은 마술 구성 이론도 없고 전투 방법도 제대로 확립되지 않았던 옛날 마술사들은, 이용할 수 있는 건 뭐든지 이용했어. 당연히 맨손 전투 방법은 제일 먼저 도입했겠지."

"……저기요."

그 때, 지금까지는 맞장구만 치고 있던 매지크가 설명을 중단시켰다.

"응?"

"보통 마술사들이 배우는 싸우는 방법은, 전부 똑같은가요?"

"? 무슨 뜻이야?"

무슨 의미인지 물었다. 그러자 매지크가 다시 질문했다.

"마술사들은 말이죠, 다들 똑같은 방법으로 싸우나요?"

"그렇다고 할 수도 있고, 아니라고 할 수도…… 있겠지."

오펜은 허공을 올려다보며 말했다.

"솔직히 말하자면, 전투 훈련을 전혀 안 받는 마술사도 꽤 많아. 특히 현대에는 그런 살벌한 훈련이 의미가 없으니까. 《송곳니 탑》에서 전투 훈련이 정규 교과로 들어가 있고 의무적으로 받아야 하는 것도, 옛날부터 내려온 습관 이상의 의미는 없어. 《탑》에는 너보다 못 움직이는 놈들도 꽤 있어."

"그런가요?"

의외라고 생각했는지, 매지크가 놀란 얼굴이 됐다. 그 얼굴을 보며, 어깨를 으쓱거리고 계속해서 말했다.

"뭐, 별의별 놈들이 다 있으니까. 반대로 내가 감당도 못 할 놈들도 많아. 지금 바로 생각나는 이름만 해도 열 명이 넘으니까. 뭐, 하던 얘기를 계속 하자면 《탑》에 대해서 말하자면, 전투 방법에 관한 이론이나 기술은 가르치는 사람에 따라 다르다고 할 수 있겠지. 물론 기초에는 공통적인 부분도 많겠지만."

거기까지 말하고, 고개를 갸웃거렸다. 여기까지는 교과서적인 설명이었다.

여기서부터는, 조금 다르다. 오펜은 몇 초 동안, 신중하게 뭐라고 말해야 할지 생각했다. 자신을 똑바로 쳐다보고 있는 파란 눈의 소년에게,

"참고로——이런 얘기는 해봤자 무슨 의미가 있는지는 모르겠지만——, 내가 싸우는 방법은 엄청나게 구식이야."

"예?"

"아마도…… 천인 종족이 직접, 인간 종족한테 전해준 거야."

"……."

매지크는 눈이 휘둥그레졌다. 무리도 아니겠지——오펜 자신도 자기가 한 말에 확신을 갖기가 힘들었다. 거의 추측이고, 게다가 추측의 근거라고 할 만한 것도 너무나 애매하니까.

"한마디로 전투 방법이라고 하지만, 거기엔 여러 가지 의미가 있어. 물론 실제로 몸을 움직이는 방법 같은 것도 그 중에 하나지만, 그건 그냥 단편적이고. 그걸 행하기 위한 이론, 때로는 그 이론을 뒤집는 눈썰미, 실제 결단, 각오, 그런 것들이 다 포함됐을 때 비로소 하나의 전투 방법으로 성립되는 거지…… 뭐, 그건 그렇다 치고."

그리고, 오펜은 계속해서 말했다.

"나한테 전투 방법을 가르쳐준 사람이 두 사람 있어. 한 사람은 월 카렌 교사. 현대를 대표하는 강력한 암살 기능자지. 기초는 그 사

람한테 배웠어. 이건 틀림없이 《탑》의 최신 이론에 의한 내용이었어…… 그 다음에, 나한테 그 구식 방법을 가르쳐준 사람이 차일드맨 파우더필드라는 교사였지. 공식적으로는 그 사람이 스승으로 돼 있어."

"그건 들은 적이 있어요."

밝은 목소리로 그렇게 말하고——

매지크는 입을 꾹 다물고 오펜의 얼굴을 쳐다봤다. 그렇게 엄한 표정을 지은 것 같지는 않았는데, 매지크의 표정을 보니 아무래도 생각하고 다른 표정이었던 것 같다.

매지크는 우물우물, 약간 웅얼거리는 목소리로 말했다.

"저기…… 리티샤 씨…… 였던가? 아닌 것도 같고…… 아무튼, 들은 적이 있어요."

"아니 뭐, 그건 됐고."

오펜은 왠지 한심해져서——제자 때문이 아니라. 생각해보니 지금까지 이야기하지 않았다는 것 자체가 바보 같은 일이었다——, 쓴웃음을 지었다.

"차일드맨 교사…… 선생님에 대해서 들은 적이 있다면, 뭐 어지간한 것들은 다 들었겠지. 대륙 최강의 흑마술사. 《탑》을 실질적으로 관장했던 사람이니까. 뭐, 그러면서도 최고 집행부의 의사를 무시한 적도 없었던 것 같지만."

그 유일한 예외가 몇 개월 전——아니, 5년 전부터려나——에 있었지만, 거기까지 말할 필요는 없다.

"난…… 그 사람한테 배웠어. 싸우는 방법을. 난 그것밖에 모르고, 결국 내가 너한테 가르쳐 주는 전투 방법도 그것뿐이야. 하지만 아마도, 그 싸우는 방법은 구식이고——"

"……?"

"구식이고……."

거기까지 말하고.

오펜은 문득, 말을 멈췄다. 무슨 말을 할지 고민한 그 때, 시야 한 구석에 뭔가가 보였다.

두 사람이 계속 몸을 움직이고 있던 곳은, 가도에서 조금 벗어난 공터였다——사실 '공터'라는 것은 편의상 그렇게 부르는 것뿐이고, 이 가도가 가로지르고 있는 황무지에 공터라고 할 만한 곳이 있을 리가 없다. 단순히 가도에서, 한마디로 클리오가 쉬고 있는 여관에서 그리 멀리 떨어지지 않은데다 약간 낮은 곳에 있어서 사람들 눈에 띄지도 않고 적당히 넓은 모래땅에서, 최근 며칠 동안 매지크의 전투훈련을 위한 사전 준비를 해오고 있었다. 아니, 꼭 매지크 때문만은 아니지만…….

여관에서 나온 검은 머리 소녀의 모습을 보고, 오펜은 그 이름을 중얼거렸다.

"……로테샤?"

매지크도 깜짝 놀랐는지 눈을 껌벅거리면서 그녀의 모습을 찾으려고 했다. 로테샤는 뭔가 깜박한 물건이라도 있는 것처럼 여관에서 나오더니, 곧장 이쪽을 향해 걸어왔다. 손에는 목검을 들고.

매지크가 얼빠진 목소리로 중얼거렸다.

"저 사람…… 아까 쉬러 간다고 하지 않았나요……."

"그러게."

고개를 끄덕이고, 오펜은 가만히 서서 로테샤가 다가올 때까지 기다렸다. 아까 꽤 심하게 '상대' 해준 탓에 자존심에 상처를 입었는지, 쉬러 들어갔었다. 당분간은——아마도 며칠 정도는——돌아오지 않을 거라고 생각했었는데, 여관으로 들어간 지 한 시간도 안 돼서 돌아왔다.

마침내, 로테샤는 바로 앞까지 다가와서 멈춰 섰다.

"그러니까."

생각했던 말들을 늘어놓는 것처럼, 로테샤가 입을 열었다. 목검을 두 손으로 안고 있는데, 오히려 그 목검에 기대 있는 것처럼 보였다…….

"조금 더, 몸을 움직일까 싶어서. 그러니까, 다친 건, 이제 괜찮으니까."

그게 오버워크라는 건 잘 알고 있지만——

오펜은 말없이 고개를 끄덕였다.

"스승님?"

매지크가 깜짝 놀라서, 비난하는 것 같은 목소리로 말했다. 거기에 반응해서 슥, 로테샤가 소년 쪽으로 고개를 돌렸다.

매지크가 차가운——아니, 이 감정이라고는 전혀 없는 눈빛은————표정으로 자신에게 파고드는 것 같은 이 소녀를 어려워 한다는 건, 최근 며칠 동안 지켜보면서 눈치 채고 있었다. 하지만 오펜은 굳이 도와주지 않고 그냥 놔뒀다. 모른 척, 엉뚱한 곳을 보면서 어깨를 풀었다.

눈에 직접 보이는 건 아니지만, 매지크의 표정은 알 수 있었다. 겁먹은 것처럼 가라앉은 목소리로, 그러면서도 로테샤에게 말했다.

"저기, 로테샤 씨…… 아무리 그래도 너무 무리하는 것 같거든요.

내쉬워터 도장에서도 그 정도로 연습하진 않았잖아요?"

"그래서——"

로테샤는 바로 대답하려고 했지만, 중간에 말이 멈췄다. 그 뒤의 침묵은 숨을 쉬는 것 치고는 너무 길었다. 다시 입을 열었을 때, 로테샤의 목소리는 평온했다.

"그래서, 졌습니다."

"하지만, 몸을 혹사해봤자 좋을 게……."

"당신들은 그러고 있지 않습니까."

"저는 스승님께 배우고 있는 거예요. 딱히 무리하는 건 아니라고요."

"그렇다면——"

로테샤의 목소리가 커졌다.

성량을 늘린 게 아니다. 고개를 이쪽으로 돌린 탓이겠지. 어깨 너머로 두 사람을 쪽을 봤다——그랬더니, 예상대로 로테샤의 색이 옅은 눈동자가 기다리고 있었다.

로테샤는 딱 잘라서 말했다.

"그렇다면, 저도 가르쳐 주세요. 전부터 부탁드렸는데도 계속 피하셨잖습니까——대체 왜죠?"

"굳이 가르칠 필요가 없으니까."

그렇게 대답하면서, 오펜은 엉뚱한 생각을 하고 있었다.

'로테샤……. 이 아이 눈동자…….'

원래 이렇게 색이 옅었던가? ——그런 생각을.

이 색이 너무 옅은 눈동자에 험악한 빛을 깃들인 채, 그녀의 입술이 일그러진 것 같았다. 이를 악문 건지, 아니면 뭔가 신랄한 말을 하려다 참은 건지.

"······의미를 모르겠습니다."

"말 그대로, 내가 가르칠 필요가 없다는 거야. 검 쓰는 재주는 그쪽이 나보다 더 나으니까."

"낫다고요?"

처음으로 로테샤의 목소리 톤이 달라졌다.

"아까, 저는 당신한테 한 판도 따내지 못했는데——"

"그랬었지."

오펜은 두 손을 들어 보이면서 말했다. 구름 낀 하늘이 잠깐 눈에 들어왔다.

"네가 실전처럼 해달라고 해서 그렇게 한 거야. 경기 시합이었다면 오히려 내가 뭘 해보지도 못했겠지."

"저는 실전에서 강해지고 싶습니다!"

목검 자루를 꽉 쥐고, 로테샤가 한 걸음 앞으로 나섰다. 그 기세만으로 매지크가 뒷걸음질 치게 만들었지만, 그걸 알아차리지도 못했다.

"몇 번이나 말하지 않았습니까! 경기 검술이 아니라, 진정한, 검으로 싸우는 방법을 배우고 싶다고!"

"뭘 위해서"

"그야——"

작은 어깨를 치켜세운 채, 또 중간에 말이 끊어졌다.

이번에는 다시 설명하지도 않았다. 그저 목검을 꽉 쥔 채, 가만히 서 있었다. 오펜은 조용히 말했다.

"한 번만 더 말할게. 너처럼 기량이 완성된 사람한테 가르쳐줄 건 하나도 없어."

그녀가 뭔가 반박하려는 것을 막고, 고개를 저었다.

"나머지는, 스스로 생각하는 수밖에 없어. 내가 해줄 수 있는 건 그 생각의 힌트를 주는 정도겠지──아까 실컷 당하면서 아무것도 생각하지 못했다면, 말로 아무리 설명해봤자 몸에 익지 않아. 뭐, 그런 얘기야."

이걸로 끝이라고, 손짓으로 말했다.

로테샤가 납득했는지 아닌지, 최소한 안색만 봐서는 판단할 수가 없었다. 그녀는 그저, 한 눈에 봐도 알 수 있을 정도로 고생하면서 화난 표정을 지우고, 그대로 천천히 목검을 내렸다──그리고는, 휘두르기 연습을 시작했다.

이쪽을 보지도 않는 로테샤한테서 눈을 돌리고──

"오늘은 여기까지 하자."

오펜은 매지크한테 그렇게 말했다.

위노나는 평소대로 하던 일을 해야 한다는 걸 잊지 않았다. 그것이 최대의 자위책이고, 자위를 한다는 것은 언제든 공격당할 수 있다는 뜻이다. 무기 손질을 잊어서는 안 되는 것과 같은──사랑하는 '디디'는 오늘도 컨디션이 좋다──마음가짐으로, 정비하는 걸 잊어서는 안 된다. 그건 누구나 알고 있다. 오늘 지고 끝이라는 건, 기껏해야 체육대회에서나 통하는 얘기다. 그 뒤의 인생에서는 통하지 않는다.

자신을 보는 다른 사람들이, 항상 그랬던 것처럼 기이한 발견에 놀란 것 같은 눈으로 보고 있는 것은 무시할 수 없었다. 하지만 익숙해지기는 했다. 총 중량 30킬로그램이나 되는 커다란 가죽 주머니를 짊어진 덩치 큰 여자는 아무래도 눈에 띄기 마련이다──꺼림칙한 기분이 들었지만, 그것을 인정했다. 짜증나는 일이기는 하지만, 인정하기 싫은 것을 인정해야만 성장할 수 있으니까.

선선해지기는 했지만 기후는 여름과 별반 다를 게 없었다. 움직이기 편하도록, 그리고 하는 김에 자기 나이에 대한 다소의 자존심 때문에, 그녀는 티셔츠와 청바지라는 간단한 차림으로 이 여행에 도전했다. 대학 로고가 들어간 셔츠가 닳아서 떨어졌지만, 그 덕분에 더 그럴싸하게 보일지도 모른다. 학생의 무전여행으로 보이면 좋겠다.

'무사 수행인가? 라고 하면 때려버릴 거야.'

나타난, 한눈에 봐도 소인배 같은 얼굴인 여관 주인에게, 그녀는 말없이 경고했다.

하지만 그의 첫 마디는 무난한 것이었다.

"어이구, 어서오세요. 혼자인가?"

무난한 정도가 아니라 그 목소리에서는 진심으로──아마도──위로하는 것 같은 느낌이 들어서, 그녀는 이번에도 말없이, 마음속으로 사과했다.

"예."

둘러보니 여관 1층 식당에는 손님이 몇 명 보였다. 이런 아무것도 없는 가도지만, 여행자들이 꽤 있는 것 같다. 대놓고 빤히 처다보는 남자 네 명 집단, 뭐 이쪽은 진짜 여행하는 학생 같다. 그들에게 차가운 눈길을 한 번 보내고, 말했다.

"방은 있어요?"

"그럼, 언제든지 있지."

주인은 붙임성 있게 웃으면서, 벌레한테 물린 것 같은 목덜미를 벅벅 긁었다. 그러더니 자기가 무슨 짓을 했는지 깨닫고, 어깨를 으쓱거렸다.

"아니, 침대에는 벌레 없어. 불안하면 살충제도 있고."

"고맙습니다. 일단은 저도 가지고 있어요."

비어있는 왼손을 슬쩍 들어 보이고, 물었다.

"그래서, 방은요? 알아서 찾으면 돼요?"

"아, 이쪽이야."

굳이 좋게 표현 할 이유도 없지만, 어차피 아무리 좋게 표현하려고 해도 이 여관 건물은 좋다고 할 수가 없었다──어차피 각오 했던 일이고, 이런 일에는 어느 정도 익숙하기는 하지만. 천장의 얼룩, 지저분한 접시, 벽의 틈, 모래투성이 바닥…… 그다지 신기한 일도 아니다.

그녀는 다시 한 번 안을 둘러봤다. 특별한 사정이 있으면 모를까, 이런 가도변의 여관에 이틀 이상 묵는 사람은 없다. 이런 대낮에 아직 여기 있는 사람들이라면, 그런 사정이 있거나 단순히 게으른 사람이겠지. 그렇게 생각해보니, 그렇게 보이기도 했다. 아직까지 이쪽을 보고 실실 웃고 있는 학생들의 시선을 모른 척 하면서도 계속 관찰했다. 그렇다, 습관을 잊어서는 안 된다.

그들을 학생이라고 단정한 요소는, 단순히 이런데서 시간을 죽이는 사람이라면 학생일 거라는 이유뿐이었다. 그리고 허름한 차림새라든지. 그들은 대체적으로 얼굴에 수염이 자랐고, 스포츠 클럽에서 단련한 것 같은 위팔의 근육을 과시하려는 듯이 주먹을 살짝 쥐고 있었다. 한 명은 안경을 썼다. 그 외에는 딱히 특징이라는 것도 없다──그보다는 주인을 따라 걸어가는 중에서 관찰할 수 있는 건 거기까지가 한계였다. 말하는 소리가 작아서 들리지는 않지만, 웃음소리만은 이해할 수 있다.

그 때, 찰칵 소리와 함께 문이 열리고, 땀투성이 젊은이 두 사람이 식당에 들어오는 모습이 보였다. 이쪽도 관찰했다.

검에 얽힌 외다리 드래곤 문장──이쪽 동부에서는 그다지 대중적인 건 아니지만, 대륙 흑마술의 최고봉인 《송곳니 탑》의 문장이다. 한 사람은 그 펜던트를 목에 걸고 있다. 상당히 격렬한 운동을 했는지 땀과 모래로 버석버석한 검은 머리카락에, 피곤해서 힘이 빠졌으면서도 날카로운 눈빛. 아직 젊다. 스무 살 정도겠지. 온통 새카만 옷에 걸음걸이도 엉망인 것 같지만, 자세히 보면 다리가 비틀거리는 기색은 없다. 그 뒤를 따라서 들어온 사람은 대조적인 느낌의 금발 청년이고, 이쪽은 말 그대로 피곤해 죽을 지경인 것 같았다.

"스승님~"

금발 소년의 작은 목소리가 귀에 들어왔다. 그는 피곤한 건 물론이고 온 몸이 다 아프기까지 한지, 상당히 힘들게 걷고 있었다.

"저 사람, 그냥 둬도 될까요?"

그러자 검은 머리 남자가 귀찮다는 듯이 대답했다.

"……아무리 뭐라고 해봤자, 아까 말한 게 전부야. 그리고 뭐랄까, 그 녀석하고는 그다지 엮이고 싶지가 않고."

"예?"

무슨 소리냐는 듯이 말한 소년──여기까지 들었을 때.

위노나는 말없이 그들 앞을 지나갔다. 그대로 계단을 올라가서 자신이 묵을 방을 안내 받았다. 거기서 적당히 주인을 돌려보내고, 계단을 내려가는 발소리가 안 들리게 된 뒤에야 겨우 숨을 돌렸다.

'자······.'

그녀는 방에 들어가서, 바지 엉덩이 주머니에서 잔뜩 구겨진 초상화를 한 장 꺼냈다. 거기에 그려져 있는, 눈빛이 더러운 검은 머리 남자의 얼굴을 보고, 고개를 끄덕였다.

그녀는 조용히, 중얼거렸다.

"무사히, 목표를 포착."

그리고 가지고 있던 초상화를 갈가리 찢어서 책상 위에 있는 재떨이에 버렸다.

결국, 그에게 의존해서는 안 된다──처음부터 알고 있었던 것을 확인한 것에 불과하지만, 아무튼 그것이 결론이었다. 즉, 주객전도라는 것이다. 그는 남자니까.

해가 지고, 밤하늘이 펼쳐져 있다. 밤하늘을 가득 채울 정도는 아니지만, 그래도 많은 별들의 빛이 발밑을 비추고 있다.

'목표까지, 내 힘으로 가야만 한다······.'

로테샤의 혼잣말이 공허한 가슴속에 메아리쳤다.

'어차피, 그래야, 의미가 있으니까······.'

알고 있던 일이다──그 음험한 마술사한테 들을 필요도 없이. 알고 있었는데, 그러면서도 바보처럼 의지하려고 했던 게 너무나 분하다.

　벌써 몇 번이나 했는지 세지도 않았지만, 목검은 변함없는 속도로 하늘을 갈라댔다. 이 짓을 얼마나 반복했는지, 이젠 기억도 나지 않는다. 팔이 올라가지 않을 때까지 계속하고, 잠시 쉬었다가 또 시작했다.

　그 때——

　발소리가 들려왔는지, 아니면 시야 한쪽에 슬쩍 보였는지, 자신도 알 수 없었지만.

　기척을 느끼고, 로테샤는 동작을 멈췄다. 잊고 있던 피로가 묵직하게 어깨를 짓눌렀지만, 참았다. 고개를 돌려보니,

　"……미안해. 내가 방해했나?"

　바구니를 안은 사람이 그렇게 말했다.

　처음에는 그 사람이 누구인지 몰랐다——피곤해서, 아무것도 생각할 수 없었기 때문인지도 모른다. 긴 금색 머리카락 위에 기묘한 검은 강아지를 올려놨다. 개는 잠이 들었는지 코를 배에 묻고 몸을 둥글게 웅크리고 있지만, 감고 있는 눈에서 녹색 빛이 흘러나오는 것 같은, 그런 착각이 들게 했다. 실제로는 동물 특유의 선잠이고, 눈을 반쯤 뜨고 있는 게 아닐까. 그 강아지 아래에서 사람, 그녀는 사과하는 것처럼 고개를 살짝 숙이고 있다. 어두운 밤인데도 파란색 눈동자 위에 있는 속눈썹이 똑똑히 보이는 것 같았다. 그렇다면 그녀의 눈에는 불빛이 켜지는 건지도 모른다…….

　생각이 난 게 아니다. 왠지, 그랬다고 단언할 수 있었다. 그냥 로테샤의 입에서, 저절로 그녀의 이름이 흘러나왔다.

　"클리오."

"저녁밥. 가지고 왔어…… 혹시, 계속 여기 있었어?"

후반에는 분명한 경악이 담겨 있었다. 눈을 크게 뜬 그 시선은, 지금은 칼끝을 지면에 살짝 대고 있는 목검 쪽으로 향해 있다.

뭐라고 대답해야 좋을까──역시 짐작도 못한 채, 로테샤는 자기 몸이 자연스레 반응하는 것을 방관자처럼 바라보고 있다.

"그래. 하지만, 중간중간 쉬었어."

"그렇구나……."

감탄한 것처럼, 클리오가 고개를 끄덕였다.

그 모습을 보고, 로테샤는 떨어져 나갔던 감각이 돌아오는 것을 자각했다. 숨을 내쉬었다. 그녀가 가져다준 바구니 위의 덮개를 살짝 들춰보니, 둥근 빵 사이에 야채와 달걀을 대충 쑤셔 넣은 것 같은 샌드위치가 보였다. 자세히 보니 어깨에 물병을 메고 있다. 하지만, 한 사람 몫 치고는 너무 많은 것 같다.

그런 생각을 눈치 챘는지, 클리오가 미소를 지으며,

"같이 먹을까 싶어서."

"……응."

무슨 말을 해야 좋을지 몰라서, 로테샤는 일단 소리를 낸 뒤에야 얼빠진 소리를 했다는 생각을 하고 씁쓸하게 웃었다──뭔가 다른 말을 했어야 하는데. 고맙다고 하거나, 기뻐하거나.

그것을 수습하려는 건 아니지만, 로테샤는 이렇게 물었다.

"그런데, 그 사람들은?"

"그 사람들?"

깜짝 놀라서 되묻는 클리오에게, 웃었다.

"왜…… 그러니까, 이름이 뭐더라, 기억이 안 나네."

로테샤는 기억 속에서 간신히 그 이름을 끄집어냈다.

"오펜, 이었나. 이상한 이름이라서 기억하기 쉬울 것도 같은데."

"아, 오펜이랑 매지크는 여관에서 먹고 있어."

클리오는 그렇게 말하고 주위를 둘러보고는——괜찮은 장소를 찾아낸 건지, 밝은 표정을 짓고서는 적당한 자리에 손수건을 깔았다. 그 강아지는 여전히 몸을 둥글게 웅크린 채 꼼짝도 하질 않는다.

클리오 옆에 붙으며, 로테샤가 물었다.

"……몸은 괜찮아?"

"응, 괜찮아. 오펜이 일부러 1인실까지 잡아줘서 푹 쉬었으니까."

실제로 클리오의 목소리는 너무나 쾌활했다. 하지만, 그 표정이 금세 어두워졌다——산의 날씨처럼.

"미안해. 저기…… 그거. 일사병이나 과로 때문에, 내가 쓰러져서. 이런 데서 며칠이나 묵게 됐잖아. 로테가 화난 게 아닌가 싶었거든."

"……"

로테샤는 그대로 클리오 옆에 앉았다. 어차피 운동복이니까 더러워진다고 신경 쓸 필요는 없다.

클리오는 그렇지 않았다. 여행하는 중에는 거의 못 봤던 치마——내쉬워터에서 처음 만났을 때 입고 있던 것이다——에 부드러워 보이는 블라우스. 그게 무슨 뜻인지는 모르겠지만, 실제로는 아무 의미도 없겠지. 로테샤는 왠지 데이트라도 하는 것 같은 기묘한 감각이 들어서, 자기도 모르게 하늘을 바라봤다.

'……내가 대체 무슨 생각을 하는 거야.'

그리고 자기가 대화를 나누고 있었다는 게 생각이 나서, 황급히 상대에게 미소를 지어 보였다.

"……신경 쓸 필요 없어."

불안해 보이는 클리오에게 그렇게 말해주면서 눈을 감았다.

"따라가다 보면 언젠가 따라잡을 테니까. 그 사람도 24시간 어딘가를 향해서 움직이는 건 아닐 테니까."

눈을 감은 어둠 속에서, 말이 술술 떠올랐다. 눈을 다시 떴을 때, 자신을 보고 있는 클리오의 표정은 거의 예상했던 대로였다.

안도——자신의 말을 있는 그대로 믿고 있는 것 같다.

사실 거짓말을 할 생각은 없었으니까, 다행이라면 다행일지도 모르지만.

로테샤는 계속해서 말했다.

"그리고, 오히려 자신에 대해서 다시 생각할 시간을 얻게 된 것 같아."

"다시 생각해?"

그렇게 물었고, 고개를 끄덕였다.

"걸음을 멈추고 생각하게 된 덕분에, 내가 하고 싶은 것——정말로 하고 싶은 것이 뭔지 알게 된 것 같아."

"헤에."

클리오는 밝은 목소리로 말하고, 물병에 담아온 차를 양철 컵에 따랐다. 밤공기에 차 향기가 감도는 속에서, 자기 손을 보면서 차를 준비하는 클리오의 옆얼굴을, 로테샤는 별 생각 없이 관찰했다. 천진난만한 입가에는 항상 깔끔하고 직설적인 감정이 보인다.

"자, 여기."

갑자기, 차를 따른 컵을 내밀면서 이쪽을 쳐다봤다. 눈을 피하는 게 한 순간 늦었지만——

"……왜?"

그녀가 한 말은, 그것뿐이었다. 다시 고개를 돌린다.

"고마워."

두 손으로 잔을 받고, 로테샤는 간신히, 그렇게만 대답했다. 클리오는 딱히 더 이상 아무 말도 없고, 바로 바구니 쪽으로 관심을 돌렸다. 계속 응시했던 것에 대해 딱히 의문을 품지는 않았는지.

'……이상한 사람이야.'

잔을 내려다보며, 로테샤는 마음속으로 중얼거렸다.

그리고──소리 내서 말한 것은, 다른 것이었다.

"그래."

자기 자신에게 들려주는 것처럼, 조용히.

"……따라가다 보면, 언젠가는 따라잡을 거야."

울퉁불퉁한 양철 그릇 속에서, 색이 있는 액체가 소용돌이치고 있다. 김이 얼굴을 쓰다듬는 것을 느끼며, 로테샤는 한숨을 쉬었다.

그 때──옆에서 목소리가 들려왔다.

"그래…… 그딴 놈, 꼭 따라잡아서 험한 꼴을 보게 해줘야 직성이 풀리겠어!"

주먹을 꽉 쥐고 그렇게 외치는 클리오를, 왠지 멀리서 바라보는 것 같은 심정으로──

로테샤는 문득 우습다는 생각이 들었다. 클리오도 자신의 시선을 느꼈는지, 맞춰주는 것처럼 빙긋 웃었다.

'……?'

몇 초 동안, 이해할 수가 없었지만, 바로 이해했다. 자기도 모르게, 그녀의 말을 듣고 미소를 지었겠지. 클리오도 그것을 보고 미소로 대답해준 것이다.

하지만. 어긋났다.

'이 사람은 대체 무슨 말을 하는 건지…….'

이상하다는 생각이 들었다.

이해할 수 없는 게 이상했다. 명료했던 수면에서 이해할 수 없는 얼룩을 발견한 것처럼. 그걸 모르겠다.

보복? 그런 생각을 하는 게 아니다.

다른 사람들은 같은 것이라고 말할지도 모른다. 하지만 그것은 명확하게 다른 것이었다.

그렇다, 명확한 것은 그 차이, 단 하나뿐. 다른 것들은 이 김처럼 애매하고 형태가 없고, 그저 따뜻할 뿐이고 의미가 없다.

그는──에드는, 자신이 죽일 것이다. 따뜻한 김을 얼굴로 느끼며, 로테샤는 자신의 의식이 어름처럼 맑아지는 것을 기분 좋게 느끼고 있었다.

제2장 앞으로 24시간

"으음!"

오른쪽을 보면 검댕이 묻은 벽으로 난잡하게 경계선을 구분해놓은 어름한 아파트들이 늘어서 있고——

"오오!"

왼쪽을 보면 완만한 경사, 아름답게 펼쳐진 공원, 길에는 먼지 하나 없고 가로수도 깔끔하게 정비돼 있다.

양쪽 사이에 철조망이나 전기 철망 같은 것을 두른 장벽이라도 있다면 납득할 수 있을지도 모른다. 아니면 채찍을 든 위병이나 간수라든지.

하지만 실제로 그런 것은 없고, 그냥 그 이상으로 명확한 무언가로 길라놓았을 뿐이다——분위기, 라는 것으로.

의미의 유무를 묻는다면 틀림없이 없다고 할 수 있는, 도틴은 그런 한숨을 흘렸다. 이런 광경을 본 적이 없는 게 아니다. 실제로 인간 종족의 영역을 돌아다니는 사이에 많이 익숙해진 것인지도 모른다. 인간 종족은 생활공간에서 반드시 타인과의 격차를 만든다.

즉, 큰 특징이 없는 도시가 아니다. 이 어번라마는.

"으음~"

아까부터 뭔가 혼자서 감동한 것처럼 좌우를 둘러보며 이상한 소리를 내고 있는 형——볼칸이 신경 쓰여서, 도틴은 그쪽을 쳐다봤다. 형의 차림새는 자신과 별반 다를 게 없다. 누가 봐도 일행이라고 생각하겠지. 모피 망토 자체가 아주 평범한 민족의상이라서 어쩔 수가 없지만.

그나마 차이라면, 형은 허리에 검을 차고 있다. 별 의미도 없는 검이지만. 뭐, 의미가 있으면 그것도 곤란하다.

"왜 그래, 형?"

도틴은 볼칸의 뒤쪽에서 말을 걸었다. 둘이서 낡은 건물 옥상 위에 있다. 약간 기울어진, 기묘한 심볼──양쪽 팔이 위 아래로 구부러진 열십자──가 세워져 있는, 경사가 급한 옥상 위. 서리 중심가와 많이 떨어진 탓인지 주위는 조용했다.

뒷마당에 있던 사다리를 세우고 올라왔는데, 당연히 형의 발상이었다. 보기 드문 일이기는 했지만 나쁜 아이디어는 아닌 것 같다. 높은 곳에서 바라보는 거리의 풍경은, 그것이 절경은 아니더라도 충분히 감명을 받을 만은 했다. 바람은 선선하고, 이곳은 반경 10킬로미터 안에서 가장 편한 곳이 아닌가 싶은 생각이 들었다──발밑이 조금 불안한 게 탈이지만.

칼 같은 지붕 위에서, 볼칸이 뒤를 돌아봤다. 왠지 복잡한 표정을 짓고, 짧게 말했다.

"음!"

동그란 주먹을 꽉 쥐고,

"도틴. 지금 알았는데, 큰일이 났다."

"응?"

영문을 모르겠어서 물었다. 볼칸은 확신이 넘치는 것 같았다.

"이런 데 올라와서 지붕들을 구경해도, 역시 심심하다."

"음~"

뭐라고 대답해야 할지 모르겠어서, 그냥 신음소리만 냈다.

결국 형은 별 생각이 없는 것 같고, 그대로 거리 경치를 둘러보면서 다시 투덜대기 시작했다. 일단 그냥 둬도 괜찮을 것 같다. 도틴은 한숨을 쉬고는 몸을 웅크렸다──

'……응?'

문득, 느꼈다. 건물──여기 주인은 교회라고 했던 것 같다──의 문이 열린 것 같다. 몸을 돌려서 아래를 내려다보니, 마침 건물 안에서 온통 시커먼 남자와 녹색 청년이 나오고 있었다. 두 사람 모두 아주 평범하게 걷고 있을 뿐이고, 그 자체는 특별한 것도 없는데…….

'뭐지.'

도틴은 막연한, 어떤 감정을 느꼈다.

청년 쪽은 일단 아는 인간이다. 항상 녹색의 타이츠 갓은 옷을 입었고, 그것 때문에 광대처럼 보였다. 표백한 것 같은 금발, 흐느적거리는 걸음걸이, 솔직히 말해서 광대라고 해도 되지 않을까. 이름은 라이언이라고 했다. 내쉬워터라는 거리에서──그게 너무나 의미를 알 수 없는 일이지만──형의 검술 제자였다. 뭐, 그 덕분에 이렇게 어려운 일 없이 여행을 할 수 있으니까 불만은 없지만.

그리고 시커먼 남자.

저 시커먼 색을 보면 안 좋은 생각만 들지만, 잘 알고 있는 '시커먼 남자'와는 인상이 전혀 다른 남자였다. 그 남자가 걸치고 있는 검은 검은색 울로 만든 제복 같은 코트고, 그는 그 옷을 성복이라고 했다. 자기가 사는 곳을 교회라고 했고, 옷은 성복이라고 한다. 이것이 교사복이라면 킴라크 교회겠지만, 일단 킴라크 교회는 우상 숭배를 금지하고 있을 텐데──도틴은 바로 옆에 있는, 처음 보는 심볼을 보면서 그런 생각을 했다.

대륙에는, 특히 인간령에는 마이너한 신앙이 잔뜩 있다. 뭐, 가장 큰 종교 세력인 킴라크 교회조차도 각지에 있는 교회들은 방침이 제 각각이라서, 총본산 외에는 전혀 다른 종교라고 볼 수도 있겠지.

'그나저나——'

의문을 품고, 도틴은 고개를 갸웃거렸다.

'신자 같이 보이는 사람이 없는데. 여기, 정말 인기가 없는 데 아닐까…….'

라이언은 그 남자를 숙부라고 소개했다.

『잭 프리스비…… 내 숙부님이야. 힘든 일이 있으면 뭐든지 들어주실 거야. 그런 분이거든.』

그렇게 설명하고, 웃었다.

두 사람은 걸어가면서 뭔가 얘기를 하고 있는 것 같은데, 아무래도 그 내용까지는 알아들을 수가 없었다. 얼굴을 맞대고 담소하는 것처럼 보이기도 하고, 말다툼하는 것처럼 보이기도 했다. 바로 위에서 내려다보는 상황이다 보니 표정도 알아볼 수가 없다.

어렴풋이 들려오는 소리도 단어가 드문드문 들릴 뿐이다.

"——아마도. 그쪽은?"

"그는"

"신경 안 쓴다, 하지만——"

"미확정——"

"이레귤러——"

"——이레귤러——"

이레귤러.

왠지 그 단어가 마음에 걸렸다. 흔히 쓰는 말이 아니다.

정말 하나도 모르겠지만——

그래도 확실한 것은.

5분 정도 이야기를 하고, 두 사람은 마지막에 고개를 끄덕였다. 뭔가에 동의하거나 확인을 하려는 것처럼.

그리고 이야기를 끝내고 라이언은 건물 안으로. 잭 프리스비는 거리로 가는 길 쪽으로 걸어가서, 두 사람 모두 보이지 않게 됐다.

어쩔 수 없잖아.

——자기도 모르게 그런 소리를 하고 있다는 걸 알고, 오펜은 씁쓸하게 웃었다. 그래, 어쩔 수 없는 일이지.

하지만 그렇게 비관해야 하는 이유도 딱히 없다. 날씨는 아주 좋다. 가도를 따라 계속 걸어가고 있는데, 햇살이 너무 센 것도 아니다. 바람이 건조해서 목이 마르지만, 겨우 그 정도다.

"뭐, 쾌적한 여행길이라고 해야겠지."

그 때——

왠지 원망하는 것 같은 목소리가 뒤쪽에서 들려왔다.

"스~승~님~."

어깨 너머로 뒤를 돌아보니, 뭔가 거대한 배낭을 짊어진 매지크가 피곤해서 죽을상을 하고 신음소리를 내고 있었다.

"누구 덕분에, 쾌적한지는 아세요~?"

"음~."

일단——걸음은 멈추지 않고, 위쪽을 쳐다봤다.

그리고 탁, 손뼉을 치고,

"무거워 보이네, 매지크."

"할 말은, 그게 단가요~?"

매지크가 걸을 때마다 짐이 좌우로 비틀비틀 흔들렸다. 배낭은 아주 빵빵했고, 둥글게 만 모포와 클리오의 검 자루 같은 것들이 튀어나와 있었다. 총 중량이 얼마나 되는지는 모르겠지만, 크기 자체는 소년의 체격보다 훨씬 컸다.

"짐은 저한테 다 떠넘기고~. 금세 교대해 준다고 했으면서~. 벌써 두 시간은 걸었거든요~."

"······교대하고 싶은 심정은 굴뚝같은데 말이야."

오펜은 고개를 젓고, 조금 빨리 걸어갔다──매지크가 손을 뻗어도 닿지 않는 곳까지.

"네 입으로 교대해 달라고 하기 전에 내가 먼저 말하면, 네 자존심이 상하지 않을까 싶어서──"

"교대해주세요."

"클리오~. 매지크가 짐꾼 교대해 달라고 하는데~."

"예?!"

고개를 들자──

조금 뒤에, 로테샤와 나란히 걸어가던 클리오가 험악한 표정을 짓는 게 보였다. 매지크는 그쪽을 못 봤겠지.

머리 위에 까만 강아지 같은 생물──딥 드래곤 종족의 새끼인 레키를 얹은 채, 클리오가 작은 주먹을 치켜들었다.

"뭐라고! 그렇게 큰 걸 나보고 들라는 거야?!"

"여, 여기, 클리오 네 짐도 들어 있거든······."

일단은 항의하려는 건지, 매지크가 비틀거리면서 신음했다. 오펜은 모른 척 하면서 앞쪽을 봤다. 마지막에 흘끗, 시야에 로테샤의 얼굴이 보였지만——

'역시 싫어하는 건가.'

이쪽은 보지도 않는 것 같았다.

'뭐, 어쩔 수 없지…….'

어쩔 수 없는 일이다.

마음속으로 되뇌고, 탄식했다.

매지크와 클리오는 아직도 말다툼을 계속하고 있었다. 힘없이, 매지크의 목소리가 울린다.

"조금만, 들어주면……."

"얼마 전까지 아팠으니까 무리하지 말고 나한테 맡기라고, 네가 그랬잖아!"

"아니, 그러긴 했는데 말이야. 이러다간, 다음엔 내가 쓰러진다고——솔직히, 스승님이 교대해주면 되잖아요!"

화살이 이쪽으로 향했을 때, 오펜이 뒤를 돌아봤다. 뭐라고 핑계를 대야겠다고, 일단 입을 벌리려고 한 그 순간.

"……어?"

매지크 옆에서 갑자기 팔이 튀어나와서는 휙——가볍게——그 짐을 들어 올렸다.

갑자기, 몸을 짓누르던 부하가 사라져서 놀랐는지 눈을 깜박거리면서, 반동 때문에 매지크의 몸이 흔들렸다. 그 짐을 집어든 사람은,

"……한심해 보이거든?"

그 여자는 장난스레 웃으면서 말했다.

"이 정도 짐 가지고 그 난리를 치면."

"……."

할 말을 잃었는지 뻐끔뻐끔, 공기를 들이마시려는 것처럼 입을 움직이면서, 매지크가 그 여자의 얼굴을 올려다봤다──

올려다 봤다라는 표현은, 말 그대로였다. 그녀의 키는 180이 넘어 보였다. 매지크하고는 그야말로 머리 하나 차이가 났다.

오펜은 누나 둘이 키가 컸기 때문에 익숙했지만, 그래도 왠지 주눅이 들었다. 그녀가 어느새 거기까지 다가왔는지 알아차리지 못했다──아주 잠깐, 앞을 보고 있던 사이에 따라온 게 틀림없다. 오펜 일행 약간 뒤에서, 편한 차림을 한 여자 하나가 같은 길을 걸어가고 있다는 건 알고 있었지만.

"저──저기."

간신히, 매지크가 소리를 내는 데 성공한 것 같다. 아직 실제로 말을 하는 것보다는 입만 뻐끔대는 횟수가 더 많은 것 같지만.

"저기, 죄송합니다. 그러니까──"

"위노나야. 위노나. 스펠링은 묻지 말고──양손에 짐을 들고 있어서 설명하기 힘드니까."

매지크가 물어보려던 건 이름이 아닌 것 같지만, 그녀는 자기가 먼저 이름을 말했다. 여전히 태연하게 짐을 든 채로,

"너는?"

"저기, 매지크입니다."

여전히 한 방 먹은 표정으로, 매지크가 대답했다.

놀란 것은 그녀──위노나라고 했지──가 반대쪽 어깨에 수십 킬로그램은 돼 보이는 가죽 냅색을 메고 있다는 점이었다. 빛바랜 진

녹색 티셔츠에 청바지 차림. 클리오와 비슷한 차림이었지만 인상은 전혀 다르다. 운동선수처럼 날렵한 걸음걸이, 게다가 짐이 늘어났는데도 어깨가 전혀 처지지 않았다. 체격도 체격이지만, 많이 달렸다는 것이 일목요연했다.

긴 머리가 거치적거리는 게 싫어서인지, 이마에 약간 긴 머리띠를 둘렀다. 나이는 알기 힘들다. 일단 20대는 맞겠지.

"우와아."

그 때——

약간 빠른 걸음으로, 클리오가 그녀 곁으로 가서 큰 소리를 냈다. 위노나가 정말로 짐을 들고 있는지 확인하려고 그랬겠지.

"대단하다."

감탄하고, 그녀 앞으로 갔다.

"저기, 처음 뵙겠습니다. 저는 클리오. 얘는 레키예요."

걸어가는 중이라서 간단히 인사하고, 계속 얘기했다.

"저쪽은 로테샤."

그리고 마지막으로 이쪽을 가리키면서——

"저기, 시커멓고 눈이 날카로운 사람이 오펜. 시커멓고 눈이 사납긴 하지만, 그렇게 못된 건달은 아니니까 신경 쓰지 마세요."

"야?!"

일단 큰 소리를 질렀지만 아무도 상대해주지 않았고, 그 상황에서 위노나가 말했다.

"당신들, 어번라마로 가는 거야?"

"응."

대답한 사람은 클리오였다. 위노나도 그쪽을 대화상대로 판단한 것 같다. 가볍게 뒷걸음질로 걸어가는 금발 소녀를 보면서 말했다.

"같은 여관에 있었지——당신들 같은 사람들은 보기 드물어서 관심이 갔거든."

"드물어?"

클리오가 의외라는 듯이 물었다.

위노나는 웃어보였다——이쪽 멤버를 차례로 둘러보고,

"가족 같지는 않고, 무슨 동호회 여행 치고는 다들 너무 젊고, 그렇다고 집단 가출도 아닌 것 같으니까. 당신들, 학교는?"

"휴학계 냈어. 졸업만 하면 되니까."

"저는, 그러니까, 스승님 제자로 들어가서……."

클리오, 매지크가 대답했고, 그리고——

위노나가 특별히 그쪽을 본 것은 아니지만, 로테샤에게 기척을 보냈다.

지금까지 대화에 참가하는 걸 피하려는 것처럼 천천히 걷고 있던 로테샤가 쭈뼛쭈뼛 중얼거리는 소리가 간신히 들려왔다.

"아버지가…… 저한테는 필요 없다고…… 꼭 필요한 건 아버지가 가르쳐 주셔서…… 그래서."

"저쪽은 도장 사범 대리야. 검술 도장."

클리오의 추가 설명에, 위노나가 흐응? 하면서 고개를 끄덕였다.

위노나는 마지막으로 이쪽을 쳐다봤다.

"그리고, 그쪽은?"

"난——"

뭐라고 설명해야 좋을지, 잠깐 망설였지만.

오펜은 가장 간단한 방법을 선택하기로 했다. 가슴의 펜던트를 들

어서 보여주고는,

"이래 봬도 제자를 받을 자격이 있는 마술사야. 《송곳니 탑》의 최저의 상급 마술사로 인정받았지."

사실은 이미 파문에 제명까지 당했지만, 그렇게 큰 거짓말은 아니겠지. 자격을 가진 자체는 사실이니까.

"마술사……."

동부 사람한테는 익숙하지 않은 인종이겠지――위노나가 입술을 살짝 내밀고, 날카로운 소리를 냈다.

휘파람을 불고 나서, 말했다.

"처음 봤어. 혹시 괴물이라든지 불러낼 수 있어?"

"아쉽지만 그건 못 해. 그리고 손에서 깃발도 안 나오고 눈이 빛나지도 않고 하늘도 날지 못해. 혹시나 싶어서 말해두는 거야."

"미안해. 놀릴 생각은 아니었어."

웃었다. 아무것도 숨기지 않는, 깔끔한 웃음이었다.

"저기, 저기. 그쪽은?"

물어본 사람은 클리오였다. 완전히 관심을 가졌는지 상반신을 기울이고, 눈이 반짝거리고 있다.

위노나는――짐을 든 채로――어깨를 으쓱거렸다.

"난 말이야, 소위 말하는 취미로 여행하는 중이야. 돈을 안 들이고 여기저기 돌아다니려면 내 발로 걷는 게 제일이니까."

그리고, 하던 얘기로 돌아가겠다는 의미인지 씩 웃고는,

"그리고, 당신들은?"

"사람을 찾고 있어."

오펜은 두 손을 머리 뒤에 깍지 끼고서 말했다. 그런데.

"사람을 찾는 거였어?"

클리오가 중얼거리는 소리를 듣고, 비틀거렸다. 도끼눈을 뜨고 쳐다보면서,

"……너 말이야."

"아, 그렇구나. 보복도 사람 찾는 거라고 할 수 있겠네."

'아니, 그게 아니거든.'

손뼉을 치며 납득했다는 것처럼 말하는 클리오를 도끼눈을 뜬 채로 쳐다보며, 오펜은 속으로 중얼거렸다.

하지만 생각해보니 누나를 찾는 일 자체는 킴라크에서 힘들게 탈출하는 사이에 흐지부지 돼버려서, 클리오와 다른 사람들에게는 제대로 설명도 못 했다. 어차피 클리오한테는 별 상관도 없는 일이겠지.

"보복?"

역시 그냥 넘어갈 수 없었는지, 위노나가 물었다.

"맞아!"

클리오는 밝은 목소리로 대답했——머리 위에 있는 레키는 여전히 몸을 말고 있지만, 클리오가 두 손을 드는 데 동조한 건지 꼬리를 바짝 세웠다.

"아~주 나쁜 놈이 있어서, 그 놈을 혼내주려고. 그 녀석이 아마 어번라마로 간 것 같거든."

"헤에……."

클리오의 한없이 애매한 설명에, 위노나가 그 설명에 어울리는 대답을 했다.

"뭐, 사정은 모르겠지만——"

그리고는 씁쓸하게 미소를 지은 것 같았다.

"계속 주거니 받거니 해봤자 끝도 없고, 한심하지 않아? 그만둔 사람이 이기는 것 같다고 보는데."

"……그렇게 생각하십니까?"

늠름한 목소리로——

말한 사람은 로테샤였다. 그녀의 목검도 매지크의 짐 속에 있다. 하지만 그녀는 목검을 안고 있는 것처럼 꼭, 팔짱을 꼈다.

어딘가 멍한 느낌으로, 계속 말했다.

"전, 아니라고 생각합니다."

"……."

눈을 찡긋하고, 위노나가 그쪽을 보고 있는데——

클리오가 가세했다.

"맞아. 절대로 용서할 수 없는 일도 있으니까."

"뭐, 그, 그것도 그렇겠네——"

이런 부분에서 반박하리라고는 생각도 못 했던 것 같다. 약간 곤혹스러워하면서, 위노나가 말했다.

하지만,

"아니요."

한없이 조용하게, 로테샤의 목소리가 울렸다.

"……끝은, 있다고 봅니다."

"……."

모든 사람들의 시선을 받고 있었지만——

로테샤는 그 중에 누구도 보고 있지 않았다. 그저 앞쪽만 보고서. 그 눈동자에는 누구도 비치지 않았다.

아니.

"! ……보인다."

갑자기 그것을 알아차리고, 오펜이 중얼거렸다.

"내일쯤이면 도착하겠는데."

그녀의 시선 저편에는, 아직 흐릿하기는 하지만 도시의 모습이 보이기 시작했다.

자치도시 어번라마.

『저기…… 당신한테 비밀이 있다는 건, 이미 알고 있었어.』

환청이라는 건 알고 있다. 그 목소리가 언제부터 들리기 시작했는지, 그것도 알고 있다. 기억하는 게 아니라 알고 있다——

『당신은 항상 그런 식이야. 뭐든지 안 들킬 거라고 생각해서. 그래서 신의 목소리 같은 게 들리는 거야…….』

목소리는 달큰하고, 조소하는 것 같고, 그리고 약간 자기 연민을 머금은 채로 커지기도 했고, 작아지기도 했다. 일정하지 않은 파도처럼 때로는 마음이 편하게, 때로는 참을 수 없을 정도로.

『알겠어? 당신은 말이야, 다른 사람한테 속는 걸로 끝나지 않고, 자기 자신한테도 속은 거야. 그게 당신이 생각하는 신의 목소리고. 내 말이 틀려?』

틀리진 않겠지, 아마도.

그는 모래를 흘리는 것처럼, 그렇게 중얼거렸다.

검은 모자의 챙을 손가락으로 깊이 눌렀다.

유치한 신념일 뿐. 모두가 그렇게 말했다. 말하지 않아도, 뒤에서 그렇게 비웃고 있다는 것은 알고 있다.

신의 목소리가 들릴 리가 없지 않은가——

들릴 리가…….

반복해서 울리는 종소리처럼 빙글빙글, 의식이 회전한다. 그것은 이미 익숙해진 감각이었다. 멈춰 서서, 그것이 지나가기를 기다릴 필요도 없다. 아무리 현기증이 심해도, 어번라마의 길은 정확하게 걸어갈 수 있다.

어번라마.

그 거리의 이름을 되뇌면서, 잭은 미소를 지었다.

혼자서 웃는 것이 아니다. 그것은 악마가 하는 짓이다. 신은 많은 것들과 함께 웃는다…… 하지만, 아무리 그런 말로 자신을 달래도, 이 나쁜 습관은 사라지지 않았다. 일단 성복 옷깃을 세워서 입을 가렸다. 아무도 알아보지 못하게.

'……누가 보고 있을 리는, 없겠지만.'

시선만 움직여서 길가를 둘러보고, 그렇게 생각했다.

황폐하다는 표현은 어울리지 않는다. 오히려 생기가 넘친다고 할 수 있으니까.

하늘을 뒤덮은 매연도, 오늘은 평소보다 적다——점심시간이라서 그렇겠지. 검댕과 기름으로 더럽혀진 벽돌 길을 밟으며, 잭은 소리도 없이 걸어갔다. 양쪽에는 창문 숫자가 너무 많은 접고 답답한 아파트가 있고, 창가에는 빨래가 줄줄이 얼려 있다. 창밖에 말리는 것은 어리석은 짓이다. 한 시간만 놔두면 빨기 전보다 더 더러워진다. 뭐, 크게 상관없는 일인지도 모른다. 저 셔츠의 주인은 내일 아침이면 저것을 입고 일하러 갈 테니까.

마구 구겨진 신문지가 바람에 떠밀려서 굴러온다. 길가는 사람들은 아무도 걸음을 멈추지 않고 빠른 걸음으로 걸어갔다. 며칠 전에 비가 온 흔적이 아직도 남아 있는 이런 길에서 넘어진 적도 몇 번이나 있기는 했었지. 벽 곳곳에 붙어 있는 포스터는 대부분 절반이나 사분의 일, 또는 네 귀퉁이만 간신히 남은 채로 뜯겨져 있다. 노숙자들이 불을 피우는데라도 썼겠지. 지금은 그을린 드럼통이 드문드문 있는 정도지만, 밤이 되면 오히려 여기에 사람들이 더 많다.

나의 거리 어번라마.

잭은 다시 한 번 되풀이했다. 하지만, 이번에는 웃지 않았다.

대륙 최초로 자치를 확립한 도시——예전에는 이곳에 꿈이 있다고 선전했었다.

사람을 속이는 거리. 타인을 속이는 사람들. 길가에 남은 것은 한마디로 더 이상 꿈을 꿀 수 없게 된 인간들이다. 다시 한 번 꿈을 꿀 수만 있다면 낙원으로…… 거리 북쪽으로 건너갈 수 있다는 것을, 더이상 기억하지도 못하는 사람들.

낙원으로…… 거리 북쪽으로.

잭은 걸음을 멈췄다.

이유 없이 멈춘 게 아니다——그는 바로 옆에 서 있는 건물을, 모자 챙 사이로 올려다봤다. 지겨울 정도로 늘어서 있는 아파트와 크게 다를 것도 없다. 예전에는 사무실 건물이었겠지만, 지금은 원래의 소유 권리서조차도 사라져서, 어떤 자가 자기가 관리하는 건물이라고 주장하고 있는 곳이다. 그런 건물을 타인에게 빌려주고, 낼지 안 낼지도 모르는 집세를 받고 있다. 뭐, 그런 것이지.

3층의, 한 창문을 관찰했다. 유리가 깨진 탓인지 커튼을 쳐서 가려 놨다.

뭔가를 알아낸 것은 아니다 하지만 그는 그대로, 훌쩍 그곳을 떠 났다.

아니──떠난 척 하고, 한 블록 정도 걸어갔다가 다른 길로 돌아 서 다시 원래 위치로 돌아왔다. 이번에는 다른 골목길에 숨어서 그 창을 올려다봤고, 변화가 없다는 것을 확인한 뒤에 한숨을 쉬었다. 지금부터 한참동안 여기서 기다려야 한다. 기다리는 것은 가장 힘든 노동이다.

24시간이 지났다. 꼼짝도 하지 않고, 시선조차 움직이지 않고, 그 대로.

그는 천천히 확신했다──그리고, 걸음을 옮겼다. 숨지도 않고, 똑바로, 꼬박 하루 동안 올려다보던 건물로.

어느 빌딩이나 마찬가지지만, 정면 현관문은 잠겨 있지 않았다. 문 이 있으면 그나마 다행이다. 큰 걸음으로 걸어가서 빌딩으로 들어가 고, 바로 발견한 계단을 올려갔다. 뛰지 않는 정도의 빠른 걸음으로, 그는 허름한 건물에 발소리를 울렸다. 빌딩의 구조는 단순해서, 계속 감시했던 방은 금세 찾을 수 있었다. 방 번호 같은 것은 달려 있지 않 았지만, 문이 꽉 잠겨 있다. 그는 우편함에 아무것도 없는 문손잡이 를 잡고, 돌렸다. 잠겨 있다.

옆을 보고는 옆방 문 앞으로 가서 그쪽 손잡이를 돌렸다. 간단히 열린다. 문을 활짝 연 순간, 방 안에서 생활의 냄새가 풍겨왔다. 음식 과 인간의 땀, 죽은 벌레, 그런 것들의 냄새. 동시에 비명 소리가 터 져 나왔다.

"뭐──뭐야 너!"

방은 넓지 않았다. 문을 열면 바로 전체가 보일 정도의 좁은 공간이다. 지저분한 셔츠를 입은 젊은 남자가 가느다란 턱을 벌리고 소리치고 있었지만, 신경 쓰지 않고 방 안으로 들어갔다.

"이, 이봐, 대체 뭐야?! 강도야?! 흥, 여긴 아무것도 없다고──"

거기서 젊은이의 목소리가 멈췄다. 잭은 멱살을 잡고 들어 올려서 입을 다물게 만들고, 조용히 물었다.

"옆방에⋯⋯ 누가 있었나?"

"뭐라고?!"

"소리 정도는 들릴 텐데. 최근에, 옆방에 누가 있었나?"

"⋯⋯아."

말문이 막혀서, 허세 속에 겁먹은 기색이 보이는 눈을 감고, 그 젊은이가 대답했다.

"아무도, 없어⋯⋯ 아마도."

잭은 그 젊은이를 대충 집어던지고, 원래 가려던 방 앞으로 돌아갔다. 닫혀 있는 문을 잠시 지켜보고──

경첩이 있는 부분을, 주먹으로 때렸다!

묵직한 소리를 내며, 싸구려 문짝이 안쪽으로 날아갔다. 부서진 문을 밟고, 방 안을 들여다봤다.

방은, 비어 있었다.

그는 혀를 차고는 빌딩에서 나가기 위해 발을 돌렸다. 옆방 문틈으로 쭈뼛쭈뼛, 아까 그 젊은이가 내다보고 있는 모습을 흘끗 보고, 그대로 지나쳤다

바보 같은 짓이다.

확실한 것이 두 가지 정도 있다. 먼저 적이 이미 자신을 눈치 챘다는 것——그리고.

그 적에게, 24시간이나 시간을 줬다는 점이다.

"여기로 할 거야?"

클리오의 기대로 가득 찬 목소리는, 인적 없는 쓸쓸한 거리에서 크게 울렸다. 꽤 오랫동안 걸어서 피곤하기도 하겠지——한 번 쓰러졌던 걸 생각해보면 잘 참았다고도 할 수 있다. 약간 파랗게 질린 얼굴을 보고, 오펜은 고개를 끄덕였다.

"그래. 문제없겠지?"

다시 한 번 올려다보니, 자그마한 그 여관은 꽤 편할 것 같았다. 빨간 지붕, 가짜 굴뚝, 하얗고 굵은 창틀 등, 어딘가 비현실적인 분위기가 감돌기는 했지만, 메마른 가도를 계속 걸어온 입장에서는 오히려 환영하고 싶을 정도였다.

"나도 추천할게."

그렇게 말한 사람은 한아름은 되는 가죽가방을 짊어진, 장신의 여자였다——위노나. 어번라마에 많이 와본 것 같은 그녀에게 물어봤더니, 바로 여기로 안내해줬다. 그녀 옆에는 마찬가지로 거대한 배낭을 짊어진 매지크가 있다.

"그런데 이 주변은 치안이 별로라고 하는데요, 스승님."

가이드북을 보면서 그런 소리를 했다.

"이쪽, 거리 북쪽이 좋지 않을까요?"

"그러고 싶으면 안내해줄 수는 있는데."

위노나는 딱히 반대하지도 않고, 어깨만 으쓱거렸다——

"이 동네에서 안전은 비싸거든…… 다른 사람한테 의지하려면 말이지."

"여기도 괜찮지 않을까요?"

마지막에 말한 사람은 로테샤였다. 가도에서부터 약간 뒤처져 있던 로테샤는, 다른 사람들하고 조금 떨어진 위치에서 따라왔다. 로테샤도 꽤 힘들었을 텐데, 그래도 끝까지 힘들다는 소리는 한 번도 안 했다.

"그렇게 위험할 것 같지는 않습니다만……."

주위를 둘러보면서 그렇게 덧붙였다.

오펜도 로테샤를 따라서 주위를 둘러봤다.

위험하지 않은 것처럼 보이는 건, 주위에 사람 기척이 없기 때문이겠지——그런 상황에서 마음이 놓이는 사람도 있고, 오히려 불안해지는 사람도 있다. 하지만.

'아예 없는 건, 아니네…….'

여관 양쪽 옆에는 낡은 빌딩이 있다. 한 블록도 떨어지지 않은 곳에 식료품점이 있었는데, 그곳도 문을 닫은 건 아닌 것 같았다. 그저 점원도 손님도 보이지 않았을 뿐이고. 폐 빌딩 입구에는 문도 없고, 누군가가 거기에 숨어 있으라고 환영하는 것처럼 보였던 걸 생각해보면, 결국 낯선 거리에서 완벽하기를 바라는 건 너무 큰 욕심이다.

오펜이 무슨 생각을 했는지 알아차린 건지, 위노나가 말했다. 슬쩍 웃으면서,

"뭐, 밤에는 돌아다니지 않는 게 좋지만."

위노나가 씁쓸하게 웃은 이유는 금세 알 수 있었다──그녀에게는 굳이 설명할 필요도 없는 일이었겠지.

"이 근처가 노숙자들이 모이는 곳이거든. 그 사람들은 그래도 괜찮은 편이야, 훨씬 질이 나쁜 학생이나 도주범들이 모이는 것도 있으니까. 하지만 여관 안은 거의 안전해. 여기 주인은 스트리트 갱들하고 협정을 맺고, 얌전히 보호비를 내고 있거든."

"……보호비?"

클리오가 얼빠진 목소리로 물었다.

위노나가 윙크를 한 것 같다. 약간 서툰 것 같지만.

"말 했잖아. 이 동네에서 안전은 비싸다고."

그리고 오펜 쪽으로 고개를 돌리고,

"그래도 북쪽에서 말하는 비싼 것하고 이쪽에서 비싼 건 자리수가 달라. 어쩔 거야? 주머니 사정에 여유가 있다면 북쪽에 사는 부르조아들 배를 더 불려주는 것도 나쁘지 않을 것 같은데."

"그 정도 여유는 없어."

오펜은 인정했다. 가도에서 쓸데없이 시간을 잡아먹은 덕분에, 내 쉬워터에서 나올 때만 해도 어느 정도 여유가 있었던 여비가 상당히 줄어든 상태였다.

"맞아. 그럼 여기로 하면 되겠네."

머리 위에 레키를 올려놓은 채로 고개를 끄덕이고, 팔짱을 낀 클리오가 말했다. 머리에서 살짝 미끄러져서 고개가 아래로 떨어진 레키를 원래 위치로 올려놓고, 딱 잘라서 말했다.

"아무 문제도 없을 거야."

"문제야!"

누가 방으로 뛰어 들어오면서 큰 소리를 질러서 고개를 들어보니, 클리오였다.

오펜은 일단 같은 방을 잡은 매지크와 서로 마주봤다──마침 저녁을 먹고 방으로 올라와서 좀 쉬어보려고 하던 참이었다. 스프링이 죽어서 울퉁불퉁한 침대 위에서 몸을 일으키고, 클리오한테 물었다.

"……뭐가?"

이 방의 문제라면, 창문이 없다는 점이었다. 쉰내 나는 공기가 낮은 천장 밑에서 빙글빙글 똬리를 틀고 있는 것처럼 방 전체를 압박하고 있다. 방 안에는 침대 말고는 가구라고 할 만한 것이 없어서, 짐을 한쪽 구석에 쌓아놔도 그럭저럭 넓어 보일 정도였다. 벽과 바닥. 침대. 창문이 없는 창과 낮은 천장. 전체적으로 감옥을 연상시켰다. 한마디로 밖에서 본 것만큼 좋은 여관은 아니었다.

하지만, 이건 '그 정도'라고 넘어갈 수 있는 수준이었다.

"그러니까, 문제라고──"

클리오는 잠옷 위에 웃옷을 걸치고, 황급히 자기 방에서 뛰쳐나온 것 같았다. 레키를 안아주는 것도 깜박했는지, 새끼 드래곤이 다리에 매달려 있다. 클리오는 식욕이 없다면서 저녁도 안 먹었다──여기 도착한 뒤로 계속 방에서 자고 있었는지, 긴 금발 머리가 이상하게 삐쳐 있다.

그리고, 갑자기 정신이 돌아왔는지 주위를 이리저리 둘러봤다.

"지금…… 몇 시야?"

"아홉시쯤 됐겠지?"

방 안에 시계는 없지만, 오펜은 그냥 감으로 대답했다. 옆에서 매지크가 추가 설명을 해줬다.

"아까 식당에서 여덟시가 조금 넘었었으니까, 그 정도 됐을 거예요."

금발 소년은 아까부터 자기 침대에 앉아서 가이드북을 들여다보고 있었다. 관광이라도 하고 싶은 것 같은데.

"으~."

클리오가 화가 난 것 같기도 하고 난처한 것 같기도 한, 미묘한 신음소리를 냈다.

"왜 그래."

오펜이 얼굴을 찌푸리고 서 있는 클리오에게 물었다. 클리오가 말하는 '문제'가 실제로 문제였던 적은 거의 없지만, 그래도 클리오의 표정에는 평소에 찾아볼 수 없던 험악한 기운이 깃들어 있었다.

그 표정 그대로, 클리오가 낮은 목소리로 말했다──

"내 검이 없어."

"?"

무슨 말인지 의미를 알 수가 없었다.

"네 검이라면, 짐 속에 들어 있던 그거?"

"맞아."

그 짐을 매지크가 짊어지고 왔는데, 도착한 뒤에 각각 구분해서 클리오의 짐은 그쪽 방에 가져다놨다. 그 안에 검도 들어 있었다.

오펜은 완전히 일어나서 침대 아래에 있는 자기 신발을 찾았다.

"없어졌다니, 도둑맞았다는 거야? 그런데 너, 계속 방에 있었잖아?"

"……응. 그치만, 자고 있었으니까."

고개를 끄덕이는 클리오의 얼굴이 어둡다.

오펜은 이상하다는 생각이 들어서 계속 물었다.

"잠깐, 문도 안 잠갔던 거야? 아무리 그래도 그건——"

"문은 잘 잠갔어! 그런데——"

클리오는 답답하다는 듯이 발을 굴렀다. 레키가 데굴, 다리에서 떨어졌다.

"그런데, 저기…… 도둑맞은 건 아닌 것 같거든."

앞머리 너머로 숨으려는 것처럼 고개를 숙이고는 주저하면서 말했다.

다음을 기다리기가 힘들어서, 오펜은 한숨을 쉬고 재촉했다.

"그럼 뭔데?"

"저기 말이야."

마음을 정했는지 클리오가 고개를 들었다. 자신이 하려는 말의 의미 때문에 오한이라도 났는지 눈살을 찌푸리고, 어깨를 움츠린 데다, 표정에는 왠지 힘이 없다.

목소리가 떨리고 있다. 어쩌면 이런 일이 일어날지도 모른다고 생각했던 건지도 모른다——오펜이 그런 생각을 한 데는 이유가 있었다. 오펜 자신도 막연하게, 그럴지도 모른다고 예상했기 때문이다.

그래서. 클리오가 한 말을 듣고, 오펜은 크게 놀라지도 않았다.

"저기, 로테샤가 안 보여. 그리고…… 내 검도, 없고."

"뭐라고?"

이건 매지크.

클리오는 대답하지 않고, 고개를 세게 저었다.

"로테샤 짐도 없어. 오펜——"

"……알았어."

뭘 알았다는 걸까.

굳이 그런 생각을 할 필요도 없었지만, 오펜은 고개를 끄덕이고는 침대에서 내려왔다. 마침 부츠를 다 신은 참이었다.

'……정말로, 대체 뭘 알았다는 건지.'

가슴속으로 되풀이했다.

알고 있는 것도 있다. 하지만 지금은 관계 없다.

이쪽을 보면서 가만히 서 있는 클리오에게, 오펜이 말했다.

"찾으러 가자. 무기를 가지고 갔다면 보통 일이 아닐 테니까."

"……!"

클리오의 눈에 빛이 돌아왔다. 그녀는 재빨리 몸을 돌려서는 방에서 나갔다──복도를 뛰어가는 소리와 문이 열리고 닫히는 소리. 옷 갈아입으러 자기 방에 갔겠지.

"스승님……."

작은 소리로, 매지크가 말하는 소리가 들려왔다. 그 쪽을 보니, 매지크는 가이드북을 옆구리에 끼고 얌전한 눈으로 쳐다보고 있었다.

'……시험해볼까.'

의미가 있어서 그렇게 생각한 건 아니었다. 하지만 입안에 번진 기분 나쁜 맛의 침을 삼키고, 오펜은 매지크에게 물었다.

"너, 뭔가 알고 있었어?"

"로테샤 씨 말인가요? 바보가 아니라면 누구든 눈치 챘겠죠?"

매지크는 비난하는 것처럼 가시 돋은 투로 말했다.

"스승님도 클리오도 눈치 채고 있었잖아요? 그 사람, 틀림없어요. 에드라는 사람을 죽이려고 우릴 따라온 거라고요. 그 사람이 틀림없이 이 동네에 있을 거라고."

"……."

오펜은 조용히 그 다음을 기다렸다.

매지크가 늘어놓는 말을, 숫자라도 세는 것처럼 기계적으로 머릿속에 집어넣었다.

"저기, 그 에드라는 사람…… 순식간에 로테샤 씨를 베어버렸어요 ──예, 말 그대로 베어버렸다고요. 죽지 않은 건 기적이라고 봐야겠죠, 그런 끔찍한 상황이었는데. 그 사람, 복수 할 생각이에요. 하지만……."

그 다음의 몇 마디는 입을 뻥긋거리는 소리만 작게 들렸다. 그리고 ──

매지크의 얼굴에, 확실한 감정이 드러났다. 두려움에 눈을 크게 뜨고,

"틀림없이……."

매지크는 그 말을 되풀이했다. 순간, 소년의 머리 뒤쪽이 부풀어오르는 게 보였다.

실제로는 착각이었겠지만…… 그래도 매지크는 소름이 돋은 것 같은 표정을 지었다.

"절대로 못 이길 텐데. 저는 봤어요. 로테샤 씨가 칼을 맞는 모습을. 스승님, 그 사람은 못 이겨요. 실전 경험 같은 건 상관없이. 스승님!"

"듣고 있어."

오펜은 조용히, 그렇게 대답했다.

"네 말이 맞아. 로테샤는 못 이겨. 절대로. 어떤 행운이 붙어 있건

간에 틀림없이, 절대로. 그 남자한테는 절대로 못 이겨."

그렇게 말하고는 몸을 돌려서, 구석에 내려놓은 가방 속을 뒤졌다
──제일 안쪽에 넣어놨더니 꺼내기가 힘들다. 옷에 걸리고, 수건이
얽히고, 쉽게 나오질 않는다.

"스승님⋯⋯."

매지크의 목소리는 신중했다.

"스승님은, 에드 크립스터랑 만난 적이 없으시죠?"

"아니."

바로, 부정했다.

오펜은 일어섰다──가방 속에서 간신히 꺼낸 단검을 들고.

"난⋯⋯ 그 녀석을 잘 알아. 로테샤는 틀림없이 이길 수 없어."

오펜은 조용히 기다렸다. 문이 열린다. 들어온 사람은 옷을 갈아
입은 클리오였다. 그렇게 서두르더니, 머리까지 만지고 왔다. 평소에
입던 청바지와 하늘색 셔츠 차림이고, 레키는 제자리──머리 위로
돌아갔다.

클리오를 보면서, 오펜은 중얼거렸다. 단검을 칼집채로 품 안에 넣
으면서,

"그 녀석이 그러길 바라지 않는다면."

제3장 앞으로 15시간

"정말이지…… 성질 한 번 급하네. 그렇게 죽고 싶은 건가, 생각 좀 해보면 안 되나?"

그녀는 혼잣말을 했다. 그리고는——재빨리 자기 짐을 열었다.

도착 하자마자 긴 밤이 될 것 같다고, 정말 운도 없다고 투덜대면서.

그녀에게 딱히 갈 곳이 있을 것 같지는 않았다. 물론 사람은 누구나 비밀이 있는 법. 내쉬워터에서 자랐다고 했지만, 이 어번라마에 아는 사람이 있다고 해도 놀랄 일은 아니겠지.

하지만 그래도, 그녀에게는 갈 곳이 없다고, 직감이 말해주고 있었다.

'여기에 도착하자마자 무기를 확보하고 자취를 감추다니…… 이런 것도 행동력이라고 해야 하나.'

오펜은 마음속으로 투덜거리면서 어번라마의 밤길을 둘러봤다.

"완고한데다 무모하기까지 한 건가. 그러니까……."

"예?"

혼잣말을 들은 건지, 매지크가 물었다. 오펜은 쓸쓸한 미소로 넘겼다.

"너무 멀리 떨어지지 말라고 했어."

"……그런 얘긴 클리오한테나 하세요."

매지크가 난처한 표정으로 투덜거리는 소리가 들려왔다. 몇 걸음 앞에서 걸어가는 소녀의 등을 가리키면서.

클리오는 너무나 눈에 띄었다. 그렇다고 딱히 평소하고 많이 다른 건 아니다——평소와 똑같은 차림새, 평소에 하던 대로 서두르지 않는 동작, 평소처럼 레키를 머리에 얹었고, 평소와 똑같은 금발. 단지 이 어번라마라는 거리가 클리오의 존재를 받아들이지 않는 것 같았다. 깨진 가로등과 깨진 유리 조각이 곳곳에 보이는 모래 섞인 아스팔트 바닥. 구멍 뚫린 드럼통에서 불이 활활 타오르고, 지저분한 옷을 입고 그 주위에 모여 있는 사람들. 기온은 그다지 차갑지는 않다. 그들이 원하는 것은 저 불의 밝은 빛이겠지. 오펜은 너무 노골적으로 보이지 않게 조심하면서, 그 사람들 중에 한 사람을 흘끗 쳐다봤다. 허름한 코트의 크기가 안 맞는 건, 어디서 주운 것이라서 그렇겠지. 주머니에는 찢어진 작업용 면장갑이 튀어나와 있다. 발밑에 있는 가방에는 목도리와 이불, 또는 정체불명의 천 조각 같은 것들이 잔뜩 들어 있다. 월동 준비려나. 달은 떴지만 밤에도 하늘을 덮고 있는 옅은 안개 때문에, 별빛은 거의 보이지 않았다. 길 곳곳에서 타오르고 있는 불길 때문에, 거리의 공기 전체에서 탄내가 감돌고 있다. 어느 건물이건 창문에 불이 켜진 곳이 없고, 그 안에 존재해야 할 생활의 실루엣은 보이지 않는다. 커튼 틈새로 흘러나오는 가느다란 불빛이 가끔씩 보이는 정도. 건물 입구는 문이 아예 없거나 삼중 자물쇠로 굳게 닫힌 두 종류 뿐.

오펜은 살짝 한숨을 쉬었다. 그렇다. 그 소녀는 이런 곳에 있는 자체가 뭔가 결정적인 잘못이 아닌가 싶을 정도로 동떨어져 보였다.

'뭐, 생각해보면 그렇다고 할 수도 있겠네.'

이번에는 소리를 내지 않고 중얼거렸다.

'어쨌거나 토토칸다의 명가 딸이니까. 가도를 강행군하다가 과로로 쓰러질 필요 없이, 그냥 자기 언니——이름이 뭐였더라——뭐 아무튼, 원래는 그 사람처럼 규중에서 평화롭게 차나 마시면서 살았을 몸이니까.'

오펜이 무슨 생각을 하는지 알 리가 없는 클리오는, 진지한 눈빛으로 이리저리 둘러보고 있다. 로테샤의 모습이나 흔적이라도 찾으려는 걸까. 길에는 노숙자들이 잔뜩 있고, 몸을 숨길만한 폐 빌딩도 쉽게 찾아볼 수 있다. 셋이서 밤새도록 찾아다닌다고 해도, 여자 한 사람을 찾아낼 가능성은 낮다고 봐야 한다.

사실 클리오도 그걸 모르진 않을 것이다. 오펜은 왠지, 클리오가 뭐라고 대답할지도 상상할 수 있었다——『맞아. 그렇게 어려우니까, 열심히 찾지 않으면 찾을 것도 못 찾을 거라고. 당연한 얘기 아니겠어.』

'저 녀석 사전에는 곤란이라는 말은 있어도 불가능이라는 말은 없을 것 같아.'

그런 생각을 하면서, 일단 다시 탐색 쪽으로 의식을 전환했다. 그때, 옆에서 따라오던 매지크가 조용히 물었다.

"……스승님."

"? 왜?"

"저기…… 찾을 수 있을까요?"

숙소에서 제대로 쉬지도 못한 채 또 걸어 다녀야 하는 꼴이 되자, 매지크의 안색은 확실히 좋지가 않았다. 피부는 새파랗게 질리고 생기가 없다.

오펜은 클리오의 등을 보면서 말했다.

"한 시간 정도 찾아보고 못 찾으면 안 되겠다고 생각했거든."

"……저희가, 얼마나 찾아다녔죠?"

"슬슬 두 시간쯤 됐지. 아마 이 근처에는 없거나, 만약에 있다면 밖에서는 찾을 수 없는 곳에 숨어있겠지. 로테샤하고는 말도 거의 못 해봤지만, 내가 알고 있는 한에서는 나이에 비해서 상당히 대단해 보였거든."

"대단해요? 어디가요?"

매지크가 얼빠진 얼굴로 물었다. 오펜은 어깨를 으쓱거리고 대답했다.

"머리가. 요 며칠 동안은 계속 화가 나 있었던 것 같았는데, 여기에 오자마자 우리가 생각도 못 한 타이밍에 모습을 감춰버렸어. 이제 와서 들키고 싶지 않은 사람한테 들키는 바보짓은 안 할 것 같아."

"그럼…… 도저히 답이 없겠네요?"

"거기 둘, 뭐 하는 거야!"

고함 소리가 들려왔다──고개를 들어보니 클리오가 걸음을 멈추고 이쪽을 보고 있었다. 두 손을 허리에 얹고, 눈꼬리는 치켜 올라가 있다. 화가 났다기 보다는 심하게 짜증이 난 표정이다. 머리 위에 있는 레키까지 귀와 꼬리를 세우고 있었다.

이쪽이 다가오기를 기다린 건지, 한 박자 쉬었다가 다시 말했다.

"제대로 좀 찾아봐! 꼭 찾아야 하니까!"

오펜은 낯빛 하나 변하지 않고 받아쳤다.

"왜 찾아야 하는데?"

"뭐?"

그러자──클리오한테는 의외였던 것 같다. 갑자기 목소리의 톤이 낮아지고, 당황했는지 얼굴을 찌푸렸다.

"그, 그야, 왜냐고 물으면, 대답하기 그렇긴 한데……."

클리오는 고개를 숙이고 우물거렸다. 고개를 숙인 탓에 얼굴 절반은 앞머리에 가려졌지만, 납득할 수 없다는 듯이 삐죽 내민 입술이 보인다.

"어쩌면 말이야, 오펜이 로테샤를 무뚝뚝한 사람이라고 생각할지도 모르지만…… 그건, 그런 일이 있었으니까, 어쩔 수 없는 일이거든."

"그런 게 아니고."

오펜은 겨우 클리오 바로 앞까지 따라가서 걸음을 멈췄다. 그리고 한숨을 쉬면서 물었다.

"왜 네가 로테샤를 그렇게 걱정해주는 건데?"

"그건──"

클리오는 고개를 번쩍 들었다. 하지만, 잠깐 움직임을 멈췄다가 바로 고개를 갸웃거리면서,

"……왜지?"

"너희는 들어가 있어."

클리오의 대답을 듣고, 오펜은 그렇게 말했다. 그리고──생각이 나서, 덧붙였다.

"둘이서 갈 수 있겠어?"

"괜찮아. 오펜은 어쩔 건데?"

가슴을 펴고, 클리오가 물었다.

오펜은 고개를 끄덕였다.

"난 좀 더 찾아볼게. 나 때문에 더 절박해진 것 같기도 하니까."

"……."

클리오는 잠시 말없이 오펜을 쳐다봤지만.

마침내, 더 이상 숨길 수 없다는 것처럼 입을 열었다. 목소리가 떨린다.

"왠지, 너무 안 좋은 예감이 들어."

거기에는 동감하지만, 그렇다고 솔직하게 말할 수는 없었다. 오펜은 그냥 흘러들은 척 하고 손짓으로 매지크를 불렀다.

"왜 그러세요?"

그 목소리는 완전히 차분해진 것처럼 들렸다. 아니면 그냥 피곤해서 목소리가 가라앉은 것일 수도 있고.

어쨌거나, 오펜은 매지크에게 말했다.

"나도 아침까지는 들어갈 텐데, 상황이 상황이니까 예상치 못한 사태가 일어날 수도 있어. 로테샤가 마음을 바꾸고 여관으로 돌아올 가능성도 있으니까, 내일 까지 기다렸다가 상황을 봐서 이동하자."

"이동이요? 왜요?"

"본격적으로 사람을 찾으려면 이 동네를 잘 아는 사람한테 도와달라고 해야 할 것 아냐. 전투훈련을 받은 여자가 무기를 들고 모습을 감췄어. 협력해달라고 해야 할 것 아냐. 그 녀석이라면 경찰에도 연줄이 있을 테니까."

"아…… 대충 알겠네요."

왠지 싫다는 표정을 짓기는 했지만 매지크가 고개를 끄덕였다.

"어디 사는지는 아세요?"

"아니. 하지만 꽤 유명한 자산가라는 것 같으니까, 조사해보면 되겠지. 만약 내가 돌아가지 않으면 너희 둘이 찾아봐. 나도 그쪽으로 알아볼 테니까.

"예."

"⋯⋯?"

영문을 모르겠다는 표정으로 머리 위에 물음표를 띄워놓고 있는 클리오는 일단 무시하고, 두 사람한테서 시선을 돌렸다. 눈에 보이는 것은 드문드문 타오르고 있는 불꽃과 사람 모양 그림자가 지배하는 밤길. 자기도 모르게 숙소를 소개해준 여자――위노나라고 했었지――했던 말이 생각났다. 이 거리에서 안전은 비싸다. 여관 주인은 갱들한테 상납금을 지불하고, 손님들은 그 돈이 추가된 숙박비를 낸다. 그것은 간단한 일이었다. 생각할 필요도 없는. 굳이 거스를 정도의 가치도 없는 단순한 구조일 뿐이다.

'하지만――'

오펜은 조용히, 씁쓸한 미소를 지었다. 복수를 결심하고 칼을 든 여자 한 사람에게, 이 거리는 어떤 대가를 요구할까⋯⋯?

비싼 정도로 넘어가지 않을지도 모른다.

"오펜⋯⋯."

그 때는 이미 매지크도 클리오도 숙소로 돌아가려고 했던 것 같다. 클리오가 어깨너머로 이쪽을 보면서 하는 말이 귀에 들어왔다.

"응?"

고개를 들리고, 봤다.

클리오는 천천히 팔을 들었다――그렇게 명확한 건 아니지만. 의미가 있는 것 같은 동작은 아닌 것 같았고, 그대로 계속 말했다.

"저기, 괜찮겠지?"

"뭐가?"

"지금까지도 말이야, 안 좋은 일이 일어나도 오펜이 어떻게든 해 줬으니까……."

'응……?'

위화감이 든다. 오펜은 다시 한 번 클리오의 얼굴을 봤다. 눈, 눈 동자, 입, 고개를 기울인 각도. 그렇게 오래 알고 지낸 건 아니지만, 어느 정도는 알 만큼 같이 지냈다.

외모에서 뭔가 달라진 건 아니다. 그녀가 숨을 들이쉬는 것까지 알 수 있을 정도로 빤히 보고 있는 사이에, 클리오가 다시 입을 열었다.

"왠지…… 엄청나게 안 좋은 예감이 들어."

클리오는 같은 말을 반복했다.

살짝 고개를 끄덕여서, 대답했다. 그리고 오펜은 조용히 중얼거 렸다.

"너무 걱정하지 마."

그리고, 웃었다.

"얼핏 보면 절망적인 상황이라도, 포기하지만 않으면 의외로 어떻 게든 헤쳐 나갈 수 있어──그렇지 않으면, 난 이미 오래 전에 죽었 을 거야. 안 그래?"

"……응."

클리오도 미소를 지은 것처럼 보였지만, 너무나 힘이 없었다. 아직 몸이 다 낫지 않은 건지도 모른다. 레키도 무표정하게, 그저 멍하니 고개를 들고 있다. 손을 들어서 인사를 하고, 오펜은 두 사람에게 등 을 돌렸다. 다시 집중하고 걸어갔다.

밤길에는 변화가 없었다. 사람 하나의 행방을 찾는 어려움도, 마찬가지로.

노랫소리가 들려왔다. 어딘가에 주정뱅이가 있는 건지도 모른다. 이 정도 어둠이라도, 로테샤 같은 사람을 발견했을 때 확실하게 본인이라는 걸 알아차릴 수 있다는 보장은 없다. 그래도 지금으로서는 이것밖에 수단이 없다.

『꼭 찾아내야 돼!』

클리오의 목소리가 머릿속에 떠올랐다. 클리오답다면 다운 말이다. 목적이 있으면 수단을 다리려 하지 않는다. 최악의 수단만 남았어도, 최선의 목적을 위해서라면 그걸 선택하겠지.

……

오펜은 걸음을 멈췄다.

'클리오 답다…… 고? 정말로?'

닮을 것 같지만, 아니다.

뭐라고 말로 표현할 수는 없지만, 크게 오해를 하고 있다.

샤악──부츠 바닥이 땅바닥을 스치는 소리를 들으며, 오펜은 뒤를 돌아서 클리오를 찾았다. 이미 어둠 속에서 제대로 알아볼 수 없을 정도까지 떨어져 있지만, 소녀의 등까지 내려온 금발만은 어렴풋이나마 보였다. 그저 말도 없이, 숙소를 향해서 걸어가는 것처럼 보였다. 오펜은 의아한 기분에 눈살을 찌푸렸다.

"저 녀석……."

혼잣말을 했다. 자신에게 묻는 것처럼.

"혹시 로테샤가 이미 틀렸다고 혼자서 그렇게 생각하는 건 아닐까?

대답을 바라는 건 아니지만——

그저 클리오의 금발이 흔들흔들…… 어둠 속으로 사라지는 것을, 오펜은 잠시 동안 지켜봤다.

"힘 내, 클리오."

"왜."

험악한 목소리로 받아쳤다. 매지크가 한 방 먹은 것처럼 눈이 휘둥그레지는 게 보인다.

"왜는, 풀죽어 있어봤자 소용없잖아."

"이런 때 힘이 넘치면 그거야말로 바보라고."

클리오는 신음하면서, 한숨을 쉬었다——매지크의 말이 맞다는 건 잘 알고 있지만.

숙소까지는 조금 더 걸어가야 한다. 그 시간동안 계속 입을 다물고 있는 것도 어색하다. 솔직히 그게 싫어서, 클리오는 어떻게든 계속 말을 하려고 했다.

"……미안해."

"뭐, 괜찮아."

매지크는 그렇게 말하고, 뒤통수에 깍지 낀 두 손을 얹었다. 화제를 바꾸려고 하는 건지——밝은 표정으로, 목소리 톤도 바꿨다.

"그러고 보니까 말이야, 클리오랑 이렇게 얘기하는 것도 오랜만인 것 같네."

"……그런가."

되물었다.

매지크는 신음소리를 내고 계속 말했다

"응. 왜, 나도 이제야 겨우 스승님한테 싸우는 방법을 배우게 됐잖아. 그러다보니 여러모로 바빠서. 솔직히 토토칸타를 떠난 뒤로, 둘이 있을 때가 거의 없었잖아."

"그러고 보니까 그러네."

그리고, 고개를 끄덕이려다가——

문득 떠오른 의문을, 입에 담았다.

"너…… 싸우는 방법을 배우고 있어?"

"응? 맞아. 몰랐어?"

"언제부터?"

"음~ 그러니까, 뭐 최근에 시작했지."

"그런 걸 배워서 어쩌게. 뭐랑 싸울 건데?"

묻고 나서, 그렇게 따지자면 로테샤도 왜 검술 따위를 하고 있는 걸까 라는 생각이 들었지만——뭐, 그건 아버지가 도장 주인이었으니 어쩔 수 없는 일이다. 하지만 매지크가 그런 걸 배운다는 얘기는 너무나 기묘하게 들렸다.

매지크는 허공을 바라보면서 뭐라고 대답할지 고민하는 것 같았는데,

"그러니까…… 뭐, 크게 구체적으로 뭐랑 싸우겠다는 건 아니지만, 전투훈련이라고 하면, 왠지 진짜 마술사 같다는 느낌이 들잖아?"

"들긴 하는데, 넌 하나도 마술사 같지 않거든."

클리오는 그렇게만 말하고, 머리 위에 있던 레키를 들어서 품에 앉았다. 까만 새끼 드래곤은 갑자기 시점 높이가 달라져서 깜짝 놀랐는

지 주위를 둘러봤다. 빙글빙글 흔들리는 머리를 턱으로 쓰다듬어주면서, 클리오는 매지크를 보며 말했다.

"맞아…… 그러고 보니까 너, 마술사였지."

"으, 응. 일단은. 뭐야, 왜 이제 와서 새삼스레 그러는데."

동의하려다가, 당황해서 그렇게 말했다.

클리오는 어깨를 으쓱거렸다.

"이제 와서가 아니라, 난 너를 마술사라고 의식한 적이 없었어. 지금 생각해보니까 말이야."

"으음. 그렇게까지 마술사로 안 보이는 건가."

중얼거리면서, 매지크가 자기 몸을 내려다봤다. 흑마술사를 의식한 건지 묘하게 거무스름한 의상. 어울리지 않는 정도가 아니라, 오히려 적극적으로 인상이 안 좋다.

클리오는 눈살을 찌푸리고 중얼거렸다. 대화라기보다는 자기 자신에게 말한다는 기분으로.

"……뭐랄까, 결국 마술사라기보다는 그냥 매지크야. 마술을 쓸 수 있게 되건 어떤 훈련을 하건, 매지크는 그냥 매지크라고 할까."

"응."

맞장구치는 소리가 들렸지만, 신경 쓰지 않고 계속 말했다.

"물론 오펜도 그냥 오펜이지만, 그래도, 역시 마술사라는 생각이 들기도 하니까. 그런 게 다르다고 봐야겠지."

"그러니까, 그거 아닐까, 클리오. 스승님은 처음 만났을 때부터 마술사라는 걸 알고 있었잖아. 그래서 마술사라는 건 스승님 같은 사람이라는 선입견이 생겼다든지."

"아니야. 난 오펜을 알기 전에도 흑마술사를 본 적이 있어."

"……그랬어?"

"당연하지. 토토칸다에서 꽤 크게 사업을 하고 있으니까, 흑마술사 동맹하고는 싫어도 엮이게 된단 말이야. 아버지도 아는 흑마술사가 몇 명 있는 것 같았고."

"흐응."

매지크는 왠지 감동한 것처럼 팔짱을 끼고 중얼거렸다.

"그럼 그런 사람들이랑 스승님한테 공통된, 마술사다운 뭔가가 있다는 뜻인가……."

"그건 아닌 것 같아."

"……뭐?"

"그 사람들도 마술사처럼 보이진 않았어."

"뭐야 그게."

얼빠진 얼굴로, 매지크가 투덜댔다. 클리오는 복잡한 표정을 지었다.

"아무리 뭐라고 해도, 그냥 그렇게 느껴졌어."

"으음……."

곤혹스러워하는 매지크의 목소리를 들으며, 클리오는 묵묵히 걸어갔다. 처음 걸어가는 길, 게다가 밤길이지만 신기하게도 헤매지 않았다. 크게 의식하지 않고 걸어간 탓인지도 모른다──그냥, 그런 생각을 했다.

"아, 그러고 보니까 말이야."

갑자기 매지크가 화제를 바꿨다.

"다들, 어떻게 지내고 있을까."

"다들?"

"왜. 학교 친구들이라든지. 우리 아버지도──토토칸다를 떠난 지도 반년이 넘었잖아."

"그만해."

클리오가 바로 제지했다. 손을 흔들어서 그만 하라고.

"……응?"

눈을 껌벅거리는 매지크에게, 짜증을 내면서 말했다.

"나, 요새 좀 향수병이 왔어."

"그렇구나……."

대화가 완전히 끊어졌다.

그리고 결국 아무 말도 없이, 그저 묵묵히 걸어가기만 했다. 서두를 필요도 없었지만, 말이 없다보니 저절로 걸음이 빨라졌다. 조금 지나, 숙소가 보이기 시작했다.

'뭔가 좀 더 괜찮은 말을 해주고는 싶은데.'

클리오는 혼자서 진지하게 생각했다.

'이런 데서 여관 경영이 되기는 하는 걸까.'

거리 밖, 가도라면 이해가 된다──아무리 허름한 곳이라도 묵을 수밖에 없으니까. 어번라마시가 대륙 동부와 서부의 해로를 잇는 중요한 창구라는 점을 생각해보면, 거리 안에 여관이 있어도 이상할 건 없다. 하지만 항구가 있는 건 거리 북쪽, 그 위노나라는 사람의 말을 빌자면 '적어도 여기보다는 비싼' 쪽이고, 애당초 해로를 이용할 사람은 이런 슬럼까지 오지도 않겠지.

'평소엔 어떤 사람들이 이용하는 걸까.'

조용히 생각했다. 너무나 조용한, 어두운 창문. 여관은 사람 기척이 전혀 느껴지지 않을 정도였다. 실제로 위노나와 클리오 일행 외에 다른 손님은 없었던 것 같고. 그렇다면 지금 저 여관에 있는 사람은 주인(어쩌면 가족들도 있을지 모르고)과 위노나뿐이다.

문득, 하품이 나왔다. 클리오는 눈을 비비면서, 그제야 졸리다는 걸 의식했다──깜박 잊고 있었는데, 식사도 제대로 안 하고 몇 시간이나 돌아다니다보니 많이 피곤했다.

'……로테한테는 미안하지만, 기왕 없어질 거면 내일까지 기다려줄 것이지.'

조금 너무했다고 생각하며, 마음속으로 중얼거렸다.

'어쩔 생각일가. 이런 거리에서, 사람을 찾을 수 있을 리가 없는데.'

그것은 자신들한테도 해당되는 일이고, 어쩌면 로테샤도 같은 생각인지도 모른다──그래도 일단 찾고 봐야 한다고.

그 때──

클리오는 문득, 걸음을 멈췄다. 앞서가던 클리오가 멈춰선 걸 봤기 때문이지만. 소리를 내지 않고 혀를 차고서, 클리오가 말했다.

"뭐야 매지크, 그런 걸로 일일이 화내지 말라고. 나도 피곤해서──
─"

거기까지 말했다가, 말을 멈췄다.

매지크는 자기 쪽을 보지 않았다. 시선을 피한 것도 아니다. 뭔가를 느낀 것처럼, 멍하니, 여관 건물을 보고 있었다.

"……?"

의아해하면서, 클리오는 매지크가 보는 쪽을 쳐다봤다. 건물에 딱히 이상한 점이 있는 건 아니다. 여전히 조용하고, 굳이 말하자면 이 활기라고는 찾아볼 수 없는 밤길이 떠들썩하게 느껴질 정도였다. 바람이 불면 날아갈 것 같은 허름한 생김새, 낡은 벽과 지붕을 보면 최소한 세월을 견딜 정도의 강도는 있다는 뜻이겠지.

하지만, 어쨌거나 이상한 점은 찾아볼 수 없었다.

"왜 그러는데."

물어봤다. 매지크는 자기도 잘 모르겠는 건지, 이상하다는 듯이 이쪽으로 시선을 돌렸다.

"아니, 그게……."

어물거리면서 말했다.

"기분 탓인지도, 모르겠지만."

매지크는 목소리를 살짝 떨면서, 손가락을 들어 올렸고, 여관을 가리키면서──말했다.

"여관이 말이야, 조금 커진 것 같지 않아?"

"뭐?"

영문을 알 수가 없어서──하지만 너무나 단순한 그 지적을 듣고, 클리오는 다시 건물을 쳐다봤다. 낡은 목조 건물. 나왔을 때보다 조금 더 낡아진 것 같다고 하면 그러려니 하겠는데, 여관 건물이 커졌다는 건 너무나 뜬금없는 소리였다. 얼굴을 찌푸리고 매지크한데 말했다

"너 말이야, 무슨 말도 안 되는 소릴 하는 거야."

"아니, 그게──난 그런 생각이 들었거든."

"생각이 들었다고 해도 말이야."

클리오는 입안에서 그렇게 중얼거리고는, 여관 쪽으로 뛰어갔다. 밤──게다가 불을 피우고 있는 부랑자들도 여기에는 다가오지 않기 때문에 너무나 어두웠고, 그래서 가까이 다가가 봤자 그렇게 자세히

관찰할 수 있는 것도 아니다. 어둠속에서 보이는 실루엣을 보는 쪽이 훨씬 잘 보이는 게 아닌가 싶을 정도로.

"……달라진 건 없는데."

매지크한테 그렇게 말하면서, 출입문 손잡이를 잡았다. 여기서 나올 때, 주인한테 한밤중까지는 문을 잠그지 않겠다는 다짐을 받아놨기 때문에, 문손잡이는 아무 문제없이 돌아갔다. 안을 들여다봐도 달라진 게 없다. 인적이 없고 깜깜할 뿐──1층은 술집인데, 이런 시간에 닫혀 있다는 게 묘하다면 묘하다고 할 수도 있지만.

그 순간이었다.

달라진 게 없다는 말이 입속에서 완전히 사라지기도 전이었지만, 그것과 정 반대로, 머릿속에서 뭔가가 터졌다. 위험 신호.

항상, 예외 없이, 그런 때면 언니 얼굴이 떠올랐다. 어떻게든 구실을 만들어서 클리오의 방으로 놀러오는 걸 좋아했던 마리아벨은, 클리오가 상대하고 싶지 않을 때도 종종 문을 노크했다. 편지를 쓰고 있을 때, 부엌에 남아 있던 디저트를 슬쩍해 왔을 때, 부모님 몰래 아르바이트 해서 번 돈을 책상 위에 펼쳐놓고 계산하고 있을 때──

그것과 같은 수준인지 아닌지는 잘 모르겠지만.

클리오는 깜짝 놀라서, 문의 경첩에 시선을 집중했다. 실제로 그것은 기묘하게 변형돼 있었다──문이 아니다. 문이 한 단계, 움푹 들어갔다고 할까. 아니, 정확히 말하자면 문을 제외한 건물 외벽들이 전부 몇 센티미터 정도 두꺼워졌다.

가슴에 안고 있는 레키가 갑자기 날뛰기 시작했다. 고개를 좌우로 흔들어서 빠져나가더니, 어깨를 박차고 그대로 머리 위로 뛰어 올라갔다. 매지크의 목소리가 들려왔다.

"클리오, 도망쳐!"

'이미 늦었어!'

가슴 속에서 그렇게 소리를 질렀고——

그래도 클리오는, 어떻게든 뒤로 물러나려고 했다. 하지만 그것보다 빠르게, 부풀어오른 벽의 일부가 또 변형하는 모습이 눈에 보였다.

"————?!"

비명을 지르고, 클리오는 눈에 보이지도 않을 만큼 빠르게 자신의 손목에 감긴 그 덩굴을 내려다봤다. 오른손을 밀수도 당길 수도 없을 만큼 강하게 조이고 있는 가 가느다란 덩굴은, 변형된 벽에서 떨어져 나온 것이었다.

목소리가 들려왔다.

"밤이라서⋯⋯ 모를 줄 알았는데 말이야."

"라이언?!"

클리오는 그 이름을 외쳤다. 상대의 모습을 찾아봤지만 보이지 않는다. 그리고,

"으아아악!"

"매지크!"

들려온 비명 소리에, 또 이름을 불렀다.

팔을 고정당한 채, 고개만 돌려서 뒤를 돌려보니 매지크가 보였다.

하늘을 날고 있었다.

곤혹스러워서, 사고가 정지된 채로 약 1초 정도. 하늘을 날고, 그리고 낙하해서 길바닥에 처박히는 매지크를 바라봤다. 매지크의 몸

이 데굴데굴 구르는 것을 보고, 그제야 매지크가 날아갔다는 걸 알았다. 하지만, 대체 어떻게 해야 사람 하나를 간단히 날려버릴 수 있는지는 모르겠다…….

"큭!"

매지크는 그렇게 큰 대미지를 입지는 않은 것 같았다——그럴 리가 없지만, 적어도 움직일 수는 있는 것 같다. 바로 일어나서, 자세를 잡았다.

동시에, 또 날아가 버렸다.

아무것도 없는데서 그냥 넘어진 것처럼 보이기도 했다. 매지크의 몸에 어떤 충격이 가해진 건 틀림없다. 하지만 그렇게 하는 사람이 보이지 않는다. 클리오는 가능한 고개를 돌려서 주위를 둘러봤다. 그러는 사이에도 매지크가 또다시 보이지 않는 공격을 받고 쓰러졌다. 매지크도 완전히 혼란스러워 하는 것 같았다. 적은 어둠 속에 숨어 있고, 게다가 공격 수단까지 완전히 감추고 있다.

벌써 몇 번인가 넘어진 매지크가 다시 일어나는 모습이 보였다. 이미 숨을 헐떡이고, 울음을 터트리는 게 아닐까 싶을 정도로 얼굴이 일그러져 있다. 슬쩍 이쪽을 보고, 다시 다음 공격이 날아올지도 모르는 방향으로 시선을 돌렸다.

이쪽을 봤을 때, 매지크가 무슨 생각을 하고 그리고 뭘 그만 뒀는지, 바로 알 수 있었다.

꼭 그래서는 아니지만——클리오가 소리를 질렀다.

"매지크! 그냥 도망쳐!"

간신히 큰 소리를 질렀다.

"난 어떻게든 할 테니까——"

"하지만!"

"네가 날 도와줄 수나 있겠어?!"

그 말에——

매지크가 분명하게 상처 입은 표정을 지은 게 보였다. 이 어둠을 생각해보면 거의 기적이거나, 어쩌면 단순한 상상일 수도 있지만.

따지고 있을 시간은 없다. 여기서 끝내려고, 클리오가 말했다.

"최대한 시끄럽게 굴면서 도망쳐! 그러면 오펜이 알아차릴 테니까!"

"……큭!"

어떤 의미인지, 매지크가 신음소리를 내는 게 들렸다. 어떻게든 반박하려고 입을 벌린 것 같았지만, 그대로 몸을 빙 돌려서——

두 손을 들어 올렸다. 그리고, 지금까지 들어본 적 없는 큰 소리로, 외쳤다.

"나 발하노라——"

그 목소리는, 될 대로 되라는 소리처럼 들렸다. 매지크의 몸이, 뭔가에 떠밀린 것처럼 뒤로 물러났다. 동시에, 그 들어 올린 두 손 위에서 순백색 빛의 구슬이 부풀어 올랐다.

"빛의 칼날!"

소리는 들리지 않았다——

고막은 울렸지만, 뇌가 거절한 건지도 모른다. 압도적인 빛이 시야를 감싸고, 전부 채워버렸다. 진동이 발끝에서 허리를 울려서 호흡을 방해했다. 대지가 울리는 게 느껴진다. 그 정도 충격이었다. 매지크가 날린 마술이 자신을 노린 게 아닌가 싶을 정도의.

하지만, 한 순간 뒤에, 그 빛이 자신이 아니라 여관 건물을 꿰뚫었다는 걸 알 수 있었다. 타오르는 열파가 공기를 일그러뜨렸다.

그 충격의 여운 속에서, 매지크는 처음과 똑같은 포즈로 서 있었다. 한마디로 건물을 파괴해서 클리오를 풀어줄 생각이었겠지. 하지만.

"……말도 안 돼."

믿을 수 없다는 투로, 신음했다.

건물에는 흠집 하나 나지 않았다.

아니, 그건 정확한 표현이 아니다──창문이란 창문은 다 깨졌고 (덕분에 까닥하면 덧창과 유리 파편을 뒤집어쓸 뻔 했다), 문도 사라졌다. 충격 때문에 건물 내부가 엉망진창이 돼 있다. 하지만 벽에는 전혀 손상이 없고, 공중에 남아 있던 불덩어리도 사라져가고 있다. 열파를 맞고 온 몸에서 땀이 뿜어져 나오는 게 느껴졌지만, 그 열로도 나무로 만든 벽에 그을린 흔적 하나 만들지 못했다.

멍하니 서 있던 매지크가, 또 넘어졌다.

다시 일어난 매지크에게, 클리오가 다시 한 번 소리치려고 했지만, 그 전에 매지크가 말했다.

"돌아올 테니까──"

몸을 돌려서 뛰어가며, 소리쳤다.

"스승님을 찾아서, 바로 돌아올 테니까!"

그리고는 몇 번이나 넘어지면서, 밤길을 달려갔다. 매지크가 완전히 보이지 않게 될 때까지는 어느 정도 시간이 걸렸다.

"……."

클리오는 그 모습을 지켜보고 나서 아직까지 고정돼 있는 자신의 오른쪽 손목을 쳐다봤다. 나무 덩굴. 가느다란 나뭇가지. 그리고 아

까 그 목소리. 예상이라기보다는 확신에 가까웠다. 중얼거렸다.

"레키…… 너도, 못 이길 것 같으면 언제든지 도망쳐."

"이 상황에서는 그 소년을 걱정하는 게 좋을 텐데."

목소리가 또 들려왔다.

번쩍, 고개를 들고, 목소리가 들려온 것 같은 방향을 노려봤다. 목소리의 주인은 이쪽이 잘 보이는지, 말을 하도록 몇 초 동안 기다려 준 것 같다. 하지만, 아무 말도 못 하고 가만히 있는 사이에, 그쪽이 먼저 말을 했다.

"내 파트너가 저 소년을 쫓아갔어. 미안하지만, 어떤 인간이건 내 파트너한테 쫓겨서 살아남을 수는 없거든. 그래…… 이건 절망이라는 거야."

"그 소리는 이제 지긋지긋해."

어두운 목소리로, 신음했다.

"대체 어쩌려는 거야? 지난번에 그 검만 가지고는 부족했어? 이번 엔 뭐가 필요한 건데."

"글쎄."

라이언의 목소리가 귓가에서 들려온 것 같아서, 클리오는 황급히 뒤를 돌아봤다. 하지만, 역시 라이언의 모습은 보이지 않았다

목소리는 너무나 똑똑하게 들리는데, 모습은 전혀 보이질 않았다.

"그래——난 네 신념이 갖고 싶어. 하지만, 솔직하게 말해서 널 죽이는 것밖에 못 할 것 같아."

스멀…….

소리를 내며, 어느 샌가.

여관 벽이 또 변형해서, 수많은 덩굴을 뻗기 시작했다. 전부, 이쪽

을 향해서 천천히 다가왔다——그 중에 하나가 자기 목을 노리는 모습을, 클리오는 남의 일처럼 보고 있었다.

제4장 앞으로 12시간

폭음이 들려왔다.

고개를 돌려봤더니 눈에 들어온 건 하늘을 새하얗게 물들일 정도로 소용돌이치는 화염——오펜은 머릿속으로 방향을 계산하고, 그것이 여관이 있는 곳에서 일어났다는 걸 깨달았다. 자연계에는 존재하지 않는 저 하얀 불꽃은, 마술에 의한 것이 분명했다. 적어도 이 어번라마에서 저만한 규모의 마술을 쓸 수 있는 술자는, 자신을 제외하면 두 사람과 한 마리 정도밖에 없을 것이다.

만약 그 중에 누가 썼다고 해도, 남의 일이 아니다.

"——쳇!"

사태 파악을 포기하고, 오펜은 바로 몸을 돌리려고 했다. 아무리 서둘러도 여관까지 돌아가려면 수십 분은 걸릴 것이다. 무슨 일이 일어났는지 모른다——말 그대로 최악의 사태에서 클리오의 변덕까지, 경우의 수가 너무나 많다.

가능한 서둘러서 밤길을 달려갔다. 어둠 속에서 불을 쬐고 있던 부랑자들이 갑자기 밝아지는 하늘을 올려다보며 소란 떠는 모습을 흘끗 보고, 오펜은 전속력으로 뛰어가기 위해서 한 걸음을 내디뎠다.

그 순간——

"어……?!"

자기 눈을 의심하고, 발을 멈췄다.

급정지한 탓에 무릎이 풀렸는지, 힘없이 구부러졌다. 자세를 바로잡고, 눈앞의 도로를 횡단하는 날씬한 사람의 모습을 바라봤다. 혼란이 이해를 거부했지만, 간신히 정신을 붙잡았다.

길을 가로지르고 그대로 아무도 없는 것 같은 폐 빌딩으로 들어간 것은, 다름 아닌 로테샤였다. 검과 간단한 짐만을 든 채, 성큼성큼 입구의 어둠 속으로 사라졌다. 이쪽은 조금도 쳐다보지 않았지만, 우연이라고 하기에는 너무나 기이한 타이밍이었다. 아니——

'타이밍만 보면 최악이라고 해야겠지.'

마음 속으로 투덜댔다. 한시라도 빨리 돌아가야 하는데, 여기서 로테샤를 놓치면 다음 기회는 없을지도 모른다.

시간을 따지면 몇 초밖에 안 됐겠지만, 오펜은 머릿속으로 빠르게 계산했다. 어느 한 쪽을 선택해야 한다면——고민할 필요도 없다. 클리오와 매직크가 말려들었을지도 모르는 이상 사태를 확인하기 위해서 돌아가야 한다. 그걸 생각하면 로테샤한테 관여할 여유는 없다. 하지만,

'젠장…….'

혀를 찼다.

머릿속에 떠오른 클리오의 눈빛이, 그게 우선순위가 아니라고 호소하는 것 같은 기분이 들었다.

이를 악물고, 몸을 돌렸다. 로테샤가 들어간 건물 입구를 보면서, 오펜은 중얼거려 .

"나한테 맡기면 잘 된단 말이지."

고개를 저었다.

"지금까지 뭐 하나 잘 된 게 있다고 그런 착각을 하는 거냐고."

그리고——빌딩의 어두운 입구 쪽으로 걸어갔다.

하늘을 물들였던 하얀 빛은 이미 사라졌다.

당연한 얘기지만 건물 안은 새카만 어둠이었다. 창을 통해서 들어오는 희미한 빛이 어렴풋이 내부를 비춰주고 있지만, 예를 들자면 온통 시커먼 그림물감을 칠했더니 약간 농도가 옅은 부분이 있는 정도라서, 크게 도움은 안 됐다. 로테샤가 안에 들어간 건 틀림없지만, 이런 상황에서는 상대가 눈앞에 서 있어도 알아차리기 힘들 것 같다.

'반대로 생각하자면, 로테샤도 이 안에서는 함부로 움직일 수 없겠지. 반드시 입구 근처에 있을 거야……'

주먹을 꽉 쥐고, 중얼거렸다. 가능한 빨리 끝을 내고 싶었다. 빨리 끝낼 방법 몇 가지를 머릿속에서 시뮬레이션 했다——

그 중에서 가장 간단하고 확실, 그리고 빨리 끝낼 방법을 찾아내는 데는 그리 오래 걸리지 않았다.

흐읍——숨을 들이쉬고, 큰 소리로 말했다.

"로테샤…… 여기 있어?"

말하면서, 오펜은 어둠 속에서 오른손을 뻗었다.

"지금부터 불을 밝힐 거야. 얘기 좀 하자. 도망치지 마."

그렇게 말하면서, 자신의 거짓말 때문에 쓴웃음이 나왔다. 굳이 말할 필요도 없다. 가장 빠른 해결 방법은 로테샤가 흔적도 남기지 않고 도망치는 것이다——쫓아갈 방법이 없을 정도로 깔끔하게. 그렇게 되면 포기하고 여관으로 돌아갈 수 있다.

기대 반, 각오 반의 심정이었다. 대체 어떤 결과를 기대하고 어떤 운명을 각오한 건지는 자신도 모르지만. 어쨌거나 더 이상 로테샤를 부르지 않고, 주문을 외웠다.

"……나 낳노라, 자그마한 정령……."

펑. 소리와 함께, 작은 도깨비불이 손끝에 나타났다. 빛의 고리가 어둠을 밝혀줬다. 빌딩 안은 황폐하다고 할 수 있을 만큼의 물건도 남아 있지 않았다. 그냥 쓰레기만 널려 있는 바닥에서 올라온 기둥 몇 개가 서글프게 천장을 받치고 있을 뿐이었다.

이곳은, 이 건물을 사용하던 시절에는 큰 홀이었을 것이다. 상당히 넓다. 안쪽에 입구가 여러 개 보이지만, 문이 남아 있는 것은 하나도 없다.

보이는 범위 안에는, 아무도 없다.

하지만——

'……정말 마음에 안 드는 짓만 골라서 한다니까, 젠장.'

얼굴이 일그러지는 걸 자각하면서, 투덜댔다. 안쪽에 있는, 원래는 어떤 입점 시설용 공간의 입구로 보이는 곳. 다른 것들과 구분하기 힘들 정도로 똑같이 생긴 그 입구 중 하나에, 로테샤의 것으로 보이는 짐이 놓여 있었다. 눈에 잘 보이게.

하지만 로테샤의 모습만은 보이지 않았다.

'그리고, 검도.'

생각할 수 있는 건 하나뿐이다.

일부러 알아볼 수 있게 짐을 놔뒀다는 건, 미끼라는 뜻이겠지. 그렇다면 자신을 그쪽으로 끌어들여서 기습하겠다는 뜻이다.

'문제는 상대가 얼마나 진심인지, 정도겠지.'

잡아먹을 듯이 자신을 보고 있을 로테샤의 얼굴을 상상했다

'그냥 놀래게만 할 생각일 수도 있고, 죽일 생각은 없을 수도 있어.'

실제로 로테샤가 어디 있는지——그리고 어느 타이밍에서 행동할

지는 그저 예측하는 수밖에 없다. 이 건물 안에 들어온 시간을 생각해보면 큰 함정은 불가능하다. 오펜이 이 길을 지나간 게 단순한 우연이었으니까, 로테샤도 일부러 이 장소를 고를 여지는 없었을 것이다.

거의 정공법에 가까운 형태의 기습. 오펜은 그렇게 판단하고는 건물 안으로 들어갔다. 판단하고, 행동을 개시했다면 의심해서는 안 된다. 천천히 숨을 들이쉬고 머릿속의 잡념을 몰아낸 뒤에 한 걸음, 또 한 걸음 걸어갔다.

"……난 지금, 입구에서 세 걸음 들어왔어. 천천히 걷고 있고. 전방을, 보고 있다──시선은, 네가 내려놓은 짐 주변에."

그렇게 말한 건 로테샤를 견제하기 위한 것이기도 했고 충고이기도 했다.

그녀가 이쪽의 예상을 뒤엎을 정도의 기습을 준비하지만 않았다면 어떻게든 대처할 수 있다──그리고 당황해서 억지로 허를 찌르려고 한다면, 그건 그것대로 대처할 수 있다. 경기 검술이라고는 해도 병법을 배운 로테샤라면, 그 정도는 굳이 말하지 않아도 알 수 있을 것이다.

이해하고 있다면 무의미하게 위험한 짓을 할 필요가 없다. 자신도, 로테샤도.

"아마도 넌, 그 짐에서 2미터도 떨어지지 않은 데 있겠지? 2미터는 네 팔과 검의 길이, 그 이상 떨어지면 닿지가 않을 테니까. 내가 짐 쪽으로 손을 내밀면 바로 잘라버리려고 하겠지. 아닌가?"

대답은 없다.

상대가 움직이는 기척조차 느껴지지 않았다.

계속해서 말했다.

"너한테는 좀 미안하긴 해…… 내 말 때문에 기분이 상했다면 사과할게. 클리오도 걱정하고 있어. 설명하자면 길어지지만, 난 말이야 ——"

오펜은 입가가 저절로 일그러지는 걸 느꼈다.

"너는, 두 번 다시 그——에드였나. 그 친구랑 만나지 않는 게 좋을 것 같아."

이만하면 뭔가 반응이 있을 것 같아서 기다렸지만——역시 침묵은 풀리지 않았다.

오펜은 걸음을 멈췄다.

"알았어? 난 바로 뒤로 돌아서 이 건물 밖으로 나가서, 단 한 마디만 외치면 이 건물을 날려버릴 수도 있어. 아니면 그딴 짓 안 하고 그냥 가버려도 돼. 그러지 않는 건 너한테 미안한 마음이 있어서 그러는 거야."

한숨 소리라도 들리지 않을까 싶어서 귀를 기울이고, 계속했다.

"……아니면, 거래라도 할까? 난 네가 모습을 보여주길 바래. 그 대신, 너도 나한테 뭔가를 요구해도 되고. 어떤 형태건 간에 대화를 해야 할 것 같은데 말이야."

마술의 불빛이 비추는 건물 내부에는 하얗고 차가운 공기가 가득차 있었다. 그것은 마술의 불빛에 온기가 없기 때문이기도 했고, 계절 때문이기도 했고, 단순히 폐허라서 그렇기도 했다. 문득, 가슴속에 얄궂은 생각이 떠올랐다. 로테샤가 이미 내 눈앞에 있는 건 아닐까? 하지만 이 하얀 불빛 속에서, 보호색처럼 녹아 있는 것이다——혈색이 없는 로테샤의 얼굴을 떠올리면서, 씁쓸한 미소를 지었다.

'결국, 뛰어드는 수밖에 없나.'

크게 긴장하지 않은 채로 결심하고, 탄식했다.

입술을 살짝 깨물고, 오펜은 걸음을 옮겼다. 일부러 발소리를 내면서.

아무렇지도 않게 걸어가서 로테샤가 짐을 내려놓은 입구 앞에 도착한 뒤에, 오펜은 일부러 한 순간 걸음을 멈췄다. 타이밍을 어긋나게 하고, 재빨리 그 짐을 뛰어넘었다──

주위를 둘러보고.

로테샤를 발견하는 데는 0.5초도 걸리지 않았다. 그런데,

"......?!"

깜짝 놀라서 움직임을 멈췄다.

그녀는 거기에 있었다.

알몸으로.

안색보다 하얀 로테샤의 몸은, 왠지 젊은 묘목처럼 보였다. 발밑에 황급히 벗어놓은 옷들이 한 곳에 모여 있다. 가느다란 왼팔로 막연하게 몸을 가리고, 로테샤는 가만히 이쪽을 보고 있었다. 강한 눈빛에, 빛이 보인다. 무엇보다 그 눈동자가 오펜의 관심을 끌었다──온 몸에, 너무나 늦은 경보가 울렸다.

그녀가 오른손에 들고 있는 칼날이 깔끔하게 뒤로 젖혀지는 게 보였다. 벽의 마술의 빛을 막아서 실내가 어둡다. 하지만 그 안에 있는 빛을 전부 튕겨내는 것처럼, 로테샤가 들어 올린 칼이 번쩍거렸다.

"쳇!"

그래도 오펜은 어떻게든 뒤로 물러나려고 했다. 하지만, 로테샤가 더 빨랐다.

단 한 순간이었다. 그 한 순간이──

오펜은 그녀의 칼끝이 자기 가슴에 들이댄 상태에서 멈추는 것을, 허락하는 수밖에 없었다.

"……."

몇 초 동안의 침묵.

거세게 뛰는 심장에서 몇 센티미터밖에 떨어지지 않은 그 칼끝을 슬쩍 내려다보면서──오펜은 할 말을 생각했다. 실오라기 하나 걸치지 않은 채로 칼을 들고, 이쪽을 똑바로 보고 있는 로테샤에게 할 말을.

하지만 여기서도 로테샤가 더 빨랐다. 얇은 입술을 벌리고, 조용히 말했다.

"……당신이 주문을 외우는 것보다, 제가 칼을 몇 센티미터 내지르는 게 더 빠를 겁니다. 시험해볼까요?"

농담 같은 협박 문구였다. 하지만 로테샤는 웃지 않았다. 오펜도 웃을 기분이 들지 않았지만.

그대로, 로테샤가 계속해서 말했다.

"전에 한 번…… 딱 한 번, 에드를 이기려고 똑같은 짓을 한 적이 있습니다. 왠지는 모르겠지만 당신한테도 통할 것 같았거든요."

"부부싸움의 수법에 말려들고 싶지는 않은데 말이야."

간신히, 받아쳤다──

로테샤가 웃은 것 같다.

"'생각해'라고 말한 건…… 당신입니다. 가르쳐주셔서 감사합니다. 정말 감사하고 있거든요?"

험악한 분위기를 유지한 채, 계속 말했다.

"꽤나 찾아다닌 것 같더군요."

어떻게든 말을 이어가려고, 오펜이 고개를 끄덕였다.

"못 찾을 만도 했지…… 이리저리 찾으러 다니느라 정신이 팔려서, 찾는 사람이 우리를 미행하고 있다는 건 생각도 못 했으니까."

"당신과 단 둘이 있게 될 기회를 노렸습니다. 모습을 보이면 쫓아올 것 같았죠. 마침 여관 쪽에서 뭔가 소동이 벌어진 것 같습니다만……."

그리고, 로테샤는 기척으로 여관 쪽을 가리켰다.

"아무래도 긴급사태 같더군요. 당장이라도 돌아가고 싶지 않나요? 하지만 저는 밤새도록 이러고 있어도 괜찮습니다."

"……감기 걸려."

오펜은 낮은 소리로 중얼거리고, 신중하게 그녀의 말을 기다렸다. 거의, 예상했던 말이 돌아왔다.

"거래 얘기를 하셨죠? 전 이렇게 모습을 드러냈습니다. 게다가 당신의 목숨까지 손에 쥐고."

"……뭘 요구할 건데?"

"에드를 찾는 걸 도와달라고 할까 했습니다. 그리고 저한테 제대로 싸우는 방법을 가르쳐 달라고——하지만."

그녀의 목이 꿀꺽, 침을 삼키는 게 보였다. 동시에 칼끝이 아주 조금 전진한 것 같았지만, 그녀가 일부러 그런 건지는 판별할 수 없었다.

"하지만, 그것보다 신경 쓰이는 말을 했었죠. 그게 무슨 뜻인가요? 에드하고 만나지 않는 게 좋다는 말이."

"칼을 들고 서로 죽이려 드는 사람들이 다시 만나지 않는 게 좋다고 생각하는 건, 상식적으로 당연한 일이 아닐까?"

"농담하지 마세요——당신은, 다른 말을 하려고 했어요."

이번에야 말로 완전히 의도해서, 날 끝이 조금 더 다가왔다.

고민할 일은 아니다…….

머릿속에서 누군가가 속삭였다. 그녀에게는 알 권리가 있다.

하지만.

오펜은, 천천히 입을 열었다.

"그 검의 이름, 알아?"

"예?"

깜짝 놀라서 되물었다. 이 상황에서 엉뚱한 질문을 하는 건 위험한 일일 수도 있지만——일단 검사라면 검 이야기에 관심을 가질 수밖에 없겠지. 특히 자신이 극단적인 어드밴티지를 쥔, 여유 있는 상태라면.

그녀가 화를 내기도 전에, 오펜이 먼저 말을 했다.

"슬레이크 서스트. 전설에 의하면 어떤 명장이 타고난 살인귀라서 여기저기서 수배가 걸린 검사한테 준 물건이라나봐. 말 그대로—— '이걸로 갈증을 달래라'는 말과 함께. 그 검사는 기꺼이 갈증을 달래려고 했어."

"……."

"그런데 결과부터 말하자면, 그 검사는 그 검을 손에 넣은 뒤로 사람을 벨 수 없게 돼버렸어. 왜 그랬을 것 같아?"

"……개심(改心)해서?"

조용히, 로테샤가 물었다.

오펜은 살짝 고개를 저었다.

"그 검은 순수하게, 그 검사를 위해서 벼린 물건이야. 무게, 균형, 자루 굵기까지 그 검사의 손가락 길이에 딱 맞춰서 만들었지. 날의 곡선, 두께도, 그 검사가 가장 선호하는 기술을 최대한 살릴 수 있게 설계했어. 장인은 그 검사가 벤 시체를 하나하나 꼼꼼히 조사해서 완벽한 칼을 만들었지."

그리고──웃었다.

"검사는 자신의 기술을 완벽하게 이해해주는 사람이 있다는 걸 알고, 갈증이 완전히 해소됐어."

"……그게…… 어쨌다는 겁니까?"

로테샤가 영문을 알 수 없다는 듯이 중얼거렸다.

거기에 대답해서, 고개를 끄덕였다.

"그 사람은 체격이 아주 좋았거든. 그 칼, 가벼운 것 같지만 무거워."

오펜은 조용히 말했다──살짝, 중심을 낮춰서 언제든지 움직일 수 있게 준비하면서.

"……한 손으로 계속 들고 있었는데, 슬슬 힘들지 않을까?"

"──?!"

퍼뜩, 그녀의 표정에 위기감이 감돌았다.

바로 오른쪽으로 뛰었다. 재빨리 내지른 검이 오른쪽 옆구리를 스치는 걸 보면서.

스쳐 지나가면서, 오펜은 로테샤의 옆얼굴을 관찰했다. 분노일까. 단순한 놀라움일까. 하나의 감정이 인간을 완전히 지배할 수 있다면, 그녀가 보여준 것은 지극히 순수한 초조함일지도 모른다. 상대를 죽일 각오로 검을 내지른 사람이라고 볼 수 없는 표정이었다.

첫 공격이 빗나가면, 그걸로 끝이다. 로테샤가 고개를 돌렸다. 그 눈에 주저하는 기색이 있었지만, 그녀의 움직임은 멈추지 않았다.

"이야아아아아아아!"

짐승 같은 소리를 지르고——

다시 검을 치켜들었다.

그 때까지 오펜은 주먹을 꽉 쥐고 자세를 갖추고 있었다.

검을 휘두르는 로테샤에게, 정면으로 맞섰다. 바닥을 박차고 뛰쳐나갔다. 충격은 파도가 됐고, 그 힘이 다리에서 허리로, 허리에서 등으로, 등에서 어깨를 꿰뚫고 지나갔다. 최대한 빨리, 주먹을 내질렀다.

——컥!——

충격음은 그녀의 소리 없는 비명에 묻혔다. 알몸인 로테샤의 배로 패고든 주먹이 복근의 탄력에 밀려 나왔다. 그것과 같은 힘으로, 그녀는 후방으로 날아갔다. 딸그랑, 메마른 소리를 내면서, 그녀의 손에서 떨어진 슬레이크 서스트가 바닥에 떨어졌다. 한 순간 뒤에는 꼼짝도 못하고, 바닥에 쓰러진 채로 몸을 웅크렸다.

"……."

후우, 한숨을 내쉬고, 오펜이 말했다.

"숨을 쉴 수 없으면 바닥을 때려. 인공호흡 정도는 할 줄 아니까. 미안해——무기를 든 상대는 안 봐주거든."

"……컥……!"

로테샤는 이쪽을 올려다보기도 힘들어 보였지만, 그래도 이마에 비지땀이 맺힘 채, 눈을 부릅뜨고 이쪽을 노려 봤다. 일단 그건 못 본 척 하고, 바닥에 떨어진 검을 집었다.

이리저리 고개를 돌려서 칼집을 찾아보니, 벽에 기대서 세워 놨다. 그것을 집으러 가는 김에 로테샤의 속옷도 집었다.

검을 칼집에 집어넣고 옆구리에 끼고는, 오펜은 옷을 집어 들고 로테샤 쪽으로 갔다. 이 십여 초 동안에 회복될 대미지가 아니지만, 로테샤는 간신히 호흡을 고르고 얌전히 있었다. 지금은 두 팔로 몸을 가리고 있다. 그런 로테샤에게 옷을 주면서 말했다.

"옷을 다 입으면 불러줘…… 또 도망치지는 말고? 옷 입을 동안 계속 쳐다보고 있으면 뭐랄까, 피곤하니까."

검만 손에 들고서 입구 밖으로 나갔다.

'차라리…….'

조용히, 오펜은 마음속으로 중얼거렸다.

'어디로 도망쳐서 다시는 나타나지 말아달라고 부탁하고 싶지만 말이야.'

그렇게 생각하니까 오히려 자기가 도망치고 싶은 기분이 들었다.

'정말 모르겠다니까, 하지만──'

이마에 손을 대고, 천장 부근에 떠다니는 도깨비불을 쳐다봤다. 눈을 자극하지 않는 마법의 빛은 깜박거리지도 않았다.

'로테샤 크립스터. 저 사람은 대체 뭐지?'

마음의 소리조차 침묵했다. 오펜은 겨우 그녀를 의식했다──새파랗게 질린 결심한 표정. 이쪽을 보지도 않고 목검을 휘두르는 모습. 이겼다는 듯이 검을 들이댔을 때의 얼굴. 짐승처럼 소리 지르던…….

딱히 이상한 점은 없었다. 그런 것 같다. 사실 세상에 이상한 사람은 존재하지 않는다. 누구나 당연히 인간일 뿐이다. 혹시나 다른 사람한테 기이하게 보인다 해도. 아무도 이해해주지 않는다고 해도.

그 때──

뒤쪽에서 발소리가 들렸다. 고개를 돌려보니 옷을 입은 로테샤가 짐을 품에 안고서 가만히 서 있다.

무슨 말을 해야 할까.

오펜은 말을 잃고 눈만 이리저리 돌렸다. 일단, 물었다.

"……같이 갈 거야?"

토레샤는 말없이 고개를 끄덕였다. 피곤한 탓인지 표정은 없다.

일단 계속 말했다.

"네가 제정신으로 있을 수 없었던 상황이었다는 걸 이해 못 하는 건 아냐──빨리 정신 차리라는 소리도 못 하고. 하지만, 네가 하는 짓은 그냥 화풀이 같은 짓이야. 우리한테 말이지."

어깨를 움츠리고 서 있는 모습은 로테샤를 더 작아보이게 했다. 고개를 살짝 숙인 채 이쪽을 보며, 그냥 멍하니 서 있다.

오펜은 한숨을 쉬고 어깨를 으쓱거렸다.

"확실히 말해서, 널 도와줘야 할 이유도 네 도움이 될 방법도, 난 모르겠어. 그래도 너한테 같이 올 생각이 있다면, 그건 괜찮다고 생각하거든."

"……."

로테샤가 고개를 끄덕인 건지 아닌지는 모르겠다──그냥, 몸이 비틀거린 건지도 모른다. 굳이 따질 일은 아닌 것 같다고, 우울한 기분으로 판단하고, 오펜은 그대로 계속 말했다.

"하다못해…… 클리오한테는 미안하다고 해줘."

"예."

겨우, 로테샤가 쥐어짜는 목소리로 말했다.

그리고──

고개를 들고, 표정을 바꿨다. 슬픈 기색을 떨쳐내고, 조용히.

"당신은…… 에드하고 똑같습니다."

그렇게 말했다.

"저한테 상냥하지 않습니다."

그건 그것대로 됐다.

서툴다고 밖에 표현할 방법이 없지만, 그래도 해결됐다면 그걸로 됐다.

이런 촌극을 구경하는 게 임무라면, 그걸 참을 정도의 인내심은 가지고 있다. 인내. 그렇다. 그것이 필요했다. 누구나 가지고 있고, 그리고 누구에게나 부족한 것.

그녀는 씁쓸하게 웃으면서 두 사람을 지켜봤다. 저 남자가 빌딩으로 들어갔을 때는, 최악의 경우에는 '디디'를 써야겠다고 각오했지만, 그럴 필요는 없었던 것 같다. 분명히 보고대로 경솔한 남자지만, 그 경솔함을 커버할 정도의 기량은 있는 것 같다. 이건 오히려 환영해야겠지. 그녀에게 요구된 것이 인내였던 것처럼, 그에게 요구되는 것은 바로 그것이다──그녀는 얄궂다는 듯이 씁쓸하게 웃었다──결솔함.

『흠…… 그렇군. 자네는 그를 적합하지 않다고 생각하는 건가.』

그녀는 머릿속에서 들려오는 목소리에 귀를 기울였다. 몇 번이나 그랬던 것처럼, 지금도.

　『그렇다면 묻겠다. 자네는, 경솔한 짓을 할 수 있겠나?』

　인간이 할 수 있는 일은 뻔하다. 운명을 바꾸는 것도 못 한다. 그렇다면. 오히려 인간에게는 결점을 요구해야 한다…….

　건물에서 나온 두 사람을 확인하며, 다시 몸을 숨겼다.

　"죽으려면 내가 혼나지 않고 넘어갈 수 있게 죽어달라고."

　조용히 혼잣말을 하며, 그녀는 그대로 어둠 속으로 숨어들었다.

제5장 앞으로 10시간

"……뭐야 이거?"

저절로 입속에서 흘러나온 소리를 듣고, 오펜 자신도 겨우 그 의문을 자각했다.

그것은 더할 나위 없이 이상했다.

여관이, 뒤틀려 있다.

엄청난 힘이 작용했다는 건 굳이 생각할 필요도 없다. 마치 거인이 살짝 비틀어놓은 것처럼, 그 여관은 비스듬하게 찌그러지고, 변형돼 있다. 벽도 기둥도 엉망진창으로 부서졌는데도 원형을 유지하고 있는 걸 보면, 그 변형이 한 순간의 일이었거나 극단적으로 천천히 진행됐을 것이다. 어쨌거나 제대로 된 상황이 아니었다는 건 분명했다.

멍하니 입을 벌린 채, 로테샤도 깜짝 놀라고 있다.

오펜은 일단 주위를 둘러보고는, 품에 안고 있던 칼을 고쳐 잡았다——바로 뽑을 수 있도록.

한참 전에, 이 근처에서 터졌던 것으로 보이는 그 마술의 폭발을 생각했다. 그 현상과 이 현상이 직접적으로는 관계가 없겠지만, 아예 관계가 없다고 할 수는 없겠지. 그렇다면, 이 장소에서 그 정도 마술을 쓰는 전투가 벌어졌다는 뜻이 된다.

여관은 들어갈 필요도 없이, 아무도 없다는 걸 알 수 있었다——만약 안에 사람이 있다면, 건물에 가해진 충격을 생각해보면 보나마나 즉사했겠지.

'……'

머릿속에 떠오른 것이 있어서, 오펜은 혀를 찼다.

'그 폭발…… 타이밍을 보면 클리오와 매지크가 여관에 도착했을 무렵인데 말이야.'

이 파괴된 건물 안에 두 사람이 있을 가능성도 있다.

"저기……."

갑자기, 로테샤가 입을 열었다. 여관을 손가락으로 가리키면서 물었다.

"뭡니까? 이건……."

"내가 '뭐야 이거'라고 하는 소리 못 들었어?"

그 말을 곱씹는 것처럼 신음하고, 오펜은 그 여관 건물에서 눈을 돌렸다.

"내가 말해줄까? 이게 네가 말했던——'긴급사태'야. 널 그냥 내버려두고 서둘러서 왔다면 늦지 않았을지도 몰라. 무슨 일이 일어난 건지는 도무지 모르겠지만."

거기까지, 쏘아붙이듯이 말했다. 로테샤의 안색이 확 바뀌는 게 보였다. 밤은 여전히 어둡지만, 그래도 알아볼 수 있을 정도로.

"세상에."

로테샤는 어깨를 늘어트리고 비틀거리면서 신음했다.

"……하지만…… 전, 이런 일이 일어났을 줄은……."

"……."

잠시, 그녀의 목소리를 들으며——

오펜은 탄식하고 인정했다. 상관없다. 어차피 폭발이 일어났을 때는 여기서 너무 멀리 떨어져 있었다. 서둘러 돌아왔어도 소용없었겠지. 그걸 모르는 건 아니지만, 그렇다고 그걸 굳이 말해주고 싶지도 않았다.

"뭐, 됐고."

중얼거리고, 밤길을 둘러봤다. 주위에 사람은 아무도 없었다. 이
정도 일이 벌어지면 구경꾼들이 몰려올 만도 한데.

"일단 안에 들어가 봐야겠지."

"······괜찮을까요?"

"글쎄."

오펜은 하늘을 올려다보고 숨을 한 번 들이쉬고는, 로테샤에게 칼
자루를 내밀었다──아래쪽을 보니, 로테샤는 의외라는 표정으로 오
펜의 얼굴과 검을 번갈아가며 보고 있다.

어깨를 으쓱거리고, 말했다.

"미안하지만, 할 수 있는 범위 안에서 자기 몸은 알아서 지켜. 솔
직히 이 정도 짓을 할 수 있는 놈을 상대하면서 다른 사람을 지켜줄
여유는 없으니까."

그렇게 말하면서 여관 건물을 가리켰다.

로테샤는 말없이 검을 받았다. 그것을 뽑지 않은 채로 들고는, 가
만히 오펜의 지시를 기다리는 것처럼 쳐다봤다.

그 눈을 피하고 싶은 기분으로, 오펜은 시선을 돌렸다. 여관 입구
의 문은 사라져버렸다. 경첩 부분에서 뜯긴 채, 건물 안쪽으로 들어
가 있다. 밖에서 보니 안쪽도 엉망진창이 돼 있다──마치 건물 자체
를 흔들어버린 것처럼.

"저기."

로테샤가 쭈뼛쭈뼛 말을 걸었다.

"클리오랑······ 매지크 군······ 여기 있나요?"

"없었으면 좋겠네."

바로 대답했다. 아무리 좋게 생각해도, 만약 이렇게까지 파괴된 이 건물 안에 있을 이유라고는 여기서 나올 수 없었든지, 이미 시체가 돼 있든지 둘 중 하나겠지.

그것을 이해했는지, 로테샤도 더 이상 묻지 않았다. 오펜은 로테샤의 얼굴은 보지도 않고 중얼거렸다.

"만약 길이 엇갈렸을 때 만날 장소는 일단 정해뒀어. 그러니까 난 두 사람이 이 여관에 없다고 확인하고 싶을 뿐이야."

"예."

"이 여관이 이렇게 된 이유에 대해 관심이 없는 건 아니지만, 그렇게 중요한 일은 아냐. 두 사람을 만나면 알게 될 테니까."

"예."

"말할 필요도 없지만, 가장 우선해야 할 건 자기 몸의 안전이야. 그건 너도 마찬가지. 혹시라도 날 도와주겠다는 생각은 하지도 마."

"예."

템포도 좋게, 로테샤가 고개를 끄덕였다.

거기에 대해서는 만족하고, 오펜도 고개를 끄덕여서 대답했다. 여관 입구를 가리키며,

"자, 가자."

신중하게 걸음을 옮겼다.

그 첫 번째 발소리가 어둠 속에 울렸다.

무너지다 만 바닥이 불안정하게 가라앉았다. 대부는 그야말로 붕괴된 상태──뒤집힌 테이블, 의자, 식기장. 깨지는 것들은 다 부서져서 여기저기 흩어져 있다. 깨진 바닥 사이에 유리 파편이라도 끼어

있는 건지 빠직, 귀에 거슬리는 소리가 들려온다. 어둠과 정숙은 조용하면 조용할수록 다른 소리를 웅변처럼 만들어준다.

손바닥에 밴 땀을 손가락으로 비비고, 오펜은 숨을 죽였다. 기척을 감추는 데 얼마나 의미가 있을지 생각해봤지만, 아마 아무 의미도 없을 것 같다. 하지만 자신의 존재를 숨기는 게 옳다고 생각하게 만드는 뭔가가, 이 어둠 속에 있다.

"……."

그 감각은 알고 있다. 목구멍 속에서 이상한 맛이 올라오는 걸 느끼며, 오펜은 로테샤 쪽을 봤다. 로테샤는 일단 겉으로 보기에는 침착한 것 같고, 칼집에 들어 있는 검을 안은 채로 발소리도 거의 내지 않고 따라오고 있다. 저쪽 체중이 더 가벼운 덕분이겠지. 기척을 감추는 건 저쪽이 더 잘 하는 것 같다.

"저기…… 오펜, 씨……."

쭈뼛쭈뼛, 로테샤가 오펜을 불렀다.

문득, 로테샤가 자기 이름을 부른 게 처음인 것 같아서, 오펜은 엉뚱하게 쓴웃음이 나왔다. 어쨌거나 로테샤가 하는 말을 들었다.

"안에 있냐고, 부르면 안 될까요? 작은 건물이니까……."

"그래도 돼. 하지만 두 사람이 소리를 낼 수 없는 상태일 수 있다는 것도 일단 생각해야 하니까. 불렀다가 대답하면 안에 들어가야 하고, 대답이 없어도 들어가야 하니까, 어차피 마찬가지야."

그리고, 한 박자 뒤에 이렇게 추가했다.

"뭐…… 그래도, 일단 불러 봐도 되긴 해……. 실제로 불러야 하겠지. 하지만, 젠장…… 대체 뭐지?"

뭔가 본능적으로, 그러지 말라고 말리는 분위기가 느껴진다.

한숨을 쉬고──오펜은 중얼거리듯이 말했다.

"저기, 로테샤."

"예."

"에드를 찾는 방법을 하나 가르쳐줄게."

"……예?"

로테샤는 놀랐는지 눈을 깜박거렸다──안고 있던 검을 놓칠 뻔하면서.

계속해서 말했다.

"이 분위기를 기억해둬. 그 자식이 무슨 짓을 저지른 곳은, 이것하고 똑같은 분위기가 되거든."

"……"

무슨 말인지 알 수가 없어서 대답도 못 하는 로테샤를 두고, 오펜은 빠른 걸음으로 안쪽을 향해 나아갔다. 원래는 주방이었던 것으로 보이는──이렇게까지 부서지면 알아볼 방법이 없지만. 비스듬히 기울어진 문을 대충 밀어서 열고 안을 들여다봤다.

그러자.

"……이것처럼 되는 거야."

뒤쪽에서 로테샤가 자신도 같은 것을 보려고 고개를 내미는 게 느껴졌다. 로테샤가 작은 소리로 비명을 질렀다.

거기에 쓰러져 있는 것은 인간이었다. 여관 주인이었던 남자겠지, 아마도.

확증을 가질 수 없는 건 그것이 개인이라기보다는 남자였고, 인간이라기보다는 인간 크기의 시체라고밖에 표현할 길이 없을 만큼 파괴돼 있었기 때문이다.

여관을 덮친 충격과 다른 것으로 보이는——좀 더 직접적으로, 날이 무딘 칼로 찢어발긴 것처럼 피부가 벗겨져 있다. 짐승의 발톱자국이 가장 가까울 지도 모르겠다. 경직돼서 움직이지 못하는 로테샤를, 오펜이 등으로 밀었다. 그녀는 손을 입에 대고 어깨를 부들부들 떨었다. 크게 뜨고 있는 눈에 눈물이 고이는 게 보인다.

"무슨…… 말이죠?"

그녀의 목소리는 거의 오열이었다.

"에드가, 이랬다는 건가요?"

"아니. 그 녀석이라면 이렇게 꼴사나운 짓은 안 할 거야. 의미도 없이 사람을 죽이는 놈은——"

말하다가, 입을 다물었다.

실제로 에드한테 죽을 뻔 한 사람이 눈앞에 있다 보니 고개를 저을 수밖에 없었다.

"하지만, 그 녀석하고 아주 비슷한 녀석이 그런 게 아닌가 싶어."

"짐작 가는 사람이라도?"

"있다고도 할 수 있고, 없다고도 할 수 있어."

"……?"

"이렇게 엄청난 짓을 저지르는 놈이 그냥 지나가던 파괴마(破壞魔)일 리가 없잖아. 틀림없이 짐작 가는 게 있을 거야——어떤 형태로든."

오펜은 거기까지 말하고 혀를 찼다.

"젠장!"

굴러다니는 의자 다리를 걷어차고, 다시 건물 안쪽으로 고개를 돌렸다.

"뭐냐고, 이 타이밍은?!"

"타이밍……?!"

오펜은 그렇게 물은 로테샤 쪽으로 고개를 돌렸다.

"우리는 우연히 오늘 이 동네에 도착했어."

"……예."

"우연히 클리오가 가도에서 쓰러진 탓에 쓸데없이 시간을 잡아먹었으니까, 오늘이 아니라 어제나 내일 도착했을 수도 있어."

"……."

무슨 말을 하려는지 눈치를 챈 건지, 로테샤가 입을 다물었다. 하지만 오펜은 신경 쓰지 않고 계속 말했다.

"우연히 네가 몰래 빠져나가서 널 찾으러 다녔다. 난 우연히 걔들 둘만 먼저 여관으로 돌아가게 했고. 그랬더니 우연히 이 여관이 이 꼴이 돼 있어. 어떻게 된 거야? 누가 우리를 감시하고 있었다고밖에 생각할 수 없잖아."

"하지만, 누가 그런 짓을──"

"모른다고! 무엇보다 왜 내가 아니라 걔들인데──클리오랑 매지크를, 굳이 이런 거창한 방법으로 덮친 이유가 대체 뭐냐고?!"

"아직!"

오펜을 따라하는 건지──로테샤의 목소리도 커졌다.

로테샤는 거의 소리 지르는 것처럼 말했다.

"아직, 그 두 사람이 말려들었다는 증거는 없잖아요."

"……큭!"

그것은 충동이라고밖에 표현할 방법이 없었다──

게다가, 의미도 없는 충동이었다. 그것을 다른 방법으로 표현하려면, 현세보다 높은 차원에 존재하는 것을 인정해야만 했다.

어쩌면, 그래야 좋은지도 모른다.

오펜은 머릿속에서 뭔가가 터지는 것을 느꼈다. 바닥을 박차고, 그 자리에서 뛰쳐나갔다. 목표는 2층으로 가는 계단. 역시 반쯤 무너져서 앞뒤가 뒤집혀 있는 계단을 온 힘을 다해서 뛰어 올라갔다. 부츠 끝이 몇 번이나 부러진 판자를 밟았지만, 신경 쓰지 않고 뛰어 올라갔다. 2층 바닥도 손상이 심했지만 단숨에, 어떤 문을 향해 뛰어갔다 ──

그 문만은, 무사했다. 우연일까.

클리오가 묵었던 방.

오펜은 말없이 그 문을 걷어찼다.

경첩이 날아가고, 파편 하나가 뺨을 스쳤다. 오펜은 아파서 눈을 감고, 그리고 바로 크게 떴다. 방 한복판에 덩그러니 앉아 있는 사람을 보기 위해서.

그녀는 마치 물가에 앉아 있는 소녀 같았다.

아니, 그런 그림이라고 해야 할까.

무릎을 굽히고, 허리를 곧게 펴고, 손을 살며시 얹고, 앞쪽을 보고 있다. 똑바로 앞을 보고 있는 시선에는──아무것도 비치지 않았다. 그저 눈앞을 보고 있을 뿐. 눈을 깜박이지도 않는다. 매끄러운 금발은 그대로 등을 감쌌고, 끝부분은 피 웅덩이에 잠겨 있다.

바닥에 앉아 있는 그녀의 무릎 위에 눈을 감은 소년의 머리가 있다. 너덜너덜해진, 마찬가지로 금발인 그 소년은 완전히 축 늘어졌고, 온 몸에서는 피가 흘러나오고 있었다. 그것은 마치 물놀이하는 장면 같았다.

냉정해져라.

그런 말이, 어디선가 들려왔다. 충동에 사로잡혀서는 안 된다. 눈에 보이는 것을 믿어서는 안 된다. 눈에 보인 사실을 뒤집고, 꼼꼼하게 조사하고, 확인했을 때 비로소 진실이 된다.

오펜은 천천히 숨을 내쉬었다. 폐에서 공기가 다 빠져나간 뒤에도, 계속. 떠오르는 것은 자신에게 경고하게 만들었던 충동도 분노도 아니었는데, 그것이 오펜 자신에게도 너무나 의외였다.

그 소녀는, 클리오였다. 그 사실을 시간을 들여서, 납득했다.

그녀의 다리 위에 머리를 얹어놓고 있는 사람은, 매지크. 그것을 이해하는데도 시간이 걸렸다.

그 때──

비명이 들려왔다. 뒤쪽에서.

돌아볼 필요도 없다. 로테샤였다. 쫓아와서, 겨우 따라잡았겠지. 로테샤는 갈라진 목소리로, 두 번이나 말했다.

"어째서── 어째서──?!"

"……."

그것은 의식 바깥에서 울리는 소리에 불과했다. 목소리로서, 언어로서의 의미는 없다. 오펜은 그저 조용히 관찰했다. 비명소리가 울려도, 클리오의 시선은 전혀 움직이지 않았다. 가슴이 희미하게 부풀었다가, 가라앉는, 약간의 호흡하는 동작 외에는 전부 방치했다.

살짝 벌어진 입술. 거기서 흘러나오는.

"……."

그녀는, 조용히 혼잣말을 했다.

"어째서──없는 거지?"

"두 사람 다 있어요!"

소리를 지른 건 로테샤였다. 착란 상태에 빠진 건지도 모른다. 오펜의 어깨를 붙잡고 세게 흔들었다.

"있잖아요——두 사람 다, 여기에!"

"없는 게, 이상하다고."

로테샤의 손을 뿌리치고, 오펜이 말했다. 방을 둘러봤다. 방 안은 여관의 다른 부분과 마찬가지로 엉망이었지만, 어디를 봐도 찾는 것은 보이지 않았다.

"오펜 씨——"

"레키가 없단 말이야. 왜 없는 거지?!"

결국 소리를 질렀다.

주먹을 꽉 쥐고, 계속해서 말했다.

"딥 드래곤이라고…… 그 녀석은 항상 클리오를 지켜줬어. 그런데, 어째서."

"——누구나, 어째서냐고 소리를 지르지. 그러면 나는 어째서냐고 되묻고. 죽을 때 정도는, 조용히 죽는 게 어떨까?"

"……!"

그 목소리는, 들어본 적이 있었다. 고개를 돌렸다——

매지크가 고개를 들고 있었다. 아니, 그것은 분명히, 자신이 잘 아는 그 소년이 아니었다.

바닥에 누운 채, 몸에 상처가 잔뜩 난 매지크가, 인간의 골격을 무시한 각도로 이쪽을 빤히 보고 있다. 그 눈동자가, 평소와 다른, 선명한 원색의 녹색으로 빛나고 있다.

순간.

아주 짧은 순간의 변화였다. 스르륵, 소년의 몸이 변형되더니 뱀처럼 클리오의 몸을 휘감았다. 그대로 유동체 같은 움직임으로, 세나가 중력을 거스르면서 상승했고──전혀 움직이지 않는 클리오 바로 옆에서, 다시 인간 모습을 하고 나타났다. 낡은 정장, 어딘가, 비틀거리는 것 같은 각도로 서서, 메마른 눈동자로 이쪽을 보고 있다.

하지만 그 오른팔만은 연체생물의 촉수처럼 빙글, 클리오의 목에 감겨 있었다.

"……헬퍼트……."

그 레드 드래곤 종족 암살자의 이름을, 오펜이 목구멍에서 짜냈다. 재빨리 오른손을 들었지만──

"그만두라고. 이 아이는 진짜야. 마음은 어디론가 가버린 것 같지만."

헬퍼트의 차가운 목소리에 움직임을 멈췄다.

상대의 꿰뚫는 것 같은 시선 앞에서, 오펜은 신음했다.

"뭐가 목적이야…… 매지크는 어디 있어."

"선언이다."

"……뭐라고?"

"목적이다. 물었잖아. 선언하기 위해, 난 여기에 있다."

"무슨 선언인데."

오펜은 곱씹는 것처럼 천천히, 물었다. 로테샤는 사태를 파악하지 못한 탓인지 전혀 움직이지 않았다. 검을 뽑으려고 하지 않는 걸 보고 안심했다──쓸데없는 짓인 정도가 아니라, 오히려 해를 끼칠 테니까. 가능하다면 그걸 자각해서 안 뽑았기를 바라지만.

그게 아니라면, 진정이 된 순간에 칼을 휘두를 수도 있다.

그 사실을 의식하면서, 말했다.

"말해봐. 무슨 선언인데?"

헬퍼트는, 미소조차 짓지 않았다──그저 옆으로 찢어진 입을 일그러트리고, 깊은 목소리로 목을 울릴 뿐. 그의 대답한 단 한마디였다.

"멸망한다."

"……내가?"

"아니, 이 거리가."

"바보 아냐?"

바로 받아쳤다. 한심한 심정으로, 오펜은 얼굴이 일그러지는 것을 느꼈다.

"대륙 사대 도시 중에 하나라고──이 어번라마는. 얼마나 많은 인구가 있는지는 알아? 북쪽에는 마술사 동맹 지부도 있어. 무기도 풍부해. 시민들은 대부분 군대 경험이 있어. 뭐, 명목상으로는 말이야."

코웃음을 치고, 계속했다.

"말해봐. 어떻게 멸망하게 만들 건데?"

"멸망하게 만든다고 한 적은 없다. 하지만 결과적으로, 멸망한다. 우리가 결전을 벌이면."

"……뭘 위해서, 그런 짓을."

"라이언에 의하면, 그것이 필요하다고 한다."

"라이언?"

그렇게 물은 것은 로테샤였다. 아는 이름이 나와서 놀랐겠지.

한 걸음 내디디고, 봇물이 터진 것처럼 소리를 질렀다.

"클리오한테…… 들었어. 검을 빼앗아서 도망친 게, 라이언이라고. 라이언이 여기에 관계된 거야? 지금 어디에 있는데."

"……나는 선언했다……."

헬퍼트는 완전히 무시하고, 그렇게만 말했다. 그리고 다시 눈동자가 녹색으로 빛나더니, 일그러진 모양으로 변형돼서는 바닥 틈새로 들어가서 사라져버렸다──순식간에.

"큭!"

쫓아가려고, 몸이 반사적으로 움직이기는 했지만, 어쩔 도리가 없다. 지금 쫓아가봤자 상대는 이미 건물 밖으로 도망쳤겠지. 사실 바닥에 뚫린 작은 구멍으로 쏙 빠져나간 상대를 쫓아갈 방법이 있을 리가 없다.

그래서 오펜은 클리오 쪽으로 달려갔다. 클리오는 지금도 넋 나간 눈빛으로, 그저 허공의 한 점만 보고 있다. 바닥이 울린 탓인지, 약간의 진동이 힘없는 클리오의 균형을 무너트렸다. 소리도 없이, 나방이 떨어지는 것처럼, 뒤로 자빠졌다.

"클리오!"

몸에 닿은 손이 주저할 정도로 가벼운 클리오의 몸을 안아서 일으키고, 오펜이 큰 소리로 불렀다. 아무런 반응이 없다. 보기에 외상은 없는 것 같은데.

"클리오! 일어나! 젠장, 마음이 어디로 가버렸다고? 그런 일이 어디 있어! 빨리 일어나. 무슨 일이 일어난 거야?! 매지크는 어디 있어!"

그 때──

"오펜 씨!"

로테샤의 절박한 목소리가 울렸다. 동시에 삐걱, 건물이 크게 기울었다.

"······무너지는 건가?!"

그것은 소리 내서 말할 필요도 없는, 빤한 일이었다. 기둥도 전부 없어진 벽과 바닥이, 한계를 맞이해서 원래의 형태를 유지할 수 없게 됐다. 헬퍼트가 바닥을 뚫고 퇴장하면서 무슨 짓을 했을지도 모르고······.

어쨌거나 그런 생각을 해봤자 의미가 없었다. 클리오를 안고, 소리쳤다.

"나 발하노라──"

순식간에 구성하고, 전개한다. 힘으로 가득 찬 공간을 찢어버리려는 것처럼, 오른손을 번쩍 들었다.

"빛의 칼날!"

공간의 한 점에 빛이 모이고, 그리고 거꾸로 팽창했다.

폭발하는 하얀 빛이, 방을 가득 채웠다. 시야를 온통 물들이는 것만 같은 빛 속에서──그 섬광의 범류가, 한쪽으로 가속했다. 열충격파가 울리면서 천장과, 그 위에 있는 것들을 대부분 날려버렸다. 그 충격이 건물 붕괴의 마지막 방아쇠였다.

그 다음은, 떨어지는 느낌이었다. 2미터 정도려나──아래에 파편이 쌓여 있는 걸 생각하면 그렇게 많이 떨어질 리가 없지만, 체감상으로는 장시간의 공포였다. 비명도 지르지 않고, 그저 무너지는 바닥위에서 어떻게든 자세를 유지했다. 축 늘어진 클리오의 몸을 받치며, 오펜은 눈을 크게 뜨고 있었다.

모든 것이 끝난 뒤에.

오펜은 산산이 부서진 여관의 잔해 위에 서 있었다. 고개를 뒤로 젖힌 클리오를 똑바로 고쳐 안고, 주위를 둘러봤다. 로테샤도 무사한 것 같았다. 바닥에 손을 짚고 이쪽을 보고 있다.

"뭐, 뭘 한 거죠……? 조금 전에."

"지붕을 날려버렸어. 생매장 당하지 않게."

그렇게 중얼거리고, 오펜은 하늘을 올려봤다. 흐릿한 밤하늘. 바람이 불어도 이 거리의 하늘은 개는 일이 없다.

"멸망…… 한다고?"

중얼거렸다.

"어째서…… 뭘 위해서…… 어떻게……?"

어떤 의문에도 답은 나오지 않았다.

오펜은 긴 탄식을 했다. 발을 질질 끌면서 그 자리를 떠나려고 했다. 주위에는 아직까지도 사람이 보이지 않는다. 이렇게 큰 소동이 일어났는데도 구경꾼이 없는 걸 보면, 누군가가 주위의 사람들을 전부 치워버렸다고 생각할 수밖에 없다.

'뭐, 그 헬퍼트라는 드래곤 종족이라면 간단하겠지…….'

헬퍼트도 보이지 않는다.

마음에 안 들지만, 그건 고마워해야겠지.

'그 녀석하고 결판을 내려면, 나 혼자서는 못 해. 누군가를 지키면서 싸우는 건 불가능해.'

조용히, 오펜은 그걸 인정했다.

"저기……."

자신을 부른 로테샤 쪽으로 고개를 돌렸다. 그러자 로테샤는 가까이 다가와서 클리오를 들여다봤다. 하얀 미간에, 불안해하는 주름이 생겼다.

"클리오…… 어떻게 된 거죠?"

그녀를 따라서, 힘없이 늘어져 있는 소녀의 얼굴을 봤다. 아무런 변화도 없다. 그 뒤로 눈을 감은 적도 없는 게 아닌가 싶을 정도로.

싸아──마음이 차가워지는 느낌이 들었다.

오펜은 고개를 젓고 대답했다.

"몰라. 하지만, 제대로 된 상태는 아니야. 그냥 히스테리나 기절한 게 아닌 건 분명해. 의사한테 데려가야겠어. 젠장, 이 잔해 속에서 짐을 찾아야…… 아니, 찾아내도 소용 없겠네. 돈이 없어."

"저기, 저한테, 조금이나마 있으니까──"

그리고는 작은 가방을 앞으로 내미는 로테샤 쪽을 봤다.

반사적으로 반론하려는 것처럼 입이 움직였지만──아슬아슬한 타이밍에서 멈추고, 오펜은 눈을 감았다. 신음했다.

"……미안해. 빌려야 할 것 같아. 어쨌거나 의사한테 데려간다고 해도 알 수 있을지는 모르는 일이지만."

그리고는 천천히 걸음을 옮겼다. 간신히 파편 더미를 빠져나와서, 어둡고 을씨년스럽기는 해도 일단은 안전한 길 위로 나왔다.

"아까 그…… 남자?"

로테샤는 동요한 탓인지, 조용히 있을 수가 없는 것 같다. 시선을 정신없이 움직이면서 빠르게 물었다.

"매지크인 줄 알았는데, 갑자기…… 변신하고. 뭐죠, 그건?"

"드래곤 종족──뭐, 인간이 모를 뿐이지, 그런 괴물들은 실제로 존재해. 더 자세한 설명도 할 수 있지만, 그럴 여력이 없네. 매지크 녀석도 결국 행방불명이야. 대체 무슨 일이 일어났는지, 그것도 모르다니.”

“찾아야해요.”

“아까도 말했지만, 만날 장소는 정해뒀다. 그리고 이 말도 했는데, 가장 우선해야 할 건 자기 한 몸의 안전이야.”

“그냥 두겠다는 건가요?!”

“에드와 싸우기 위해서 나랑 같은 힘을 갖고 싶다면!”

오펜은 결국 큰 소리를 질렀다──로테샤를 노려보면서, 고함을 질렀다.

“그게 필요하다고, 지금도 그렇게 생각한다면, 먼저 내 방식을 믿어. 그러지 못하겠다면 네 마음대로 하고.”

“…….”

설마 그런 말을 할 줄은 몰랐는지, 로테샤는 한 대 맞았을 때처럼──실제로 그런 표정을 지었는지도 모른다──입을 다물었다.

그런 로테샤한테서 고개를 돌리고, 등을 돌렸다. 실제로는 자기 눈을 보여주고 싶지 않기 때문이다. 혀를 찼다. 투덜댔다.

‘찾아보면 찾을 수 있을지도 몰라…… 어디 골목에 숨어 있을 수도 있으니까. 어쩌면 지금 내가 뛰어넘은 파편 밑에 묻혀 있을 수도 있고.’

몽상은 얼마든지 할 수 있다. 하지만 현실은 다르다. 그것은 자기 손에 있는 움직이지 않는 소년의 몸 때문이고, 너무나 피곤한 자신의 한계 때문이기도 했다. 헬퍼트가 자신을 놀리려고 변신했던 피투성이가 된 매지크의 죽은 얼굴을 떠올리면서, 그것도 현실 중에 하나로 받아들여야 한다고 생각했다. 죽었을 가능성이 높은 제자를 찾아다니느라 상대가 준 시간──무슨 이유인지는 모르겠지만 경고까지 하고 방치한 시간——을 헛되게 할 수는 없다. 클리오를 안전한 곳으로 데려가고 자신도 쉬어야 한다. 가능하다면 몸을 숨겨야 한다.

'그리고……'

오펜은 입술을 깨물었다.

'그 녀석한테는, 이미 가르치기 시작했으니까. 싸우는 방법을. 최소한 도망 칠 수는 있을 만큼은.'

겨우 몇 주 정도였지만, 지금까지 가르친 걸 활용하지도 못하는 제자라면, 앞으로 가르치려는 것들도 제대로 살리지 못하겠지.

"훈련을 받는다는 건……."

작은 소리로 중얼거렸다. 로테샤가 들었는지 아닌지는 모르겠지만, 들었어도 상관없다고 생각하면서 씁쓸한 미소를 지었다. 어차피 변명이 불과하다는 건 잘 알고 있다.

"배운 것을 몸에 익히는 책임을 져야 한다는 거야. 자기 한 몸은 자기가 챙기겠다는 선언이지. 마술사는 그렇게 해서 살아왔어……."

로테샤는 대답이 없었지만, 들었을 것 같다는 기분이 들었다. 어쩌면 로테샤가 아무 말도 안 해서 그런 생각이 들었을 지도 모르지만.

어쨌거나, 오펜은 고개를 들었다. 사람 하나를 운반하는 탓에 자기도 모르게 발쪽을 보고 있었던 것 같다. 앞쪽을 보려고 했고, 그리고…… 그 시야 속에 있는, 한 사람을 발견했다.

재빨리 경계했다——크게 뭔가를 하려는 건 아니지만, 상대를 똑바로 보면서 언제든지 바닥에 엎드릴 수 있는 자세를 만들었다. 클리오를 안은 채로는 크게 이동할 수 없기 때문에, 최소한의 차선책이었다. 그 대신에 반격할 때는 봐줄 여지가 없다. 최대한의 힘으로 마술을 날릴 각오를 했다.

하지만, 몇 초.

"……그쪽은?"

허를 찔린 오펜이 신음하듯이 말했다.

그녀——위노나는 그 거대한 짐을 오른쪽 어깨에 메고, 야성적인 미소를 지어보였다. 어깨 근육에 파고든 가방 끈을 고치면서, 붕괴된 여관 쪽을 보며 휘파람을 물었다.

"이거 정말…… 무슨 일이 일어난 거야?"

"무사했어?"

"그렇지 뭐."

그녀는 속 편한 태도였다. 큰 걸음으로 성큼성큼 다가오더니, 그게 당연한 일인지도 모른다는 생각이 들 정도로 자연스럽게, 클리오의 몸을 받아 들겠다고 손을 내밀었다.

"……나한테 맡겨. 당신, 당장이라도 쓰러질 것 같거든?"

"……."

주저하기는 했다——하지만, 선택의 여지가 없는 것 같다. 무릎에 힘이 들어가지 않는다.

"부탁할게."

그녀의 팔에 클리오를 맡기고, 그대로 힘이 빠져서 주저앉았다. 고개를 들어보니, 위노나는 재주도 좋게 왼팔 하나로 소녀를 안고 있다.

"……이상한 남자가, 방에서 쫓아내서 말이야——잠깐 밖에서 어슬렁거리다 오라고. 그런데."

그리고, 어깨를 으쓱거리고는,

"선의의 충고였다고 받아들여야겠지. 어떻게 해야 건물을 저렇게 뭉개버릴 수 있는 거야?"

"마치 선의였다면 용서받을 수 있다는 말투 같은데? 젠장, 대체 무슨 일이 일어난 건지……."

내뱉듯이, 신음했다.

"……저기."

그녀는 훗, 하고 웃고는 말했다.

"내가 전부 설명해줄까?"

"……뭐?"

영문을 알 수가 없어서 고개를 들었다. 하지만 그녀는 이쪽을 보고 있지 않았다. 움직이지 않는 클리오의 얼굴을 들여다보고, 계속 말했다.

"여행이 취미거든. 많은 걸 봤어. 아마 그쪽보다도 많이. 사람을 보면 말이야, 그 사람이 어떤 귀찮은 일에 휘말렸는지 바로 알 수 있어. 그런 거야."

"흥……."

그 농담에 어울려줄 수가 없어서, 오펜은 콧방귀를 뀌었다. 주저앉은 채, 주먹만 쥐었다.

그리고 그것이 마지막이었다. 의식을 잃기 직전에, 목소리가 들려왔다──

"여행이 취미거든…… 아마도, 평생 갈 취미……."

어두워진 의식에 몸을 맡기고, 오펜은 기분 좋은 어둠 속으로 뛰어들었다.

제6장 앞으로 6시간

아침에 됐는데도 아무도 돌아오지 않는 것에 대해 별 상관없다고 생각하는 자신과, 그렇지 않은 자신이 서로 상반하지 않고 존재했다. 그것 자체는 대수로운 일이 아니다――마음에는 항상 상반되는 두 가지 생각이 있는 법이다, 최소한이나마 지성이 있다면. 상반되지 않는 지성 따위는 존재하지 않는다.

사실 이것이 그렇게 큰일은 아닌 것 같았다. 도틴은 옷장 서랍에 상반신을 쑤셔 넣고 뭔가를 뒤지고 있는 형을 보면서, 조용히 중얼거렸다.

"저기…… 형."

"왜?"

영문 모를 고물――망가진 장난감이 많다――을 밖으로 내던지면서 형, 볼칸이 대답했다. 보아하니 작업에 열중하느라 건성으로 대답한 것 같았다.

뭐, 그래도 대답은 대답이다. 포기하고 계속 말했다.

"내가 보기에, 엄청나게 위험한 일인 것 같은데 말이야……."

"그러냐?"

"솔직히 이런 건 반집털이라고 할까, 더 나쁜 일 같은데 말이야. 그러니까, 맞다. 은혜도 모른다는 짓이 아닐까."

"흐음?"

관심을 보인 것 같은 목소리에 도틴은 고개를 번쩍 들었지만―― 형의 모습을 보고 또 한숨을 쉬었다. 볼칸은 서랍 안쪽에서 장난감

보물 상자를 발견하고 환호성을 질렀던 것 같다.

보물 상자는 상자가 찌그러져서 완전히 닫히지 않은 것 같지만, 자물쇠는 제대로 잠겨 있는 것 같다. 아득아득, 이빨로 그걸 열려고 하는 형을 보며, 도틴은 멍하니 중얼거렸다.

"그 사람들, 지금 당장이라도 돌아올 수 있는데."

"그래도 말이다, 도틴."

그리고——

볼칸은 일단 뚜껑 여는 걸 포기하고, 뭔가 복잡한 표정을 짓고는 손가락을 하나 세워 보였다. 그럴듯하게 운을 띄웠지만, 이럴 때 형이 그럴듯한 소리를 한 적이 한 번도 없었던 것 같다.

"이빈에 특별히 이 몸의 제자로 받아준 그 양배추 말이다만——"

그 라이언이라는 남자 얘기겠지. 분명히 양배추색의 이상한 타이츠를 입고 있었다. 형이 인간의 이름을 기억하는 경우는 거의 없다.

"소중하고, 소중하고, 소중하고, 또 소중한 사부님을 놔두고 야밤에 외출. 아침밥도 준비하지 않았다는 건, 아무리 생각해도 주방 수세미 받침대에 곰팡이가 피어도 어쩔 수 없는 일이다. 솔직히 멋대로 뭔가를 먹어도 된다. 그렇게 해서, 시대는 그 녀석이 아니라 이 영웅 볼칸을 선택했다는 것이다."

"……."

잘은 모르겠지만 자신만만하게 말하고, 볼칸은 다시 장난감 상자를 열기 시작했다——어차피 그런 망가진 장난감을 억지로 열어봤자 돈이나 먹을 것이 나올 것 같지도 않지만.

그 말은 안 하고——공범이 되기는 싫으니까——, 도틴은 한숨을 쉬었다. 어질러진 방을 둘러보고 우울한 기분이 들었다. 이걸 대체 누가 치워야 할까?

교회 안에는 아무도 없었다. 교회 주인도, 라이언도 없다. 그 검은 옷의 남자는 지난번에 나가서 돌아오질 않았고, 라이언도 밤이 오기 전에 밖에 나갔다. 둘 다 어디로 갔는지는 모른다. 어딘가로 데리고 와서 그 뒤로는 그냥 방치. 인간 종족의 세계에 발을 들인 뒤로 계속 이런 일이 반복된 것 같다.

결국 여기 있어봤자 우울한 기분만 더 심해질 것 같다는 걸 깨닫고, 도틴은 방에서 나가기 위해서 몸을 돌렸다. 여기저기 뒤지는 데 정신이 팔린 형을 뒤로 하고, 어질러진 방바닥을 비틀비틀, 발 디딜 곳을 찾으면서 간신히 빠져나왔다.

복도에는 아직 묵직한 공기가 남아 있었다──아침이 되면 사라지려나. 지저분한 창에서는 지저분한 아침 햇살만 들어온다.

이 건물은 어디를 가도 마찬가지였다. 어디나 적당히 지저분하고 삐걱거리지만, 그래도 나름대로 지낼 정도는 정리가 돼 있다. 교회라고는 하지만, 그럴듯한 것이라고는 지붕에 있는 우상뿐이다. 아니.

도틴은 복도를 따라서 걸어가다가, 생각이 났다. 하나 더 있다.

크게 서두르지도 않고, 도틴은 복도 끝에 있는 문을 열었다. 얇은 문이 삐걱거리는 소리를 내면서 길을 열었다. 그곳은 큰 공간이었다. 맞은편 벽에는 양쪽으로 열리는 문이 보인다──그곳은 이 건물에서 가장 큰 출입구였다. 지금은 한쪽밖에 안 열리는 것 같지만.

그 넓은 공간은 예배당처럼 쓰던 곳이겠지. 도틴이 들어온 쪽, 즉 건물 안쪽은 무대처럼 되어 있다. 그게 전부라고 하면 전부고, 나머지는 마룻바닥 위에 책상과 의자, 어쩌면 오르간이나 우상이 있었을 지도 모를 수많은 흔적들이 남아 있을 뿐이었다. 죽 늘어선 창문은,

역시 지저분하다. 그 광경은 안 쓰는 창고나 철거만 기다리는 폐옥을 떠올리게 했다. 아침햇살 속에 수많은 먼지가 떠다니면서 반짝반짝 빛나고 있다. 하나도 아름답지 않은 빛이지만, 일단 반짝이는 것은 사실이다.

'아마도, 빛 때문이겠지.'

별 생각 없이, 도틴은 그런 생각을 했다. 망토 안에 있는 팔을 움 츠리고 허무하게 고개를 저었다.

'이런 건물을 유지하려면 돈이 드니까. 가치가 있는 의자나 우상을 담보로 잡혔고, 그걸 전부 빼앗겼을 거야. 솔직히 귀족 연맹의 비호 가 없는 마이너한 신앙은, 안 그래도 많이 힘들었을 테니까……'

문득, 어제부터 모습이 보이지 않는 검은 옷의 남자를 생각하고, 동정했다.

'그 사람도 신자가 하나도 남지 않은 교회를 떠맡고서, 어떻게든 돈을 마련하러 다니는 게 아닐까. 왠지 음침한 분위기였는데. 어쩌면 옛날 신자들 집을 찾아간 건지도 몰라. 돌을 얻어맞고 다니는 건 아 닐까.'

그 때──

덜컹.

갑자기 들려온 소리에 깜짝 놀라서 고개를 뻗어보니 다시 한 번, 누가 두드리는 것처럼 문이 흔들리고 있었다. 자신이 들어온 문이 아 니다. 양쪽으로 열리는 문 쪽이었다. 문에 달린 창문──간유리는 아 니지만, 때가 묻어서 투명도는 제로에 가깝다──에 희미하게, 사람 머리가 비친 것 같았다.

바로 머릿속에 떠오른 것은 '큰일 났다'는 생각이었다.

'……누가 돌아왔나?'

오싹한 기분에, 고개를 돌렸다. 복도 안쪽으로 가서 경고해주고 싶었지만, 제 때 맞추지 못하겠지. 아무리 서둘러도 그 방을 치우려면 몇 분은 걸린다.

도틴은 기도하는 심정으로 또 덜컹하고 흔들린 문을 쳐다봤다——문은 잠겨 있다. 뭐, 나무토막 같은 빗장이지만, 열쇠는 열쇠다. 저 정도라면 방을 치우는 시간을 벌어줄 수 있을지도 모른다.

그렇게, 희망적으로 생각한 순간이었다.

"……어?"

자기도 모르게, 소리가 흘러 나왔다. 안경을 고쳐 쓰고, 도틴은 자신이 본 것을 다시 한 번 관찰했다. 갑자기, 빗장이, 튕겨져 나가고——벗겨졌다.

순간, 뭔가 가느다란 나뭇가지 같은 것을 본 것 같은 기분도 들었지만, 멀리 떨어져 있다 보니 잘 모르겠다. 문 틈새로, 가느다란 나뭇가지로 빗장을 벗겼겠지. 바닥에 떨어진, 제 역할을 못 하게 된 나뭇조각을 보면서, 도틴은 기도했다. 우상이고 뭐고 하나도 없는 예배당이지만, 자신의 행운 정도는 빌어도 되겠지.

'……행운이라는 게 남아 있다면 좋겠지만.'

가슴속으로 추가했다. 도탄은 일단 서둘러서 형이 있는 방으로 돌아가려고 했다. 빨리 가서 경고하면, 도망칠 수 있는 시간 정도는 있을지도 모른다. 이 건물에는 뒷문을 비롯해서 출입구가 잔뜩 있다. 신은 만인에게 문을 열어둔다는, 뭐 그런 뜻이겠지. 무슨 신인지는 모르겠지만.

도망치는 게 한 발 늦었다. 하지만 그런 건 신경 쓰지 않고, 몸을 돌리려고 했다. 문이 열렸다. 도망치려고 하면서도 어깨 너머로, 슬쩍 봤다.

문을 어깨로 밀어 젖히고──넘어지듯이 들어온 사람은, 얼굴에 피를 잔뜩 흘리고 있는 라이언이었다. 경박해 보이는 얼굴은 창백했고 다리는 휘청거리면서, 들어오자마자 바닥에 무릎을 꿇었다.

"어라?"

도틴은 뛰어가려던 발을 멈추고 얼빠진 소리를 냈다. 쓰러진 라이언이 이번에는 문이 아니라 바닥을 두드렸다──얼굴로.

그리고 그대로, 움직이지 않게 됐다.

순간──

"뜨아아아아아아악?!"

이번에도 갑자기, 비명소리가 울렸다. 도틴이 아니었다. 라이언도 아니고.

도틴은 의아해하면서 복도 쪽을 봤다. 안쪽에서 들려온 것은 형이 지른 비명이 틀림없다. 그리고 이어서, 쿵쾅거리는 발소리가 다가왔다.

문을 걷어차서 요란하게 열고, 볼칸이 큰 공간 안으로 뛰어 들어왔다. 눈이 휘둥그레져서, 두 손을 버둥대며, 소리를 질러댔다.

"도틴! 큰일 났다, 아니 아마도 큰일이다! 그 인색한 옷장 따위엔 더 이상 아무것도 기대하지 않겠다고 절연장을 던지고, 마룻바닥을 벗기겠다고 결심했는데──"

"……그런 짓까지 했어?"

도틴은 도끼눈을 뜨고 신음했지만, 아무래도 형은 긍정적으로 받아들인 것 같다. 주먹을 꽉 쥐고, 감격했다는 포즈를 잡더니,

"그~런 짓까지 하셨다! 하지만 완벽주의자인 이 형님을 그렇게까지 존경하지 않아도, 자비심 많은 이 마스마튜리아의 투견님은 내 몫을 나눠주기로 생각——"

그 때.

거기까지 떠들어댄 볼칸이, 열려 있는 문과 그 근처 바닥에 쓰러져 있는 양배추색 남자의 존재를 알아차린 것 같았다. 아니, 양배추색은 그 남자가 입고 있는 타이츠의 색이지만, 지금은 여기저기 피가 묻어 있어서 꼭 양배추색은 아니었다.

"음? 저기 보이는 건 제자가 아닌가?"

딱히 관심도 없다는 듯이 중얼거리고, 이쪽을 봤다. 도틴은 왠지 김이 샌 기분을 맛보며, 애매하게 고개를 끄덕였다.

"응. 아마도."

"죽었나……."

볼칸은 일단 아쉽다는 듯이 어깨를 으쓱거렸다.

"뭐 어쩔 수 없지. 녀석에게 어제 전수한, 도시 공략용 광역 섬멸 필살기『한눈에 반하기』는, 자신의 수명을 70년가량 줄어들게 만드는 큰 기술. 뭐, 아무리 생각해봐도 연습하다가 죽을 테니까 이름만 기억해두고 감사히 여기라고 못을 박았건만. 수업료는 칠천 고금화. 외상으로 달아뒀지."

"일단 물어는 보겠는데, 그거 어떤 기술이야?"

"아미 뭐, 있는 힘껏 노력하면 10만 명 정도는 죽일 수 있는, 그런 추상파의 기술이지. 구체적으로 표현하는 건 질색이다."

"……."

일단 그냥 두고, 도틴은 라이언 곁으로 달려갔다. 발소리를 듣고도 고개를 들지 않는다. 어쩌면 이미 죽은 건지도 모른다.

도둑질 다음은 시체.

왠지 눈물이 나올 것 같았지만——문득, 무슨 일이 일어나도 눈물이 나지 않는다는 사실을 깨달은 도틴은 서글퍼졌다. 이 정도 일에는 익숙해져버린 것 같아서.

약 절반 정도가 피 때문에 딱딱하게 굳어진 라이언의 머리카락을 보면서, 그 옆에 가서 웅크리고 앉았다. 죽은 사람과 조금 있으면 죽을 사람을 구별하는 방법에 대한 막연한 지식 정도는 가지고 있지만, 정확히 어떻게 해야 하는지는 모른다. 무엇보다 죽었는지도 모르는 상대를 건드려도 되는 걸까? 라는 생각이 들어서, 함부로 가까이 다가온 걸 후회했다.

수상한 녀석이라는 생각은 들었지만, 설마 이렇게까지 날 괴롭혀야 하는 걸까? 왜 내가 이런 짓을 해야 하는 거지?

그래도 쭈뼛쭈뼛, 손을 뻗었다. 일단 목을 만질 생각이기는 한데, 경동맥이라는 게 어디쯤인지 잘 모르겠다. 굳이 말할 필요도 없지만, 혈관이라는 건 밖에서 봐서는 알 수 없게 돼 있다——반대로 너무나 알기 쉬운 상태로 되어 있는 경우에는, 보통 경동맥 따위를 만져볼 필요도 없다. 의사라는 것도 생각보다 힘든 일이라고 중얼거리면서, 엎어져 있는 라이언의 목을 건드렸다.

맥박이 느껴지지 않았다. 체온은, 있는 것 같기도 하고. 한마디로 전혀 모르겠다. 손을 떼고, 도틴은 곤혹스러워하면서 중얼거렸다.

"그래서…… 어떻게 하면 되는 거야?"

"그냥 가만히…… 두면…… 됩니…… 다."

라이언이 대답했다.

깜짝 놀라서 뒷걸음질 쳤다──하지만, 그것도 알아차리지 못한 것처럼, 라이언은 그대로 계속 말했다.

"전…… 가만히 있으면…… 쉽게…… 죽지는 않으…… 니까……."

무슨 말인지는 모르겠지만, 어차피 할 수 있는 일도 없다. 아무것도 안 해도 된다면 그냥 시키는 대로 하는 게 제일이다.

하지만 도틴은 자기도 모르게 입을 열었다.

"하지만"

죽은 사람과 말하는 것 같은, 기묘한 심정으로 말했다

"일단, 이런 데 엎드려 있지 말고, 안쪽에서 제대로 쉬는 게 좋을 것 같은데요……."

"그, 그럴지도…… 모르겠군요."

라이언은 힘이 들어가지 않는지 팔꿈치를 바들바들 떨면서, 그러면서도 어떻게든, 일어나려고 했다. 옆에서 볼칸이 불쑥, 얼굴을 들이밀었다. 평소와 똑같은, 썩은 귤 같은 눈빛으로 라이언을 내려다보더니,

"으음. 평소보다 심한 꼴인 것 같구나, 제자여."

"하, 하하…… 예. 뭐 그렇습니다."

가볍게 웃고 몸을 일으킨 라이언의 옆얼굴을 보고, 도틴은 모르게 뒤로 한 걸음 물러났다──대체 어떻게 해서 이렇게 된 건지 상상도 못 하겠지만, 아무래도 그의 얼굴이 절반 정도 벗겨진 것 같았다. 표피는 찢어지지 않았지만, 마치 달걀 껍질 속에서 알맹이만 깔끔하게 꺼낸 것처럼, 얼굴 가죽과 알맹이가 몇 밀리미터 정도 어긋난 것처럼 보였다. 안구에는 피가 배 있는 게, 아마 눈도 거의 보이지 않겠지.

의식이 남아있다는 게 믿을 수 없을 정도였다.

그리고 몸을 봤다. 옷 때문에 알아보기 힘들었지만, 여기저기 골격이 부자연스럽게 변형된 것처럼 보이는 부분이 있다. 오른팔은 전혀 움직이지도 못하는지, 하반신과 왼팔로 엉금엉금, 바닥을 기어가기 시작했다.

"저, 저저저, 저기……."

도틴은 너무 당황해서 손을 내밀었다.

"여, 역시, 움직이지 않는 게──"

"아, 그런…… 가요."

이번에는 그렇게 중얼거리고 털썩, 그 자리에 엎어졌다.

그가 제정신이 아닌 건 분명했다. 무슨 일이 있었는지는 모르겠지만 완전히 정신이 나가 있다. 무리도 아니겠지만.

"의사를 불러!"

딱히 누구한테 들으라는 건 아니지만──특히 형이 아닌 건 확실하다──큰 소리로 외쳤다. 이 거리 어디에 있는지는 모르겠지만, 일단은 의사가 필요했다. 아니, 장의사가 필요하려나. 다행이 묘지는 가까이에 있을 것 같다. 여기가 교회니까…….

'나까지 정신이 나갔나보네.'

고개를 젓고, 도틴은 힘없이 쓰러져 있는 라이언을 쳐다봤다. 깜짝 놀란 형과 라이언을 번갈아 보면서, 뭘 할 수 있는지 뭘 할 수 없는지, 차례로 생각해봤다.

가장 좋은 것은 그냥 갑자기 뜬금없이, 의사가 여기에 나타나서 적절한 치료를 해주는 것이다. 그게 무리라면 그 다음은 바로 가장 나쁜 것이 된다. 한마디로 그가 더 이상 괴로워하지 않고 숨을 거두기를 기도하는 것뿐이다.

도틴은 일단 아직 열려 있는 문 쪽을 봤다. 바깥이 보인다. 교외에 있는 교회에서부터 저 멀리까지, 근처에 병원이라고는 있을 것 같지도 않은 완만한 비탈길이 쭉 뻗어 있을 뿐──인데.

사각…….

그 시야에, 시커먼 것이 들어왔다. 처음에 도탄은 그것이 무슨 그림자인가 싶었다──공간 속에 상을 맺은, 거꾸로 된 그림자라고. 그 시커먼 부츠 밑바닥과 마룻바닥 사이에 낀 자갈에서 소리가 났다.

바로, 그것이 시커먼 옷을 입은 인간이라는 걸 알았다. 바로 어떤 인간의 얼굴이 떠올랐다.

"저, 저기, 이 사람, 죽을 것 같아요──"

도틴은 일단 소리를 질렀다. 하지만 거기에 서 있는 사람이 자기가 알고 있는 빚쟁이가 아니라는 것은, 고개를 들어보니 금세 알 수가 있었다.

그 남자는 창백한 얼굴에 아무런 표정도 없이, 상처자국이 남아 있는 입술을 꾹 다문 채로, 시커먼 망토 속에서 있던 오른손을 슥 내밀었다. 역시 시커먼, 작은 쇳덩어리를 가볍게 쥐고 있다. 그것은 기묘한 물체였다. 하지만 어디선가 본 적은 있었다. 매끈하고 심플한 라인. 예전에 다른 인간이 들고 있는 걸 봤을 때는 더 복잡한 모양이었던 것 같다. 하지만 지금 이 남자가 들고 있는 것은 오히려 그냥 손잡이가 달린 짧은 철봉이라고 불러야 할 것 같은 물건이었다. 그 철봉 끝에는 동그란 구멍이 뚫려 있었다. 안구가 없는 두개골 같은, 깊은 구멍──그것도 외눈박이. 그것을, 라이언을 향해 똑바로 내밀었다.

거리는 3, 4미터 정도려나.

그 숫자를 의식한 도틴은, 라이언이 생각보다 열심히 여기까지 기어온 것 같다는 생각을 하고 더욱 놀랐다.

남자가 들고 있는 쇳덩어리가 팡, 격한 소리를 내면서 터졌다. 남자의 오른손채로, 살짝 흔들렸다. 동시에 라이언의 등에 뭔가가 맞은 것 같았다. 둔한 충격에 그 너덜너덜한 몸이 떨렸다.

"어……?"

영문도 모르고 보고 있는 사이에, 남자가 들고 있는 무기가 두 번, 세 번 터졌다. 동시에 그 무기 오른쪽에서 은색 통 같은 뭔가가, 화약 냄새가 나는 연기와 함께 튀어나와서 바닥에 떨어졌다. 솔직히 말하자면, 그 무기가 터진 회수를 알 수 있었던 것은 그 통이 떨어지는 걸 보고 있었기 때문이었다──몇 초 뒤, 움직임이 멈췄다.

바닥에 떨어진 작은 통은 전부 여덟 개였다. 그 숫자를 세고, 도틴은 다시 라이언 쪽을 봤다. 그리고, 비명을 질렀다.

부서진 머리의 내용물이 부채꼴로, 바닥에 뿌려져 있다. 도틴은 위와 내장에서 뭔가가 역류하는 기분을 느끼고, 그 자리에서 몸을 웅크렸다. 남자가 무슨 짓을 했는지는 알 것 같았다. 그 무기에 대한 지식도 없는 게 아니다. 권총. 왕도의 기사단만이 소지가 허용된 무기다. 그 외에는 생각할 수도 없다. 예전에 《펜릴의 숲》에서 신자들을 이끌던 어떤 교주도 그 무기를 가지고 있었다. 하지만──지금 남자가 사용한 무기는 위력도 정밀도도 그것과 도저히 비교할 수 없을 정도로 뛰어난 무기라는 걸, 문외한인 도틴이 보기에도 알 수 있는 물건이었다.

위액 맛 때문에 더더욱 토할 것 같은 기분을 느끼면서, 도틴은 고개를 들었다. 남자가 누구인지는 이미 생각이 났다. 내쉬워터에서 도장에 쳐들어왔던 그 남자다. 이름은 기억나지 않지만. 그런데 어째선지, 여기에 있다.

그리고 라이언을 죽였다.

형 쪽을 보니, 몇 초 정도 늦게 놀란 표정을 짓고 있다.

남자는——손에 들고 있는 권총을 살짝 움직여서 이쪽으로 겨눈 것 같았다. 부조리한 죽음. 그것을 강요하는 냉담한 눈빛이 그 얼굴에서 엿보였다.

도망쳐야 한다는 생각도 못하고, 도틴은 그저 바들바들 떨기만 했다. 말도 없다. 순간——

남자가 표정을 바꿨다. 깜짝 놀란 것처럼 눈을 찌푸리고 뒤쪽으로 뛰었다. 동시에, 섬광 같은 무언가가 그가 서 있던 자리를 그었다.

그것은 섬광이 아니었다. 오히려, 잘 휘어지는 채찍 같은 것이었다. 마치 버터라도 자르는 것처럼 바닥과 벽을 갈라버리고는, 소리도 없이 되돌아갔다. 눈으로 따라갈 수 있는 속도가 아니었지만, 그래도 도틴은 억지로 잔상을 좇아서, 그 채찍이 어디서 나왔는지를 찾아봤다.

툭, 소리를 내며, 눈앞에, 천장에서 뭔가가 떨어졌다. 그것은 사람 모양이었다. 누군지는 모르겠지만 낡은 정장을 입은, 꾸밀 생각이라고는 전혀 없는 것 같은 남자의 등. 금발머리가 흔들리고——그는 흘끗, 어깨 너머로 이쪽을 봤다.

그 눈동자가 녹색으로 빛나고 있었다.

"……원주민인가. 도망치십시오."

남자는 기묘한 말투로 그렇게 말했다——아니, 기묘한 건 말투만이 아니었다.

언어 그 자체였다. 쉽게 알아들을 수 없는. 아니, 알아들었어도 까딱하면 이해하지 못했을지도 모른다.

대륙 신어(新語). 대륙에 사는 언어족 대부분이 사용하는 말보다도 훨씬 오래된——대륙 고어(古語)보다도 오래된.

그것은, 지인어였다.

"도망치십시오."

되새기는 것처럼, 남자가 반복했다. 볼칸은 이해하지 못한 건지 눈만 끔벅거리고 있다.

"형!"

도틴은 소리치면서 일어났다. 그리고——

"도망쳐! 안쪽으로!"

전속력으로, 건물 안쪽으로 도망쳤다.

갑자기 나타난 드래곤 종족 암살자에게, 그는 그저 조용히 총구를 겨눴다. 연속으로 쏜 탓에 주위에는 초연이 고여 있고, 그 냄새가 콧구멍을 자극했다. 자동권총의 묵직한 감촉이 손목에는 기분 좋게 느껴졌지만, 그 감각이 위험하다는 것은 잘 알고 있다——이것은 어차피 무기일 뿐이고, 만능은 아니다. 남은 총알은 앞으로 세 발.

허둥지둥, 쓸데없이 서둘러서 도망치는 지인 두 사람의 등을 흘끗 보고, 그는 그 드래곤 종족의 얼굴을 차가운 눈으로 쳐다봤다.

그 암살자의 얼굴에는 표정이 없었다. 금발 머리에 야윈 것 같은 뺨의 윤곽. 퀭한 눈. 지금은 녹색으로 빛나고 있다. 레드 드래곤 종족. 지상에 여섯 종류가 존재하는 어느 드래곤 종족에도 해당되는 말이지만, 너무나 귀찮은 상대다.

일단 방아쇠를 당기는 수밖에 없다. 방아쇠에 얹은 집게손가락에 힘을 준 순간──그것을 노린 것처럼, 그 드래곤 종족이 입을 열었다.

"……작업이라고 생각해야만 할 수 있는 짓이군."

"?"

영문을 알 수가 없어서, 그저 물음표로만 대답했다.

그는 눈살을 찌푸리고, 방아쇠를 당기는 걸 최소한 몇 초 정도 미루기로 했다. 그리고 말했다.

"……뭐가?"

"죽이는 걸, 작업이라고 생각해야, 할 수 있지 않을까? ──죽인 직후에, 바로 주위를 경계하는 건……."

드래곤 종족은 딱히 웃지도 않았다. 그저 담담하게 대답했다──자신의 몸을 어떤 모습으로도 변화시킬 수 있는 레드 드래곤 종족이지만, 의외로 시시한 것들을 표현하지 못하는 것 같다. 감정이라든지, 그런 것을.

어쩌면 처음부터 없는 건지도 모르겠지만.

그는 한 박자 쉬었다가 물었다. 바닥에 뇌를 뿌려놓은 라이언을 슬쩍 가리키면서,

"이 놈을 죽이고, 내가 방심한 틈을 노리려고 했다는 건가?"

그 대답도, 냉담했다. 고개도 끄덕이지 않고, 드래곤 종족이 말했다.

"뭐, 그렇다고 해야겠지."

"……."

거리를 벌릴 생각으로, 반걸음 정도 뒤로 물러났다. 이것으로 상대와의 거리는 3미터 가량. 딱히 어느 쪽이 유리한 것도 아니다. 양쪽 모두가 공격할 수 있는 거리다. 사실 총탄으로 레드 드래곤 종족을 죽일 수 있다는 보장은 없지만.

하지만 납덩어리가 상대를 부숴버릴 수 있는지는 몰라도──

"동료 의식이라고는 없나보지? 너희 도펠 익스한테는."

말이라면, 확실하게 통한다.

예상대로 드래곤 종족은 움찔, 시선을 움직였다. 말하는 게 조금만 늦었어도 공격 동작에 들어갔을지도 모른다.

"그렇군. 라이언한테 듣기는 했지만 쉽사리 믿을 수가 없었다. 자네는 우리의 존재를 알고 있다…… 어떻게 된 거지"

"너희가 활동을 시작한지, 겨우 10년 정도였지."

그는, 말했다.

"그런 의미에서 보면, 아무리 거물인 척 해봤자 나하고 별 차이도 없다. 대등하다는 말이지."

"대등…… 이라고는 할 수 없군. 우리는 자네에 대해서 모른다."

"너희들보다 내가 신중하다는 듯이다."

"쫓는 자와 쫓기는 자의 차이일 뿐이라고 생각하네만?"

드래곤 종족은 콧방귀를 뀐 것 같았다──같았다는 표현은, 말투 외에 동작이나 표정으로 보여주기 않았기 때문에.

오른손을 살짝 들고, 계속해서 말했다.

"자네는 자신의 위치를 아주 당연하다는 듯이 믿고 있는 것처럼 보인다. 실제로 우리는 자네에 대해 몇 가지 의문을 품고 있기는 하지만, 단지 그것뿐이다. 두려워하지는 않는다."

"……무슨 의미지?"

"어떻게 이곳을 알았지?"

상대의 질문에──그가 제일 먼저 생각한 것은, 대답했을 때의 결과였다. 상대한테 정보를 주면 어느 정도나 간파당할까.

"……."

아니. 그는 그저 묵묵히 상대를 쳐다보기만 했다.

상대도 그것을 예상했겠지. 크게 동요하지도 않고, 말했다.

"흠. 뭐 상식적으로 생각해보면 내 파트너께서 미행당했다고 봐야겠지──어젯밤에는 험한 꼴을 당한 것 같으니까. 그가 할 예정이었던 선언을 내가 대행해야 했을 정도로. 이곳으로 돌아올 기력이 남아 있던 것만으로도 놀라울 정도다."

그렇게──말하고, 한 호흡을 쉬었다가 다시 물었다

"우리는, 너를 감시하고 있었다. 너는 어떻게 자유롭게 움직이는 거지?"

"……."

이번에도 침묵. 이번에도 레드 드래곤은 조용히, 스스로 대답했다.

"잭 프리스비──뭐, 그런 이름이었던가. 그를 따돌렸다는 뜻이겠지. 대단한 일은 아니다. 어떻게 됐지? 그는 죽었나? 아니면, 아직 자네가 그 방에 있다고 믿고, 창문만 쳐다보고 있나?"

그리고,

"이 정도다, 의문은."

그는 어깨를 으쓱거렸다──처음으로 본, 인간다운 동작. 이어서

마술사처럼 두 팔을 벌리더니,

"물어보면 안다. 대답하지 않더라도 추측은 할 수 있다. 의문은 의문일 뿐. 두려워하는 것은 어리석은 자들뿐이다. 그런데……."

잡담이라도 하는 것처럼, 화제를 바꿨다.

"제 몫을 하는 자의 조건이란, 뭐라고 생각하나?"

또 대답하지 않았더니, 그는 그리 오래 기다리지도 않고 바로 이어서 말했다.

"질문이다. 질문에 대답하는 것이다. 언제 무슨 질문을 받더라도, 제 몫을 하게 된 자는 거기에 대답해야만 한다. 그런 것이지."

그리고, 웃었다.

"이런, 어림짐작 할 생각은 아니다. 한마디로 자네의 질문에 대답하려는 것이다. 우리들의 동료의식에 의문을 품은 것 같더군. 대답하지."

그 녹색 눈동자에, 빨려들 것 같은 기묘한 빛이 들어오는 것이 보였다…….

"엿이나 먹어라, 고 하고 싶지만——나도, 파트너님이 정말로 죽는다는 걸 알았다면 어떻게든 막았을 것이다."

"……?!"

그 말의 의미를 바로 이해할 수는 없었지만——

그는 재빨리, 바닥에 쓰러져 있는 라이언을 봤다. 아직까지 같은 자리에 엎어져 있다. 지저분한 바닥에 번진 피와 체액도 그대로였다. 하지만.

라이언이 입고 있는 녹색 타이츠. 그것에서 은색으로 빛나는 글자들이 타오르고 있었다. 자세히 보니 타이츠에서 자라난 나뭇가지가 글자를 몇 겹으로 그리면서 자기 자신을 불태웠고, 그 빛이 라이언을 감싸고 있었다. 그리고, 완전히 파괴된 그의 머리를 재생시키고 있다

'자동적으로 소생시키는 건가?!'

만약 이 상태에서도 소생이 가능하다면, 한마디로 저 타이츠를 벗기지 않는 이상은 절대로 죽일 수 없다는 뜻이다.

마음속으로 혀를 차고, 그는 다시 레드 드래곤 쪽으로 시선을 돌렸다. 하지만, 한 순간 늦은 것 같다. 드래곤은 이미 그 자리에 없었다──잔상만이 남아 있다. 다시 천장으로 뛰어 올라간 것 같다.

몇 초 뒤에는 공격해올 것이다.

그 사실을, 각오했다. 그것은 반드시 피해야만 한다. 하지만, 어느 방향에서?

바로, 판단했다.

앞으로 뛰어갔다.

라이언이 쓰러져 있는 위치로, 뛰쳐나갔다. 동시에 권총을 양손으로 잡았다. 이미 놓친 레드 드래곤의 모습을 찾으려 하지 않았다. 어차피 늦었다. 뒤쪽에서, 커다란 소리──공격이겠지. 바닥을 파내고 파괴한 것 같다. 그건 무시하고, 그는 눈앞에 있는 라이언만 봤다.

지나가면서, 재생되고 있는 라이언의 머리에 남은 총알을 전부 때려 박았다.

이번에도 빛바랜 금발의 머리통이 부서졌지만──지난번하고 똑같을 뿐이다. 조금 지나면 또 재생이 시작되겠지. 하지만 당분간은, 적어도 지금까지 이야기한 정도의 시간은 벌었을 것이다.

텅 빈 탄창을 버리고, 새 탄창을 장전.

그 때는 이미, 몸을 돌렸다. 위치가 바뀐 것처럼 레드 드래곤이 입

구쪽에, 라이언 바로 옆에 자신이 있다.

그는──총구를 똑바로 겨눴다. 그대로 방아쇠를 당긴다. 총성이 두 번 울리자, 총알이 드래곤 종족의 얼굴에 착탄했다. 강신에 의해 회전한 탄두가 이종족의 피부에 생각보다 큰 탄흔을 남겼다. 첨벙, 물이 튀는 것 같은 소리를 내면서 표적의 미간과 왼쪽 뺨을 완전히 일그러트렸다.

큰 효과가 없었다는 건 바로 알 수 있었다. 레드 드래곤은 이쪽이 쏘기도 전에 자기 몸을 연체화(軟體化)──라기보다는 유동화(流動化)한 것 같다. 총알도 충격도 전부 투과시켜서 치명상을 막았을 것이다. 그는 얼굴을 변형시킨 째, 오른손을 이쪽으로 뻗었다. 순간, 그 손목 아래쪽이 길게 늘어났다.

오른손은 약간 꿈틀거리면서 이쪽으로 돌진했다──그 움직임은, 호스에서 물이 뿜어져 나오는 모습을 연상케 했다. 바닥을 한 번 때리고 튕겨 올라오는 것처럼 접근해오는 그 꼴사나운 오른손을 향해 총을 두 발 더 쏘고, 뒤쪽으로 뛰었다. 한 발만 명중했는지, 그 충격에 오른손의 속도가 느려졌다. 후퇴하면서 번 거리와 감속에 의해서 생긴 0.5초 정도의 시간 동안에, 다시 방아쇠를 당겼다. 조금 전에 명중한 것 같은 손목의 탄흔에 겹쳐지는 것처럼 새로운 구멍이 뚫렸고, 레드 드래곤의 가느다란 오른손이 뜯겨져서 날아갔다. 그리고 그대로 중력에 의해서 툭, 바닥에 떨어졌다. 하지만 그것을 지켜볼 틈도 없이, 머릿속에 경보가 울렸다.

이번에는 왼쪽에서, 왼쪽 손이 날아왔다. 드래곤은 왼손을 그대로 돌격시킨 게 아니라, 몇 미터 정도 떨어진 사각(死角)에 정지시켜 놨다. 그 위치에서 손가락만 뻗어서 공격할 셈이겠지. 손가락 다섯 개를 전부 꼬챙이처럼 만들어서, 이쪽으로 겨누고 있다.

요격은 불가능——

그는 권총을 레드 드래곤의 본체 쪽으로 겨눴다. 상대는 피하려 하지도 않았다. 이 총으로 상대를 죽일 수 없다는 건 알고 있다. 하지만.

총소리가 세 번 울렸다. 표적의 오른쪽 어깨, 왼쪽 어깨, 그리고 아랫배에, 거의 동시에 명중했다. 결과는 조금 전과 마찬가지, 상대의 몸을 일그러트렸을 뿐이다. 하지만 균등하게 맞은 충격이 드래곤의 몸을 크게 기울게 했다. 균형을 잃고, 뒤쪽으로 쓰러졌다.

그리고 순식간에 뻗어온 다섯 손가락은 궤도를 약간 바꿔서 그의 몸을 스치고, 지나갔다.

남은 총알은 앞으로 세 발.

발사한 숫자에 비해서 효과가 전혀 없다. 천천히, 여유 있게 일어나려고 하는 레드 드래곤에게, 그는 남은 총알을 전부 날렸다. 하지만, 그 때까지 완만하게 움직이던 레드 드래곤은 갑자기 옆으로 뛰더니, 그 총알을 전부 피했다——인간의 골격을 완전히 무시한 움직임으로.

또 텅 빈 탄창을 바닥에 떨어트리고, 새로 장전했다. 탄창이 찰칵하고 들어가는 소리를 들으며, 그는 그 총을 겨누지 않고 망토 안에 있는 숄더 홀스터에 집어넣었다.

그대로, 양손을 허리 옆으로 늘어트렸다.

"……포기했나?"

드래곤 종족 암살자가 말했다.

총알 때문에 몇 번이나 변형된 몸을 간단히 원래대로 되돌리고, 입을 열었다.

"이러는 사이에, 곧 내 파트너님이 부활한다…… 그러면 손쓸 도리가 없을 텐데?"

"그렇겠지."

그는 조용히 대답했다.

웃으면 얼굴에 주름이 남는 눈앞에 있는 사내를 보면서, 오른팔만 망토 밖으로 꺼냈다. 슬쩍 보니, 라이언은 또다시 빛의 글자에 감싸여 있고, 두개골의 구멍도 거의 다 막혀 있었다.

"……사용자의 죽음에 반응해서 소생을 시작하는 건가…… 이렇게까지 강력한 천인종족의 무기가 존재했을 줄이야."

"전부, 이 정도라고 생각했나?"

그렇게 말하면서, 드래곤이 꺼낸 것은——

프릭 다이아몬드. 복잡한 형상의, 결코 뽑히지 않는 검이었다. 어디에 넣어뒀던 건지는 모르겠지만, 그것이 몸속에 있었다고 해도 이상하진 않을 것이다. 그는 그 검을 가볍게 들고, 계속해서 말했다

"어쩌면 나도, 이걸 쓰면 조금 편해질지도 모르겠군?"

그리고, 그것을 시험해보려는 것처럼 허공을 올려다봤지만, 어깨를 으쓱거리고는 다시 집어넣었다.

그것을 보고, 그는, 중얼거렸다.

"그 검……."

상대가 듣고 있다는 걸 확인하고, 말했다.

"네 질문에 대답해주겠다. 그 대신, 그 검을…… 내게 돌려다오."

"……?"

상대의 표정에 의문이 드리우지는 않았지만——

의미를 생각한 것은 분명했다. 몇 초 정도 침묵하고, 물었다.

"……무슨 생각이지?"

"내 바람을 그대로 말한 것뿐이다."

"나는 이레귤러와 거래하지 않는다. 게다가 이레귤러한 거래는 할 수 없다."

그의 말은 솔직했다. 하지만 또 몇 초 정도 생각하고, 정정했다.

"사실, 최근에 그런 짓을 하기는 했지만. 질문만은 하겠다…… 그 대답 여하에 따라서는 생각해보지. 너는 누구냐?"

"영주의 부탁으로 움직이고 있다."

그는 바로 대답했다. 이정도면 알 것이다.

드래곤 종족의 암살자가, 이번에는 아까의 몇 배나 되는 시간동안 침묵하고——신음하는 소리가 들려왔다.

"영주? ……영주……."

중얼거리는 사이에 생각이 난 것 같았다. 기억 속 아주 깊은 곳에 묻혀 있었던 것 같다.

"최접근령의 영주……? 유일한, 성역의 적대자……."

이쪽을 보며, 그는 한숨을 쉬었다. 멍한 말투로,

"그가 움직인 것인가……."

"그는 항상 움직이고 있었다. 너희가 신경 쓰지 않았던 것 분이다."

그리고, 오른손을 내밀었다.

"검을 돌려줘."

"미안하지만——"

레드 드래곤은 허리를 곧게 펴면서, 차가운 목소리로 대답했다. 완전한 전투태세일까. 양쪽 겨드랑이가 살짝 벌어지는 정도로 팔을 들었다.

"최악의 답이다. 살려둘 수는 없겠군."

"……그런가."

그는 앞으로 내민 오른손을 거두지도 않고, 탄식했다.

눈앞에 있는 남자를 봤다. 타고난 암살자──레드 드래곤이라는 종족은 그 한 마디로 표현할 수 있다. 모든 능력이, 마치 누군가가 그렇게 의도한 것처럼, 모든 것들이 암살행동을 위해 존재한다.

그것이 지금, 자신에게 향해 있다. 만능 암살자, 레드 드래곤이 말을 걸어 온다…….

"그럼, 작별이다."

"그렇군."

전방으로 향해 있던 오른손을 빙글 뒤집어서──지휘자처럼 들어 올리고, 그는 순식간에 마술을 구성했다. 그리고, 중얼거렸다.

"나 발하노라, 빛의 칼날."

부풀어 오른 하얀 빛이, 시야를 가득 메웠다.

어둠 속에서, 오펜은 한 남자를 떠올리고 있었다.

그것이 꿈이라는 건 자각하고 있다. 눈을 뜨면 잊어버리겠지. 아무래도 상관없는, 환상의 기억일 뿐이다.

그 남자는 어떤 의미에서는 자신의 가족이었다.

다양한 인간을 만났다. 하지만 가족처럼 생각하는 사람은, 그리 많지 않다――그 중에 한 사람이었다. 그 남자는.

대륙 흑마술의 최고봉 《송곳니 탑》에서 최강의 마술사에게 배운, 동료.

하지만.

그를 마술사라고 생각한 적은 없다.

그렇게 생각할 이유는 여러 가지가 있었다. 그의 모습을 보면서, 떠올린다――

'그는…… 마술을 쓰지 않아.'

못 쓰는 건 아닐 것이다. 딱 한 번, 그가 마술을 쓰는 모습을 본 적이 었다. 그것은 딱히 특별한 장소도 아니었다. 평범한 모의 시합이었다.

'그 때, 툇시를 압도했었지. 그 사람은…….'

《탑》에서도 최강이라고 불리던 그의 누이――리테샤 마크레디를 일축할 정도의 마술력과 제어력을 지녔으면서, 그것을 쓴 적이 없다.

마술사라면 마술을 행사한다. 그것은 지극히 당연한 일이다. 태어나면서 그런 특수한 능력을 지닌 자는, 자연히 거기에 의지하게 된다. 그것은 오히려 당연한 일이었다. 자기 발로 걷는 것을 자기 발에 너무 의지하는 한심한 일이라고 생각한다면, 그 사람은 편집광(偏執狂)일 것이다. 마술사는 태어나면서부터 항상 마술과 함께 했고, 죽을 때까지 마술사로서 존재한다.

하지만.

'그러지 않는다…… 는 건, 마술사가 아니라는 뜻이야…….'

기묘한 얘기였다. 그는 틀림없이 마술사다. 하지만, 그런데도 불구하고 마술사인 척을 하고 있다.

그는 대체 무엇에 의지해서 살고 있는 거지?

그리고. 별 생각 없이, 덧붙였다.

자신은 대체 무엇에 의지해서 살고 있는 걸까…….

유이스 엘스 이트 에굼 코르곤. 민폐 방문자(나이트 노커)라고도 불리는 그 남자의 이름 속에, 오펜은 멍하니 또 하나의 이름을 추가했다. 에드.

천마(天魔)의 마녀와 동급인 재앙의 마술사.

유이스 엘스 이트 에굼 에드 코르곤.

그를 향해 웃었던 적이 있다. 벌써 몇 년이나 지난 일이다. 그가 그 긴 이름을——자신과 두 명의 동료들에게만, 조용히——가르쳐 줬을 때의 일이다. 꼭 주문 같은 이름이라고, 다같이 웃었었다.

정작 코르곤 본인만이 어딘가 무미건조하게 웃었다.

"그래. 주문일지도 몰라. 하지만, 아직 불완전한 주문이다."

그 때 그 웃음은, 아무리 호의적으로 해석해도 소름 끼치는 것이었다.

"모든 것이 완성됐을 때…… 그 주문을 읊으면 어떤 일이 일어날까?"

에필로그

레티샤 마크레디는 배 위에서 먼 곳을 바라보며 한숨을 쉬었다.

걱정거리가 있어서 그런 게 아니다──오늘은 배도 덜 흔들리고, 바다 냄새에도 익숙해졌다. 티피스와 패드는 저택과 함께 포르테에게 맡겨졌다. 뭐, 그게 조금 불안하기는 하지만. 제자를 두지 않은, 사정을 봐주지 않는 남자, 게다가 《탑》에서 가장 강력한 마술사 중에 하나인 포르테 퍼킹검이 그 두 사람한테 어떻게 당할지, 그 꼴을 못 보는 건 조금 아쉬웠다.

증기선을 이용하는 해상편은 운항 편수가 그렇게 많지는 않지만, 대륙의 일반적인 이동 수단이었다. 대륙 북단을 우회해서 서부와 북부를 연결한다.

그 갑판의 난간에 기댄 채, 그녀는 바람에 머리카락을 맡겨두고 있었다. 지금 대륙은 저 멀리에 어렴풋이 보이는 검은 아지랑이에 불과했다. 먼 바다 쪽이 해류가 안정돼 있다는 말은 이해하지만, 육지에서 이렇게까지 멀리 떨어져 있다 보니 나름대로 불안했다.

검은 셔츠에 밝은 베이지색 슬랙스. 가느다란 금시계와 익숙한 차림으로 이렇게 있는 것은, 이것이 사적인 일이기 때문이다. 《탑》의 예산으로 이 배의 이등 객실을 확보했다면, 명목상으로라도 제복인 검은 로브를 입었어야 했다. 사실 이번 여비는 그녀의 쌈짓돈에서 나온 게 아니다. 그녀는 피식 웃고 해수면을 내려다봤다. 바다는 파랗다. 하지만 그 속은 한없이 검다. 생각해보니 그의 눈은 바다와 똑같았다──선편 여행은 그가 제안한 것이다.

'뭐…… 감사는 해야겠지, 포르테한테.'

마음속으로 중얼거렸다.

'아니면, 돌아갈 때쯤에는 감사할 정도 일은 아니었다고 생각하게 되려나?'

만약에 선의였다고 해도, 그는 필요 이상의 선의 따위는 없는 사람이다. 그 사람은——

그렇게 생각하고, 씁쓸하게 웃었다.

그 때.

"경치가 좋군요——뭐, 이미 익숙해지긴 했지만."

갑자기 누가 말을 걸었고, 레티샤는 황급히 얼굴에서 웃음을 지웠다——최대한 무표정한 척 하면서, 고개를 들렸다. 그랬더니 잘 차려입은 남자가 어느새 가까이 다가와 있었다.

"그런가요?"

애매하게 대답했다.

본 적도 없는 그 남자는 연기하는 것처럼 보란 듯이 웃으면서 고개를 숙였다. 가슴에 손을 대고, 자기소개를 했다.

그 이름을 들어본 적도 없었고, 레티샤는 듣자마자 바로 잊어버렸다. 결국 그녀와 마찬가지로 한가해서 배 안을 산책하고 있었던 것 같다.

'——그리고, 결국 자기처럼 한가해 보이는 말상대를 찾아낸 거겠지.'

할 말을 찾을 시간은 꽤 있었다. 입을 열고, 말했다.

"외양은 풍경이 조금 더 다르다고 들은 적이 있는데요?"

"농담이겠죠. 뭐, 보이는 것이라고는 지옥 같은 풍경이겠죠. 대륙에서 너무 멀리 떨어졌다가 부조리하게 침몰한 배는 지금도 끊이지 않으니까요."

남자는 노골적으로 놀란 표정을 짓고, 그렇게 말했다. 틀림없이 연기자일 거라고 단정하면서, 레티샤느는 계속해서 말했다.

"하지만 저희 조상은 외양에서 왔다고 하지 않나요?"

"하하. 마술사들은 그렇게 말하고 있죠──저는 최근에 발표된, 인간 종족이 원래 이 대륙의 원주민이고 천인 종족이 자기들 편의에 맞춰서 역사와 지식을 날조했다는 설을 믿고 있습니다만. 신들이네 마물이네 하는 이야기보다는 훨씬 현실적이지 않나요."

"어머나…… 역사에 대해서 잘 아시나요?"

의외라고 생각하며, 레티샤는 눈썹을 치켜 올렸다. 남자는 하얀 치아를 보이면서 웃고는,

"이래 봬도 학도(學徒)입니다. 타프렘시에 아직 공표되지 않은 고문서가 있다는 건 아십니까? 그것을 공표해달라고 요청하러 갔었는데, 바로 거절당했습니다."

"아, 예."

"좀 더 매달릴 생각이었는데 말이죠. 아버지──아니, 아버님───아니, 언젠가 아버님이 될 예정이라고 하는 게 정확하려나. 아무튼 무슨 사고가 났다고 하셔서 돌아가야 하거든요. 역시 학자시고, 마지막에 뵀을 때는 브라우닝 가문의 세계서(書)를 발견했다는 둥 영문 모를 소리를 하셨습니다만…… 아마도 현장에서 다치기라도 하셨겠죠."

"……."

조용히 들으면서, 레티샤는 그가 준 정보들을 간단히 정리했다. 한

마디로 이런 얘기겠지──그는 자신의 일에 긍지를 가진 사람이고, 약혼을 했으며, 아무래도 연기자는 아닌 것 같다.

학자인지 아닌지는 문제가 아니다. 그딴 것에 진짜도 가짜도 없으니까. 자칭하면 누구든 진짜라고 할 수 있고, 다른 사람이 손가락질을 하면 누가 됐건 가짜가 된다.

레티샤는 어깨를 으쓱거리고 미소를 지었다. 자신의 셔츠 옷깃 사이로 손가락을 넣고, 말했다.

"속이게 되기 전에 자백하는 게 좋으려나요?"

그리고 그녀는 그대로, 옷 속에 넣어뒀던 펜던트를 끄집어냈다──검에 얽힌 외다리 드래곤 문장. 그것을 꺼내서 상대에게 보내줬다. 타프렘시까지 올 정도 학자라면 이걸 본 적은 있겠지.

"그건……."

남자는 말 그대로 눈이 휘둥그레졌고, 적잖게 충격을 받은 것 같았는데,

"세상에. 마술사셨군요."

"《송곳니 탑》의 레티샤 마크레디입니다. 지금은 사적인 일을 보는 중이니까, 《탑》 최고 집행부에는 말하지 않을 게요."

"이거 참, 할 말이 없네요."

남자는 머리를 벅벅 긁으면서, 정말로 난처하다는 듯이 말했다. 자기도 모르게 후훗, 하는 웃음소리가 흘러나왔다.

레티샤는 펜던트를 제자리에 돌려놓고 나서 말했다.

"어차피 저는 오래전에 집행부가 포기한 인간이니까, 신경 쓰지 마세요."

"예…… 보기엔 안 그럴 것 같습니다만, 솔직히 그랬으면 좋겠

군요."

그는 바로 정신을 차리고, 다른 질문을 했다.

"사적인 일이라고 하셨는데…… 괜찮으시다면 어떤 일인지 여쭤봐도 될까요?"

"대단한 일은 아니에요."

그에게서 시선을 돌리고——배를, 배가 향하는 쪽을 보면서, 레티샤는 조용히 말했다.

"……그냥 동생을 보러 가는 겁니다."

"동생 분을?"

"예. 여동생 일 때문에, 조금."

"……그렇군요."

"저기."

레티샤는 헛기침을 하고 그 남자 쪽을 봤다. 똑바로, 그 남자의 옅은색 눈동자를 보면서, 물었다.

"다시 한 번, 이름을 말씀해 주시겠어요?"

그날 아침이 평소와 다른 특별한 뭔가는 절대로 아니다.

만약 잘 구운 토스트에 버터를 잔뜩 바르고 노른자를 터트린 달걀부침까지 얹어서 먹는 것을 금지한다면 놀라는 사람도 있을 것이다——하지만 그런 일은 없다. 하얀 셔츠에 치명적인 얼룩을 만들 수도 있는 그 아침 식사도, 날이 안 드는 면도날 때문에 투덜거리는 것도, 창문을 열고 테라스의 화분에 물을 주는 것도, 무엇 하나 제한되지 않았다.

하지만 그 평소와 똑같은 아침 속에서, 어번라마시의 사람들은 어떤 것의 출현을 받아들여야만 했다.

그것을 제일 먼저 발견한 사람이 누구인지는 모른다——

모든 사람들이 놀란 것은 틀림없다. 하지만 난리가 나지 않은 것은 그것이 무엇을 의미하는 것인지를 발견한 사람이 전혀 이해하지 못한 탓일 것이다. 어설프게 이해했다면 미쳐버릴 여지라도 있겠지만.

어번라마시 북쪽에 있는 가장 넓은 공원에 갑자기 나타난 그것은, 꼼짝도 하지 않고 아침 햇살 속에서 가만히 앉아 있었다. 수평으로 바라보고 있는 시선도, 중량이 있는 체구도, 매끄럽게 뒤쪽으로 뻗어 있는 칠흑의 체모도, 무엇 하나 움직이지 않는다. 그저 가만히, 거기에 있다. 조깅하던 중에, 우유 배달하던 중에, 출근하던 중에 그것을 본 자들을 이해는 못 했지만, 막연하게 느끼는 것이 있기는 했다. 그것은 왕자(王者)였다. 결코 움직일 수 있고, 있는 그대로 받아들일 수밖에 없는, 절대적인 왕자.

아는 사람이 본다면 그것이 무엇인지 알 수 있었을지도 모른다. 어쩌면 그것 자신이 스스로 이름을 말했을지도 모른다.

하지만 지금은 움직이지도 않고, 가만히 아침 햇살을 쬐고 있다. 머리 높이까지 몇 미터나 되는 거 거대한 왕자는, 어떤 시각을 기다리고 있다.

딥 드래곤 종족 궁극의 전사인 아스라리엘. 그 이름을 지닌 칠흑의 털북숭이 왕자는, 그 종족의 섭리에 따라서 소리도 없이 거기에 존재하고 있었다.

후기

모월 모일. 개인적인 메인 웨폰으로 결정한 MP5의 핸드 가드에 송곳니 탑의 문장을 다는 데 성공. 딱히 별 의미도 없는 개조지만 조금 기쁘다. 거기에 맞춰서 탄창 파우치 등도 구입. 이것도 대단한 건 아니지만 왠지 기쁘다. 예전부터 탄이 걸려서 고생하던 총을 큰마음 먹고 분해 정비. 그 뒤로 양호한 상태. 상당히 기쁘다. 신이 나서 콜트 파이튼에 커스텀 부품을 장착. 사정없이 망가졌다. 행복은 참 어렵다는 걸 깨달았다.

현재 매일같이 ABS에 레터링을 할 좋은 방법이 없을지 모색하고 있다. MP5에 「RAZOR EDGE」라는 글자를 새기고 싶지만, 어떻게 해야 좋을지 모르겠다. 초보자는 괴로워.

뭐, 인사도 했으니까 열네 번째 후기 시~작!

요즘 계~속 단발 캐릭터가 없는 상태가 이어지고 있는데, 하던 대로 대화 형식으로 가는 건 무리겠다~고 눈치 챈 내가 똑똑하다는 생각이 든다(솔직히 7권 쯤에서 눈치 챘다는 얘기도 했다).

그렇게 해서, 이런 느낌입니다.

자, 「슬레이어즈 파이트」 사러 아키하바라를 돌아다니고, 포켓몬 센터에 출몰한 영혼을 분발하게 만들고 근처에 있는 유난히 맛없는 스테이크 가게를 친구하게 추천하고 보복으로 ○○○○를 추천받고 작가 분한테 총을 사게 만들고 DT 에이트론 LD BOX를 사서는 「그래, 이거야. 98년도에는 이게 제일이라니까」라고 친구한테 귀찮을 정도로 추천하는 등등 다소 바쁜 날들이 계속되고 있지만, 뭐 가끔씩은 일도 하고 있습니다.

……라고 적으면 진짜로 믿는 분이 계실 것 같군요. 담당 편집자 분이라든지(움찔움찔).

사실은 최근에 놀 짬을 만들기도 힘듭니다. 매일매일 정신없이 지나가는 탓에 한 달 전 일도 기억이 어렴풋하고. 체중은 8킬로그램이나 줄었고. 대체 뭐가 뭔지.

아무튼 놀지도 않고 일만 하다가 쓰러지기라도 하면 큰일이니까, 적당히 휴식은 취하고 있습니다.

최근의 개인적인 붐은 제 친구들 사이에서는 비밀도 뭣도 아닌 일인데, 바로 장난감 총입니다. 소위 말하는 에어건이라는 물건이죠. 조금 흥미가 생겨서 편집부에 얘기해봤더니, 의외로 동지들이 많다는 게 판명. 서바이벌 게임에 끼워달라고 했다가 완전히 빠져버렸습니다. 작가 분들을 모아서 팀을 편성하고, 편집자 군단을 때려눕히는 게 당면 과제. 팀 이름은 「팀 고문 열차」, 트레이드마크는 버스 손잡이에 매달린 손(손목까지만).

이하 개인적인 연락. 음~ 후지미 관계 작가 분 중에 팀에 참가하고 싶은 분이 계시면 연락 바랍니다. 초보자 대환영(솔직히 지금은 초보자밖에 없습니다).

그리고 또 총 이야기.

아키타가, 아, 건 액션은 참 좋구나라고 생각했던 영화가 몇 편 있는데…… 그 중에서 도저히 제목이 생각나지 않는 영화가 하나 있습니다. 아마 글로리아 뭔가 하는 그런 제목이었던 것 같기는 한데, 사실은 내용도 잘 생각나지 않고, 그저 마지막 쯤에서 주인공인 여자 갱(?)이 걸어가면서 권총을 빵빵 쏘는 장면이 유난히 멋있었습니다. 아마도 꽤나 메이저한 영화였을 텐데.

그리고. 혹시나 싶어서 말해두겠습니다만, 저는 무기 장난감을 좋아하는 것이지 무기는 싫어합니다. 칼 같은 건 보기도 싫습니다. 뭐 모럴리스트 행세 하려는 건 아닙니다만. 실제로 나이프 같은 건 싫어하지만, 게임용 고무 나이프 같은 건 몇 개 가지고 있다나 뭐라나.

……아무튼 이렇게 계속 얘기하다보니 무슨 후긴지 모르겠다냥.

뭐, 어쨌거나 이걸로 14권. 15권은 꽤나 화끈한 전개가 될 것 같다고, 지금부터 각오하고 있습니다만. 과연 어떻게 되는지. 뭐, 기대해 주시면 감사하겠습니다.

그럼, 다음 후기에서 뵙겠습니다!

1999년 9월-
아키타 요시노부

마술사 오펜 뜻밖의 여행 애장판 7

초판 1쇄 발행   2018년 12월 15일

저자 아키타 요시노부

발행인 원종우
발행처 (주)이미지프레임

주소 (13814) 경기도 과천시 뒷골1로 6, 3층
영업부 02-3667-2653   **편집부** 02-3667-2654   **팩스** 02-3667-2655
메일 edit01@imageframe.kr   **웹** vnovel.co.kr

ISBN 978-89-6052-679-2 02830   **(세트)** 978-89-6052-649-5

책벌레의
하극상

사서가 되기 위해서라면
뭐든지 할 수 있어

제 3 부 **영주의 양녀 V**

카즈키 미야
miya kazuki

일러스트 : **시이나 유우**
yuu shiina

번 역 : **김 봄**
kim bom

V+038

글 : 카즈키 미야 / 그림 : 시이나 유우 / 번역 : 김봄

가격 : 10,000원

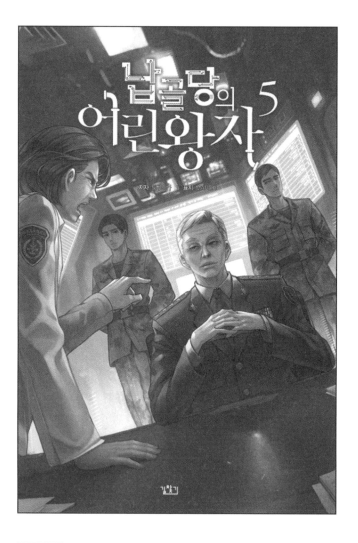

글 : 퉁구스카 / 그림 : MARCH

가격 : 10,000원

제국의 상황은 돌이킬 수 없이 악화되어가는데……
피할 수 없는 내전이 벌어진다!

글 | 달필공자   그림 | KOSANMAKA

강철의 *SWORD MASTER*
소드마스터 3

글 : 달필공자 / 그림 : 김홍도
가격 : 10,000원

글 : 박제후 / 그림 : GAMBE

가격 : 10,000원